imaginist

想象另一种可能

理
想
国

imaginist

许倬云问学记

从知识到智慧的追寻

〔美〕许倬云 著

九州出版社
JIUZHOUPRESS

图书在版编目(CIP)数据

许倬云问学记 / (美) 许倬云著 . -- 北京 : 九州出版社 , 2023.12

ISBN 978-7-5225-2445-0

Ⅰ . ①许… Ⅱ . ①许… Ⅲ . ①散文集—美国—现代 Ⅳ . ① I712.65

中国国家版本馆 CIP 数据核字 (2023) 第 225115 号

许倬云问学记

作　　者	许倬云 著
责任编辑	王佶 周春
出版发行	九州出版社
地　　址	北京市西城区阜外大街甲35号（100037）
发行电话	（010）68992190/3/5/6
网　　址	www.jiuzhoupress.com
印　　刷	山东新华印务有限公司
开　　本	850毫米×1168毫米　1/32
印　　张	10.25
字　　数	196千
版　　次	2023年12月第1版
印　　次	2024年5月第1次印刷
书　　号	ISBN 978-7-5225-2445-0
定　　价	68.00元

目 录

良史与君子

从知识到智慧

附　录

序

这两本文集（《许倬云问学记》和《许倬云观世变》），都是从台湾三民书局江水系列六册中挑选若干篇，由许医农女士领衔编辑为独立的两本选集。他们将许多刊出时间不同的文章排列为几个系统，又分别纳入“问学记”与“观世变”两个大标题之下，其用心之处，十分感激！这些文章，在撰写时，均各有其背景；然而，一个人的思想理念，总会有相当的一致性。因此，两书数十篇芜文，合而观之，还是可以互相补足！

最近反省自己一辈子的学术研究，渐渐悟出一些线索：我其实是做了一辈子的“旁观者”，常常不能亲身参与其中，却学会了设身处地，以体会领略的习惯。

我终身残疾，自从有了记忆，似乎总是坐在旁边，看到孩子跳跃奔跑，却不能加入游戏；但也为他们的成功而喜悦，为他们的失误而扼腕。在长大成人的过程中，不断旁观。在湖北的农村，曾见过农夫的耕耘，看过灰黄的泥土，在渠水灌溉后成为润湿的沃土。曾见过黄骠幼驹，在阉割为骟马时，挣脱束缚，狂奔跳跃，终究失血而死。曾在辅仁中学，甚至改了性情，也旁观男女同学之间爱情的悲喜剧。在芝加哥住院治残疾时，曾旁观许多悲哀与喜乐：一个被人领养的男孩，因为血癌，不到半年，病骨支离，最后在布幔盖下离开病房！目击老医生在操刀前，严肃虔诚地祷告；也看到手术后的病童，努力学习从未经验的动作。在七十年代，也曾亲见个人认同于政治斗争间，有些人热诚投入，有些人被狂澜卷去！

以上这些，都是人生中的百相，却为我开启了理解历史的经验。毕竟，历史本来就是过去的人生，古人经历的喜怒哀乐，遇合离散，成败兴亡，在我们有限的一生中，又何尝不是时时发生？！在旁观时，如能设身其中，体会领略古人的境遇与心情：古人遭逢幸运时，为之欢呼庆幸；古人失误时，为之悲悯哀矜。由此感同身受，即于古事少一份苛责，多一份警惕。要知道，自古以来，万事无时不在变化中，一切因果，有其发展，诸种因缘，俱生纠缠，世上唯一不变，只有“变化”二字而已。

学习与观察，本是不能分割的心理过程，因此，《许倬云问学记》与《许倬云观世变》，可以分为两册，又何妨当作一书的上下篇？读历史，是学习；讨论历史，是观察。两个步骤，其实是一体两面。我从不悔终生学史，因为历史正是人生的延长与扩大。知识应当是启蒙智能的素材。学史者，以追求智能为工作的远程目标。智慧难得，历史时时在走完一步后，才警觉前一步的浅薄。无伤也！我们该注意的本来是一步一步的过程，不必是那些才走到即已过去的脚印。

这两本小书问世，我对出版社的同人致谢，尤其感激许医农与刘哲双两位的努力。

许倬云 盛暑酷热于台北

2008 年 6 月 30 日

回顾与感怀

我的母亲

似乎每一个小学生都可能在四年级时碰到这一个题目，似乎每一个成年人都还觉得这是最可写的题目之一。不过这一个题目并不是容易写的，因为这对于执笔人来说具有无限温馨的题材，往往对别人却无非是些平凡小事。我在这里又挑上这一个题目来写一些琐碎的事，并不是因为我妄想能突破这一难以避免的景况，只是因为这些别人心目中的小事，在我的生命中都具有重大的意义。

以一般的传记笔法说，娘没有什么值得记下的事件，仔细算算她的过去，她似乎根本没有属于她自己的生活，她的生活就是爹和我们兄弟姊妹生活中的一部分。我不知道哪一位“立志”为别人服务的圣哲贤人曾经做到同样的地步。

娘是典型的中国妇女，讲究把感情深藏，但是我们尽可从她平凡的日常举止中觉察到她对子女的挚爱，无须乎用洋人的办法把感情流露尽致。然而，在危难时，她能有超越体力可能的行动，使人惊讶她究竟有多少潜能可以为了子女而发挥出来。

我们——我的孪生弟与我——是她最小的孩子，因此我们对她早年的生活及兄姊们的遭遇都只能得之长辈及兄姊们的口述。至少在我们懂事以后，我很少见娘有安乐的日子。在战时，她经常要携带着大小十余口奔波各地——往往由她一个人主持全局，爹多半时候留在相当接近前线的地方。一切似乎有了公式：我们在接近前线的地方与爹同住；日本人发动秋季攻势了，我们几个较幼的兄弟姊妹由娘率领着向安全地带撤退；日本人退了，我们又由娘率领着去找爹，迁回他的任所。抗战时期的交通情况之糟是众所周知的，每隔一两年举行一次大迁徙，她的艰苦就可想见了。

有一回，我们又撤退了，在一艘长江轮船的边上，我们搭了一只小木划转驳上大船，日本飞机在一次又一次地呼啸着扫射甲板上的平民及四周蚁附着的小划子。到现在，我还记得她在江风中披散了头发，把小孩一个个由小划子推进大船的船舱。大船正在行驶，小划子和大船之间唯一的联系只是一杆竹篙，她那时大概只想着把子女送到比较安全的大船上。她刚登轮，竟发现凌弟不见了，即刻又冲进人群，船头船尾寻找，把哭泣着的弟弟从另一层甲板找回来。大家坐定了，她又找来一壶开水，让每个人都喝一口，但是她自己竟没有分到一些余润。

万县的住处遭了炸弹，我们全家迁移到郊外山上的董家岩。全家安顿在半座茅屋里。下雨时，全屋只有一个角落是干燥的，她把小孩和祖母安置在干燥的地方睡，我还记得电光中只有她兀坐在床沿上。

表面上看去，她似乎不大过问我们的功课，也从不过问我们该学什么进什么系。事实上，她主张让我们各尽自己的能力，在兴趣范围内发展。她的方针是在密切注意下自由发展。大纲大目不差，小节是不计较的。这些大纲目中有最不能侵犯的一条——诚实；最必须注意培养的一条——对别人宽厚。至于馋一点，脏一点，都在容忍之列。为此，我们家的兄弟姊妹都有胖胖的体型，几分邋遢，爱躺着看书，但是快快活活，笑口常开，不大会发愁，更不会善感。我一直认为狂狷比乡愿可取，然而天幸我没有转变到浇薄的极端，大概还仰仗母教中“宽厚”二字的恕道。另一方面，我不肯说迁就现实的昧心话，也还仰赖母教中“诚实”二字的忠道。

爹与娘在总角时订的亲；男方二十岁，女方十九岁，娘就嫁过许家来了。据说，抗战前他们有过颇宽裕的生活。不过在我的记忆中，我家卖东西的时候多于买东西的时候。不止一次，爹在床上为家用长吁短叹，哼得一家愁云惨雾，娘只是委婉地安慰他。等到爹鼾声大作了，我们醒来还看见她正张着眼呢。女子大约比男子更为坚毅，有时我觉得“弱者”二字应改为“强者”作女性的称号。

爹不爱为杂志写文章，可是在他过世前一年多，他破例秘密地向《自由谈》投了一篇稿，纪念他们四十年的婚姻。发表后，我们才知道爹除了严整的论说文之外，还会写抒情文呢。文中他记述四十年来夫妇之间共享的欢乐和同熬过的艰辛。现在，爹去世已经九年，我知道娘的确常在梦中与爹聚会的。爹一辈子为沉重的家累牺牲了自己的志愿。两位老人家为了子女辛苦了一生，子女可是怎么报答呢。

五年前我离国渡洋，娘没有说一个“不”字。在基隆码头上，娘却不再送进去了，她是为了不愿让我在离别时有任何难过的机会。在行李里面，她替我塞进去许多小物件，其中包括一个针线盒。到了我要缝一两个扣子时，我才发现这盒子内容的丰富：剪刀，各种扣子，大小不等的针，以及各种颜色的线球。除了她替我补的衬衫上有密密的线痕，她又把无限亲情，千丝万缕，都寄托在这些扯不尽的线团上了。因此在美国时，我最怕缝扣子和补破洞，一开针线盒定是弄得“闹情绪”。在异地做客，没事时神气充盈，一旦病倒，第一个进入脑际的必定是娘。回来之后，每逢邮班，总发现她在等候在美的弟弟和姊姊来信，才知道自己在美时，偶尔脱一两天信期，该是犯了多大的罪！寄语在海外的朋友们，假如家有老母，别让她依闾久等，眼望着邮差过去。

娘不单为海外的子女寄东西，纵然那些东西在华埠都很容易找到；她也为在台南的姊姊寄些台北的东西去，纵然台北和台南的货品都出自一个厂家。我有时觉得好笑，但是等我看着她细细地挑选、细细地包扎，我领悟到：邮包寄去的不是一件一件实物，而是一片似海亲情。我才领悟到：自己在国外收到邮包时，复信所说“这些都可以买得到”，该是多残酷的话。

娘今年七十二岁了，幸而精神还好。家中大大小小的事仍旧非她老人家主持不可。我希望她有一些休息的时间，不要太忙。可是我也希望她还继续忙碌，有足够的精力忙碌。

心路历程

这里记述的不是邦国兴亡的大事，也不是社会变革的经过。在这里，我只是记述一些个人生命经历中足以回忆的片段，对别人也许没有意义；不过，假如有人不存着读掌故的心情读本文时，他也许会愿意看一看另一个人心灵经历的路程。

禅宗说教时，不重说理，而在点破禅机。就因为外面的一些感受往往可以使内心蓄积的水库开放闸门，造成水到渠成的局面。这也许就是所谓顿悟吧？记得十一二岁时，我读过一本名叫《文心》的书，其中有一段解释所谓“触发”的经验，也不外乎指出因外在感受触动内心的经验。在这里，我只想把几桩触发自己的事件叙述一下。

每一个孩子都曾经过浑浑噩噩的阶段，不过未必每一个人都曾经注意过在那一刹那他忽然发现自己面临不能再浑噩的情况。我在这里记下的片段回忆，也未必是促成我“顿悟”的因子，甚至未必是触发的机捩，但是至少在我的记忆中，这几个片段确实和自己的发展过程相联结,构成比较鲜明的印象。

在战争中长大的孩子大概比升平盛世的小孩较早接触到死亡。祖母去世时我第一次经验到亲人的死亡；但是她的弥留状态是在安详的气氛下慢慢转变，因此留给我的印象也不是剧烈激动的。在重庆遭遇大轰炸时，我们正在万县。记得万县第一次遭轰炸的晚上，我们一听见空袭警报就躲进洞去，进洞时在路上遇见二楼邻居家的一个大孩子，正在跑回家去取一些东西。等到警报解除后，我们却发现了他的尸体。上午，他还和我们一起玩过；晚上，他已变成一堆模糊难认的残骸。这是第一次，我忽然发觉生与死之间的界限如此之易于跨过去，又如此的难以跨回来。这是第一次，我忽然发觉人是如此的没有保障。这也是第一次，我面对着一大堆尸体和烟尘弥漫的瓦砾场，心里不存一丝恐惧，却充满了迷惘。我曾经苦苦求索，那天一夜未曾阖眼；到后来，我似乎完全掉进了黑松林，不但找不着问题的答案，甚至找不出问题的线索了。

这一种困惑，此后经常侵入我的思想。在豫鄂边界的公路上，日本飞机用机枪扫射缓慢移动的难民群；轧轧的机声和哒哒的枪声交织成我脑子中一连串的问号。在青滩之滨岸时，目击过抢滩的木船突然断缆；那浩荡江声中的一片惊呼，也把一个大大的问号再次列入我的脑中。

在老河口，我们住的院子隔壁有一营工兵，他们豢养着不少骡马。不知从什么时候起，我们发现马群中添了一头小小的淡黄马驹，它逐渐长成，变成一匹很帅的小马，遍体淡金，不夹一根杂毛。但是它的脾气猛而且劣，除去经常和它一起玩，喂它吃些东西的小孩子外，它不让别人靠近身边。我们和它一起玩，直到它太高了，我们还可以站在磨盘石上拍它的头颈，抓它的鬃毛。终于，有一天，工兵要捉住它，替它钉蹄铁和施阉，它挣扎着踢伤了好几个人。它自已也在终日带伤奔驰下，失血过多，倒毙在池塘边，离那一块磨盘石不过几步而已。这一具淡金色的巨大胴体，依然保持着想再站起来的半跪姿势，似乎还在向死亡作倔强的抗争。不知怎的，我看着它时，万县的那堆残肢又浮现在眼前。大约从这次以后，我不再把生与死的问题限于人类。那个经常出现的问号变得更大，更扰人了。

几年以后，我们又在大巴山脉的河谷中回环盘旋。有好几天，我们直对着一座大山前进，山顶那里似乎有一个巨大的洞穴，天天作为瞭望的目标。好不容易到了山脚，又花了一天工夫，我们走到半山，才看见那个洞穴实在是一大片悬岩，下面覆盖着一长条稍微收进去的山路。走到山顶时，已是下午四五点钟。山顶冰雪未消，矮矮的树上尽是冰琅雪玕，劲风袭人，轻微的琤琮敲击声里，树枝微晃，幻出闪动的点点彩色。四面一看，群山俯首，向阳的一面只有峰巅反射出夕阳；背阳的一面已是一片黑的丘陵，衬着一个红红的落日。当时几十个伕子都不期然驻足峰顶，但是谁也没有开一句腔，似乎都被这片真幻难分的奇丽镇住了。这是几天来日日祈盼的界牌垭，似乎下面的一个站头不足一提了。前几天蓄积了精力，似乎在一刹那间竟再也提不起劲来；再度出发时，大家都一语不发，蛮有些草草了事似的，赶到站头算数。

此后，我读了亚历山大东征时在印度河边痛哭的故事；此后，我读了阮籍猖狂穷途痛哭的故事。我逐渐明白界牌垭峰顶上众人的无名惆怅。这是一种经验，经验到一时可以有感触，但是必须在日后才逐渐了解其意义。

可是在那次以后，这种惆怅经常出现。出现在自己完成一篇稿子以后，出现在学期结束时，出现在学校结业时，出现在旅行归来时，出现在席终人散时。

我身带残疾，那时又不曾正式进过学校，这种种的感触造成我有一个时期心情相当抑郁。

抗战末期，家里在重庆南岸的南山安定了好几年。兄姊们都在外求学，双亲又在重庆城里办公，我常常是独自在山上，与绕屋青松及百数鸽子为伍。父亲自己公余雅好阅读乙部及舆地，尤其喜欢读传记，因此家里多的是中外各式各样人物的传记。这些书籍成了我喂鸽子、看山光岚色之外的唯一消遣。当时我的国文水平不过小学程度，阅读文言的典籍颇有些困难。经过几度生吞活剥式的硬读，居然也渐能通其句读。大凡入传记的人物总有些可传之处，而他们共通之点大约往往可归纳为“历尽艰难，锲而不舍”八个大字。三年沉浸在这类的读物中，我的抑郁多多少少得到些调节，在自己心目中构建了一套做人的基本标准。

抗战胜利了，我也得到了正式入高中的机会。这是我第一次由自己面对真实的社会，面对竞争，面对考验。这些幸而与我在离群索居时期建立起的一套做人标准并不完全扞格不通，我得以逐渐获得信心。学校中竞争的空气又挑动了我争强好胜的脾气，每做一事都认认真真地用尽全力。我逐渐把自卑克服，逐渐测知了自己能力的极限；有一个时期，我相当自满，觉得自己颇有从心所欲的乐趣。

这一个自满的时期，幸而为时很短暂。高三上学期，战乱逐渐逼近家乡，城脚下满是南来难民的草棚。我们学校响应了难民救济运动。一次一次难民区的访问，把我又拉回真实的人生。一具一具只有皮包骨头的活动骷髅，又唤回了抗战时留下的死亡印象。京沪车上像沙丁鱼似的人群也使我时时疑问到人的价值。

离开家乡前不久，学校中有过一次去乡下为难民工作。我编入一组充前哨的小组，搭了一艘快艇，在大队的几艘木船前面开路。驶出运河后，快艇如脱弦般驶离大队，直驶入三万六千顷的太湖。不到许久，茫茫水域，似乎只剩了这一只小船。在运河里卜卜作响的马达似乎忽然哑了，船后面的浪花似乎也不再翻滚得那么有劲了。刚出口时，同学们一个个披襟当风，大有不可一世之概。这时，大家又都静下来了。马达忽然停止，小船随波沉浮，四顾一片水光，方向莫辨。波光粼粼，寂然无声，界牌垭峰巅的惆怅突然又充塞在水天之间。

从那次以后，我做事仍旧尽力以赴，但是从来没有享到任何成就的快乐。任何小事告一段落时，惆怅往往把看到成果的喜悦冲淡，甚至完全取代。“尽力以赴”变成仅是习惯而已，我竟找不着可以支持这个习惯的理论基础。这一个时期，我尝试着从宗教中得到解答，但是我得到了吗？我还在继续追寻呢。

在美国读书时，由于住在神学院的宿舍，我颇得到些参“禅”说“理”的朋友。有一回在邻室书架上取了一本加缪的作品，竟花了一夜工夫读完那本书。这位存在主义的哲学家喜欢引用古希腊神话中西西弗的故事，作为人生的比喻。西西弗得罪了神，神罚他受永恒的责罚。每次他必须把石头推向山顶，而石头又会自动滚下来。但是倔强的西西弗每次又再走下山来，把巨石往山上推。加缪认为，当西西弗懊丧地在山顶坐下休息时，他已经承认了宿命的力量，但是，当西西弗再度站起举步向山下走去时，西西弗几乎已经与神平等，至少他在向神挑战。没有想到，这次偶然拾来的读物，竟解决了我心理上的矛盾。

我从自己的残疾得到一则经验：我知道凡事不能松一口劲，一旦松了劲，一切过去的努力都将白费。同时，我经常面对的那种惆怅，由界牌垭到太湖，不时地提醒我，努力与成就都未必有什么意义。这两股力量的激荡，常使我陷入迷惘。前者使我有一股对于生命的执着，凡事尽力竭诚做去；后者使我产生对于生命的漠视，也许竟是对于生命意义的否定。经过西西弗式的提示后，我才取得两者间的协调。我现在至少了解，石头不经推动得永远留在山脚下，纵然石头每次仍要碌碌地滚下去，我们仍不得不面对刚刚的失败，继续努力走下去。我不知道哪一天石头还屹立山顶，但是我知道石头不会自己爬上山。

诗往往能把散文写不出的东西道出，我常有由表面似乎不相干的诗句得到“触发”的经验。这里让一首不甚知名的词，为我结束这一篇短文：

> 横江一抹是平沙，沙上几千家。到得人家尽处，依然水接天涯。危栏送目，翩翩去鹢，点点归鸦。渔唱不知何处，多应只在芦花。
>
> ——闾丘次杲《朝中措》

是的，走到水天又相接处，我们还不必回头，那边有去鹢和归鸦可看，更何况芦花深处，还也许找得着笛声的来源！

回顾心路历程

我第一本出版的小集子取名为“心路历程”。当时这个题目好像是我自己创造的，而后又由余光中翻成英文“The Journey Within”，已成常用词了。（不知道我是不是该有版权？）当年写《心路历程》还是壮年，一晃眼，四分之一世纪已经过去，也许是应当回顾自己心路的时候了。

“我们走过的路”对我而言，也许有些反讽的意味，因为我不是能走路的人。但是每个人在他的一生，也有许多心灵的路程，必须一个脚印一个脚印地踏过去。大多数人在心灵成长的过程中，也经历了许多坎坷崎岖，同时也可能经历在坦途上奔驰的乐趣。可惜的是很少人有机会去反省自己的过去，回顾已经走过的漫长路程。这次是一个机会，让我着着实实地回头想想，这大半个世纪我曾走过什么样的道路。

什么叫轰炸，什么叫流亡

当然，没有一个人能完全记得他幼小时候的所见所闻及所思。在我的经验中，我真正有意识的心灵经验，似乎是在抗战刚开始的时候，在那之前的一切都显得模糊了。可是我永远忘不了的是有一天早晨，家人带我到大门口，说是今天我们要送刚到的军队出征上前线。我也看到家人忙忙碌碌地煮开水，把一桶一桶的开水提到门外去。站在门边台阶上一望，一排一排坐在地上的军人望不见边，他们的步枪一堆一堆架在路边上，像小山似的。他们身上挂了两颗手榴弹，交叉着两条子弹带，背上都有背包。这是湖北的沙市，时间是在七七事变后不久。从早到晚，一批批的战士步下码头，登轮往江下驶去，而另一批部队从街的那边来接替刚开拔的那一批部队。父亲在这个时候跟我说，这些人是真正的出征了，不是调防。母亲口念佛号，说："阿弥陀佛，不知道这些人有多少还能够回来。"平常她是不宣佛号的，但是那天，我看见她很虔诚地为这些军人在祈祷。很快地我们就知道什么叫轰炸，很快地我们就知道什么叫流亡，很快地我懂得母亲所说的"不知道这些人有多少还能够回来"。这个鲜明的印象，使我领悟到生与死的界限，以及个人与国家之间究竟是怎样的关系。当时年纪还幼小，不知道其中的意义，只晓得这些人成批成批地开拔出去，或许永远不回来了。这幕景象，从此切开了原本无忧无虑的童年。下一个阶段就是八年的颠沛流离，八年的炮火与灾难。过了没几个月，我们必须从沙市撤退，江轮上万头攒动，早就没有插足的余地，江轮已经开航，无数的小划子还是载满了人，在拼命地追赶已经开动的轮船。轮船边上满满的是长长的船篙，搭住了江轮的舷，盼望还有一线机会，可以送一两个人上去。没有警报，日本人的飞机就来了！一次次地俯冲，一次次地绞射！甲板上和江面上，处处都有鲜血，处处是死伤。往后，在万县的大轰炸里，我又一次见到血光与死亡。从防空洞回家的路上，这边的电线上半个尸首，那边的树干下一条大腿。女尸的头已经没有了，婴儿还在哺奶……一次又一次，一个不到十岁的孩子，竟必须要从这种残酷的景象中，学习到何谓人生，也学习到是一个中国人就躲不过炸弹与机枪；死的人没有任何罪，只因为他们是中国人……

父亲以仁者用心平衡我的黩武思想

在抗战期间，我没有进学校，也没有受过正式的学校教育，我的教育片片断断，并不完整。不过先父的书架就是我的书房。先父出身海军，尔后担任文职，对史地特别有兴趣，因此我也得到机会，接触到许多历史地理方面的书籍。因为我没有受过正式的学校教育，阅读大半是自己瞎摸而来。父亲常常只告诉我说："这本书你可以自己看看"，"下面这篇文章你要多加注意"，他并没有解释文意和辞句给我听；他给我的指导，是文章里的意义。我记得在重庆南山万松丛中，一盏油灯，父亲在阅读，我在书桌边上打横，也在尝试阅读。父亲最喜欢阅读的一些书籍，包括古代名将的传记以及名臣的奏议，在碰到比较不常见的人物时，他会解释这些人的背景和作为，因此那时候我居然有机会知道吴玠、吴璘、辛庆忌这些人的事迹。马援、岳飞当然更常见了。从他自己阅读的地理书刊中，我也逐渐知道中国边疆上屡次外人侵略的路线，以及中国人抵御的方式。当时我记得自己的一个“游戏”，是在中国的北方边疆地图上，一次次设计纸上作业，在那些地方抵御俄国的侵略；我也曾有野心，梦想今生能够让我派遣一支舰队开到泰晤士河口，要求英王出来道歉。幼年时候的梦想，今日回顾自然是幼稚不堪，而且强烈的民族主义已经狂妄到近乎黩武。不过，这也是人生成长过程的一段，是对是错，这段经验还是影响了我以后对事情的看法，以及我的性格。也许是受我身体的限制，不能在外面跳跳蹦蹦，所以少年时的侵略性，必须借强烈的黩武思想得到宣泄。

先父喜欢阅读名臣奏议，也喜欢解释给我听为何这篇奏议要如此写。我记得好几次他批评宋代名臣，品格都没有问题，但是都有责人太严的毛病，往往缺少一点宽容之心。他常摘出欧阳修《泷冈阡表》里的“求其生而不得，则死者与我皆无恨也”，也常常引用“苟得其情，则哀矜而勿喜”。这些教训，使我慢慢了解何为仁者的用心。也许是先父已见我有一些黩武思想，所以特别提起这些宽容的思想来平衡我的偏差。

卷入同学间的政治辩论

胜利还乡，我进入无锡的辅仁中学就读。学校坐落在东林书院的隔壁，校区和书院只隔了一线短垣。从高一下学期开始，内战已经很激烈了，学生之间也已经因政治歧见而有许多的冲突。我也不例外，一样被卷入当时同学间的政治辩论中。辩论终于升级成为政治斗争。左派右派的职业学生及两派盲从的群众，不断地想要争取属于中间的学生。那时候我才真正体验到政治之可怕：昨日可以信托的朋友，明天变成背叛你、污蔑你的一个仇敌。我们的导师李康复先生，常常以东林先贤来规劝我们，我那时候还未能真正地明白政治的歧见，为什么非要演变成人身的攻击。明代东林的学者，都是政争的牺牲品，而眼前在我四周，又有那么多活生生的政治闹剧在上演，我才知道，理想常常可以被误用、被歪曲。一个十六七岁的青少年，本可以无忧无虑过一段欢乐的岁月，只是读读书、唱唱歌就够了，可是那个时代的青年，谁也不能逃避残酷的现实世界。

脱离以中国为中心的世界观

在台湾进入大学，才是心灵上得到真正解放的时候。在台大历史系，我有幸受教于当时最好的老师。从大学的历史课程里才知道文化的演变有其来龙去脉，也明白了思想不能纯粹从信仰而来，思想要从思考发展。举一例说，沈刚伯先生的西洋史，第一次引我进入宏观的历史，知道那些古文化是如何起落的。又譬如说，在劳贞一先生的秦汉史课堂上，我们常花上连续好几个星期，只在聆听他老人家考证玉门关的遗址。虽然玉门关不应当是秦汉史的全部,然而从他的研究过程，我们学到如何处理史料，如何判断证据。在李济之先生的考古学课上，无数青铜小刀的形状排成长长的表，看上去琐碎，然而它却真正教导了我们怎样从零碎的现象中归纳出文化演变的趋向。师恩深重，许多恩师的教诲，不能一一列举。我感激的是，他们不仅在专业的知识上教育我成为一个史学工作者，他们更在宏观微观双方面教导学生怎样思考、怎样判断、怎样分析与综合。

在美国研究所就读时，我的课程有极大的弹性。当时芝加哥大学的东方研究所集合了埃及以及近东古代史研究的菁华。从对近东及埃及的研究，我才逐渐脱离了以中国为中心的世界观，这是另一次的解放。从那以后，自抗战以来的文化沙文主义思想，才变成了只是幼年的一部分回忆。因为学校安排我住在神学院宿舍，我有幸与同住的舍友们交换关于宗教的讨论。那五年中，我一次又一次地把自己的宗教信仰打碎，又一次一次地重建。这番经历，我想是人生难得的经验。今天我有什么宗教信仰是次要的问题，我珍惜的是自己捣碎又自己拼合的反省过程。

还有继续成长的机会和需要

最近十余年来，我在海外执教，教的是中国史及古代世界史，也因此必须经常地把中国史放在世界史的框架内去思考。听课的都是美国青年，对他们而言，古代东方太遥远了，所以我必须将历史与现实经验作比较，使他们能够了解历史对今日的意义。人类的文化经过许多文明相互交流，最后达到今日的全球性文化。这十几年来，真是所谓教学相辅，每多讲一次课，也等于给自己多一次思考，使我一方面记住自己是一个中国人，另一方面也是世界人类中的一个成员。我的性格当然是在中国文化中浸淫孕育而成，但我依然必须活在今日的世界大环境中，学习与其他文化孕育出的另一种人的相处之道。

现在我已经将近五十八岁，在中国旧日的观念里，可以算是老头子了！但我并不认为我的性格和思想已经定型，我还继续有成长的机会和成长的需要，还有更长的道路需要我一个脚步一个脚步踏过去……人不可能离开他当时大环境的一切，归根结底，所有的经历总会变成他性格的一部分、思想的一部分。

我的学思历程

今天我除了跟各位聊聊我念书的过程，我还想谈自己成长的过程。因为我觉得自己念书的过程，并没有通过一个正常的途径。我没有上过高中以前的学校，我一开始念的就是高中一年级，因为八年的抗战时期让我没有办法上学。抗战时期，我的手脚的情形比现在还要糟，根本没有办法在重庆崎岖的山地走路，而且有很长一段时间在逃日本的追兵，从一个县到另一个县，每年大概逃难两次，根本没有住下来的时候。

我的双胞胎弟弟许翼云十一岁就住在学校里，他所读的住宿学校并不是今日有宿舍的学校。抗战时期的中学生生活很艰苦。他们必须要自己背着粮食与随身替换的衣服，步行到几百里外的学校住下来。有的学校甚至设在庙里边。抗战胜利，我回到故乡才开始上学。

我前面一段的学习过程是零零碎碎、断断续续的。我念的第一部书是武侠小说；我从八岁开始读武侠小说，从识字不多到最后大概认识得差不多了。我到现在发音还是不准确，因为有很多字是自己琢磨出来的。武侠小说读完之后，奉父命读《史记》。这个途径也是不正常的。当时我念书主要是依赖姊姊们放暑假回来的时候教我，但是我很容易就忘了。上高中之前，我根本没有英数的基础。但是高中老师说我的历史、地理、国文程度都够，可以不用上其他课，所以我得到了特许，国文、地理、历史课的时候，我可以算数学，没有人管我。虽然我可以算数学，但我还得听课，当老师问我课堂上的问题时，我也要回答，这可以说是一种相当奇怪的上学方式。

我在高三上学期的时候离开故乡无锡。离开以后，我知道我的三十个同班同学考上的都是排名前五名的大学。我的母校很开放，它让我在国文课的时候做数学，让我可以适性发展，甚至在暑假的时候我们还主动留下来补习，由同学轮番上去讲课。在高二的时候，我就跟同学讲数学，下了课又互相讨论，这样的学校我相信是当下台湾的教育制度所不容许的。

我也可以不用上体育课，这当然是因为我身体的关系。当别人在上体育课的时候，我一方面羡慕，一方面也高兴可以有时间看自己的功课。其实我对化学也相当有兴趣，书本上的知识我学得不错，但是实验的时候我就不行了。我的手会抖，做化学实验是很危险的，这也是我不考理学院的重要原因。我弟弟读的是化工系，他的国文不比我差；我的化学、数学当年大概也不比他差。我这一辈子都没有死背过课文，在高中的时候也一样。我想很难再找到一个那么自由自在的学校，以及让学生随心所欲的老师。对我来说，这样的教育十分有用。

在台大念书以及在美国读博士学位期间，有一些我至今仍非常感激的人和事。我的老师们对我实在很爱护，从大二开始，我常常都是一个人上课。有一门课是在李玄伯先生家里上的，他晚上六点钟派三轮车接我到他家里，除了上课之外还连带吃点心，这个待遇相当不错。在台大我上李玄伯先生、董彦堂先生、李济之先生、凌纯声先生与劳贞一先生的课，都是一人班的课。后来在美国我上伊利亚德的宗教学也是一人班的课，没有上下课的时间，完全是看老师的时间，老师喜欢上课我就上课，他不喜欢上课那我就离开。在芝加哥大学读博士的五年时间，前三年也有大概四五堂课是上一人班，现在这种待遇大概已经不容易存在了。所以我非常感激老师对我的特别照顾——说是特别照顾，其实也相当的累，因为上一人班你连打瞌睡的机会都没有；进度比较快，书就要念得比较多。我这一生的教育使我常得到一些一般课堂上得不到的东西，到今天我仍然很感激这些老师。

我的父亲在清朝及民国年间都是海军将领，在抗战期间他东奔西跑，他的职务是走在前线的后面、后方的前面。而我随父母奔走四方，所以他也可以说是我的老师。他给我的教育就像英国式的全科教育。他教我做一个懂得历史的人，他教我战争史、地理、政治学、外交与语文等，所以在跟随他的那段时期，我就好像有个全天候的老师，随时可以请教。他每天都会看战报，或从无线电里听大西洋战争的情形，然后他会告诉我，大西洋的海战在哪里发生、为什么会发生、双方的战争情况等。从中也教了我一些地理知识，所以我一直觉得自己的运气很好，不过这种机遇恐怕是因为我行动不方便才能得到，这是我特殊的幸运。

至于我为什么选历史，当然跟我早期读书的情形有关系。在我念完武侠小说之后，我父亲就指定读《史记》，自此我对历史的兴趣就定了下来。又因为是在抗战期间，父亲非常注意战事，也给我看了许多古代战役的经过。他指定我读宋朝名臣的奏议，最后我还念了《东莱博议》，这些都是有关历史的文章，对我在历史方面的倾向有极大的影响。此外，因为我高中就读的学校是在东林书院的旁边，东林书院派的学风讲的是经世致用，例如，如何防守边疆，怎样运输漕运，等等。东林书院的学风对我的中学老师有相当的影响，也因此我们在上国文、历史、地理、公民课的时候，老师讲的内容也大多是那一方面的知识与议论，我耳濡目染，也决定了以后的方向。

1949 年我投考台湾大学，投考的是外文系，其实这并不是我自己报名的，而是方东美先生的夫人帮我报名的。她认为我行动不方便，念外文以后可以在家里翻译原文书，不用四处奔波，于是我就考了外文系，而且考得也不错，数学还考了一百分。

读了一个学期之后，沈刚伯院长、刘崇鋐教务长（也是历史系的系主任），还有劳先生都说我历史读得不错，要我转到历史系，于是我就进了历史系。转入历史系之后，我觉得跟我自己的志愿比较符合，也念得比较快乐。

我在外文系一年之中也交了许多朋友，对这些老朋友我也不大舍得离开，所以就常常回外文系读书，不论选修或旁听，还是跟着同学一起上，例如英国文学史、散文、英诗等。而我们那时候历史系规定要选修考古人类学系的基本课，所以我在大学、研究所所学的可以说跨了四个系，有历史系、外文系、考古人类学系及一部分的中文系。在研究所的时候，几乎都是选人类学系的课。而那个时候研究所的名称为“文科研究所”，所以我硕士班的同班同学有中文系的陈恩绮、历史系的任长正，有好几个系的同学在一起上课。我从别系中学的科目，得益良多。我撒网撒得很宽，有些有回收，而且可以触类旁通，一些散在一旁以为没有用的知识，后来都有了密切的关系。但是这种方式的学习是要付出代价的，不能有太多玩的时间。其实我本来就不能到处乱跑，也不能去追女朋友，剩下的时间也只好看书。

那时候历史系有个小小的系图书馆，里面的书有些是老师放在那儿的，有些是被列为“禁书”，不知道怎么会落到我们系上。当时我们这些历史系的学生就可以利用轮值图书管理员的时间，光明正大地看“禁书”。我觉得这个机会很好，可以看到许多课堂上不许看的书或者是学校明文规定的“禁书”，这些书包括左派的书、翻译的小说，是一个相当难得的机会。

在美国读书也有一个很难得的机会，我当时念的是近东考古学，最初注册的时候，他们看我行动不方便，于是安排我住在学生宿舍附近的一所神学院。这所神学院并不属于芝加哥大学，我是跟各式各样的宗教人物一起住在神学院里。我们那里有个不隔间的大洗澡间，晚上大家一起洗澡淋浴，我在那里洗了五年，也上了五年的神学课。因为在淋浴的时候大家都喜欢抬杠，聊到身体自然干了都还没结束。我们这一群人之中有犹太教的教士，有天主教的神父，有不同宗派的牧师，甚至有一两位和尚。我们在那个袒裎相见的时刻里面，什么宗教问题都谈。我本来是一个基督徒，等到在神学院待了五年之后，我自己都不晓得是什么教徒了。

我对历史的兴趣主要是跟社会有关，我认为读书应该是跟人有关而不是只钻书本上的知识。我在芝大选了社会学的课程，社会学与宗教学本有很密切的关系，也与历史学有互补的作用。等到写论文的时候，我又读经济学的课程——这可以说又是个乱撒网的做法。

至于真正历史系的课程，我反而选得不多，选课相当散漫，这也是芝加哥大学的好处，可以自己定学程自己定课表，没有人替你规定，你觉得可以了，就向老师报告，然后写论文，等考试过了就可以顺利毕业。我们考博士学位，并不是仅由博士考生委员会来口试，而是贴个布告欢迎任何人来旁听提问，有点像是打擂台的方式，除了我的老师之外，对我有兴趣的老师也都来，当时的老师其实大多是来帮我助阵，而不是来考我，其中还包括胡适之先生的一个老朋友，他已经退休了，对我蛮有兴趣，他说怕我考不过，来看看我怎么办。我这种撒网读书的办法实在是上天给我的恩赐，不过到现在我写出来的文章还是乱七八糟，无法归类。但是，如果今天要我重新走一次这样的路程，我盼望还有机会能再扩大到其他的学科之中。

七八年前，我到香港去参加钱穆讲座，讲完以后香港中文大学就把我从匹兹堡大学借调过去，于是每年我都会去半年，在这期间我一头栽入通识教育。中文大学的通识教育是以哲学系为主干的庞大阵营，里面有些课程实在非常的专精。我有一个朋友陈天机先生，他曾在 IBM 做过资深工程师，他读的是电机与控制学。他的想法与我的想法非常接近，于是我们合开了一门课，谈有关人文科目与社会科学之间可以相互沟通的观念。

我们最早是讨论 C. P. 斯诺所写的书，就是 *The Two Cultures*，这本书的作者其实是站在自然科学立场来骂人文科学，不过他骂得相当公道，他说人文学科的学者实在不懂自然科学，而自然科学学者也不懂人文科学，人文与科学之间有一道鸿沟。他认为如果在这两者之间划一道鸿沟，人文科学就会吃亏，因为基本上最谨严的学问是在自然科学这一边。一般人在看这本书的时候，多没有注意到作者偏心的那一面，我跟陈天机先生讨论到这一方面的事情，觉得这道鸿沟也许是可以跨越的。

开课之初，我们觉得自己学问不够，怕讲的内容不完全，动员了许多同人一起帮忙，总共有十三个人。一堂课有四个老师在前面讲课，到最后大家都不知道在做什么，究竟是在对话，在念文章，还是在讲课？而且讲课时有广东话、普通话交叉进行，甚至还会使用英文讲课，学生可以说修得蛮辛苦的。到后来我们觉得这样也不行，又重新规划，然后再开课。在这期间，这门课也刺激我重新思考一些问题。我们的课程名称叫做“宇宙与人生”，宇宙的部分属他，人生的部分属我，后来我将这两年的课程内容出了一本书，由香港商务印书馆出版。

今年在东海大学设立的王惕吾讲座，找我承乏。我觉得在香港的那门课蛮有意思的，今年我想再试试。我找双胞胎弟弟当我的对手，他是读化工系，我觉得这样不错，因为至少我们在沟通上不会有太大的麻烦。我弟弟从美国回来，二人每个礼拜在东海讲课，每次四个小时，这是我最近在学习的东西，我不但一面教还一面学，这是我学思历程中，最近正在进行的一部分。

我从八岁看《武当剑侠传》到今天，我学习的途径都是曲折而散漫的路线，没有归属也没有规矩，督导我的人都不强迫我走任何轨道，我很庆幸自己能有这么一个特殊的机遇。

问题与讨论

1. 刚才老师提到在香港开的那堂课，讲有关人文科目与社会科学之间可以相互沟通的观念，可否请老师再多提一些？

答：我和弟弟在东海大学谈“人文与社会科学的对话”，我也谈到这个问题，例如在一个广场上，有的过路、有的散步、有的练太极拳、有的练香功、有的遛狗等，每个人都有不同的目的，从不同的方向进来，但是你从高楼往广场一看，广场内走来走去的人，互相分布的空间是相当均匀的，看上去没有秩序，但没有秩序里面又可以整理出一种秩序。又如你走进电梯，不管进来几个人，电梯内的人都不会挤在同一个角落，人与人的距离都有一个等距离，这些都是在无意识之中出现的小秩序。

再讲到结晶：在一大堆熬得很浓的糖浆中，有一颗小的结晶，就凝结成冰糖，越凝结越大，越凝结就越成为方方正正的一块。上面讲的广场，看上去是杂乱无章，但是有一个核心进去，例如地震时，所有的人群都跑到一个方向，越聚集越多，到后来那个方向可能被挤得不能通行。或者有个人说我有事情要向大家报告，他的小核心就会聚集一小群人；如果他的报告确实是有趣的，就可能聚集更多的人，那么在广场上分散的人，就成为一个结晶。

我们这门通识课程主要是要让同学了解到很多现象的进行与变化，不要只注重静态。我们对这些现象的解释就是人们组织思想的方式，不是单纯的自然现象，也不是单纯的社会现象，而是我们思考与组织现象的方式。我们自己决定自己的选择方式；换言之，为什么自然科学会这么想，社会科学会这么想，人文学科也这么想，并不是因为有个定律，而是因为我们个人的思考过程。但是在最后的层次我不敢碰，也不愿意碰，因为那是哲学的领域，知识的顶端。

2．全球化论述近年来相当兴盛，在世纪末海峡华人社会里，中国民族主义甚嚣尘上，以一个历史学家的观点，是不是可以请许教授跟我们谈一谈，您觉得当21世纪来临之时，在华人的社会政治中，未来民族主义的角色可能如何?

答：二次世界大战结束之后，台湾从日本回归中国，但回归的是一个分裂的中国，这个现实使得台湾必须重新寻找自己。台湾铸造的民族主义情操，强调所谓外来统治的悲情心曲，这个悲情的浓度及密度与抗战期间日本人所打出来的浓度及密度其实未必能相比，与一百年来鸦片战争后所受到屈辱的浓度及密度也未必能相比。所以台湾所铸造的民族主义，在程度上已有相当的改善。我们能用到的精神资源不够强烈，跟大陆相比，大陆的要强烈得多。

接着谈到全球化的问题。这个世界正走向全球化，但是我们不能否认，世界上许多受白人压迫的地方正在进行自我建立及寻找认同的过程。目前最强的一波是伊斯兰世界——未来还有一波会出现，那就是非洲。换言之，真正走向全球化的有二，一为大众文化，一为商业经济，而大众文化与商业经济本来就是结合为一的东西，这股力量相当庞大，而且非常迅速，几乎任何角落都不可避免。

另一方面，小地区或是受压迫的地区，都会同样出现铸造民族主义的过程。因此，走向全球化以及走向本土化的两件事会同时进行，一个是聚，一个是散。将来的世界不会顺利地融合，因为这中间会有许多地区性的冲突发生，而冲突的过程中文化交流会比冲突更为显著也更为有力。我最早的一本著作，谈及春秋时代，当时楚国与晋国对抗了几百年，后来是所有的冲突都融合为一。我认为世界要走到真正全球化，还要走很长的途径，其间冲突不断，而且一时不容易和平解决。海峡两岸也是一样，这中间的过程，错综复杂，有散的趋向，也有合的趋向。如何在这之中选择一个最和平、最不伤害老百姓的方式，就必须要有智慧。正如船过三峡，三峡的江水有许多旋涡，要如何脱开旋涡而不要被卷入，就要靠点篙跟掌橹的人，点篙的人要力气大，掌橹的人要够智慧，才能脱出险局。我举这个例子是要说明这是需要智慧的。

在地震灾害的痛苦里，我们看见许多生离死别，很多人也觉悟到一切不过是过眼烟云，昨天是个欢乐的家庭，今天变成一个废墟，家里只剩一个人，甚至一无所有——从灾难里我们可以领悟出一些智慧，用这些智慧也可以帮我们渡过许多难关。但是要学到智慧，有些东西要丢掉，那就是自己的欲望及蒙蔽。在灾害之后，我们可能会把欲望和蒙蔽抛开，从中找到真正的智慧。但是要做到这样并不容易，我看到一些刚受过苦难的灾民，为了挣一万块钱，答应以工代赈，但是只做前面几天工，后面几天就不做了，因为后面几天只有五百块钱的报酬。这就是欲望与愚昧作祟了，灾难似乎并没有启发他们的智慧。

究竟政府与民间在救灾上谁能发挥最大功能呢？照理民间力量有限，发挥的只是点的部分。我非常佩服“慈济”还有“阿兵哥们”所做的一切，但他们做的都是点的工作。面的工作，也就是全面重建的工作，必须要由政府来担当。我深切盼望这不会变成替台湾的选举铺路。前天李远哲院长讲的话非常深刻，他说如果只是为了竞选，到最后会造成为选举带来另外一个方向的影响。他讲得很含蓄，但很深刻，盼望大家都了解他的意思。

3．老师提到在神学院的浴室里有非常奇妙的经历，我想更深入地了解有关您宗教观的转变及评价，谢谢！

答：我记得很清楚，第一个礼拜我与一位犹太教的教士、一位牧师三个人，在晚上十二点半以后去洗澡并讨论问题。那一次讨论的问题是圣父、圣子、圣灵三位的问题。犹太教士不能接受这个看法，牧师旁敲侧击地想要维护这个原则。虽然很难维护，他还是不愿意松口——这个议题是其中一例。我们讨论的范围很宽，从基督教的教义、犹太教的教义谈到儒家、佛教。

你问我最后信仰什么，我相信有一个意志，这个意志不能理解它，在哪里我也不知道，但是觉得它在那里，这就是我的信仰。为什么所有的宗教都要有一个神或者一个神圣的力量呢？佛教本来没有神，它原本是只接受一个力量，甚至于儒家讲道，而道无所不包。用个不太恰当的比喻，例如笛卡儿在肯定自己的时候，在肯定四周为世界的时候，他说“我思故我在”，我有思考所以我存在，我存在所以四周也存在，这是个著名的论点。我们都感觉神存在，而不是神这个东西，假如我需要它，它就在那里。这就像数学必须要推测出一个东西来代表一个观念。例如零：零是个观念，你非要有零不可，没有零无法运算。没有一个数学可以离开零的，数学需要零，所以零存在。假如我需要神，神就会存在，这样子我就自己建立起一套神学观念。

我们在这个世界都是过路人。既然是过路人，面对这个永恒常在、无法超越的神，我们这个短暂的生命而且有限的智慧，应该学习谦卑，不能自豪自傲，不能对世界其他人傲慢，因为我们一样平等。我们也不能糟蹋这个世界，因为我们是过客不是主人。从这个起点我很容易就构建起一套自己的宗教信仰，也构建宗教的伦理。我认为人不需要自豪，人不需要说谎，人不需要糟蹋别人——人不许欺负别人。没有一个宗教会抛开这些伦理教条。这就是我自己在许多辩论之中构建出的一套东西，我可以不在乎有没有转世轮回，不谈圣父圣子圣灵，或者一天要念多少遍经文。如果每个人的理解和我的理解大致相同的话，那也没有关系，因为我们只不过是用不同的符号、不同的语言、不同的仪式来表示同样的意思。

4．我们从小到大都在学所谓的本国史，而本国史就是中国史，近几年来台湾有些人就产生我们为什么要学中国史的疑问。我想请问许教授，我们应该用何种态度来学习中国史？

答：中国历史与台湾地区历史不应互相排斥，应该要互相补足，因为台湾地区历史是台湾地区发展的过程，中国历史之中有一部分是台湾地区的发展过程，台湾地区历史之中也有一部分是中国历史的一个模式。例如台湾接受现代工业化资本主义社会以及现代政府的管理，是从日本殖民时代延续下来的。如果我们两方的历史都学的话，可以比较两方的优劣，甚至如果真的要读历史，不应当只限于中国史或台湾地区史，应该是任何地区的历史都要有所涉猎，否则的话，美国小孩为什么要读中国史和印度史呢？他们是把这些当作人类经验的一部分，而不同的地区有不同的经验，对于了解自己都有更多的帮助。我们应该要放宽心胸，不要把自己小圈子的过程变成一切。

前阵子我参加一个会议，其中有印度学者参加，他公开否认印度国家史或民族史，他说他只要社区的历史就够了。这对我们而言是一件极为不可思议的事。为什么他要这么说呢？因为他在过度地自卫：因为印度历史的年代不精确，发展过程又复杂，所以他们说不需要历史，纯粹是因为说不下去，在为自己辩护。我们当然不希望历史只限于一个地方的历史，因为不知彼，也就不能知己。

5．您觉得我们应该关心的是人类全体，而且每一个人都是被尊重的个体，不应把重点只放在国家民族上，但是如果我们关心全人类的全景、未来及每个被尊重的个人，应该是从国家政府去关心，要监督政府做事，如果这样跳脱出来的话，会有什么效果?

答：我自己认为人类没有政治权力最好，可是我们到现在还是不能没有它，仍然有许多人抓着政治权力不放。我一向主张民主和自由，我们应该要用个人的自由来平衡拥有强大资源的压迫者。我这一辈子从来不从政，也不入政党，我所写的文章都是批评政府的，但是我不谩骂，而是心平气和地讨论，我认为身为社会一分子，有这个责任来告诉掌权者不许滥用权力，更重要的是，不应当以任何大我为理由要求别人牺牲。我从来没有看过有哪个总统或总理亲自上前线去冲锋，他们全都是跟小阿兵哥说："为了大我，你们去牺牲吧！"

在中国，"牺牲小我，完成大我"的观念，一百多年来，由于受西方人的欺负，形成了一个沁在骨头里的意识。第一个讲得最彻底的人是梁启超，他时时刻刻都告诉我们，随时要为了大我而牺牲小我。在抗战的时候,有些标语我还记得很清楚："一个主义，一个领袖"，"意志集中，力量集中"。这种把力量集中在一个人的手里，无视别人的存在，都是不真实的，而且是不对的。希特勒拿着大我的理由，最后把德国带向了毁灭。日本人也拿其民族的大我，使得他们最后遭受原子弹的攻击——这些都是不对的。

6．我们应该先了解自己的文化之后，再去了解这个世界，是否会更为恰当?

答：先了解自己周围的事情是应当的。台湾的社会科学课本，举美国或英国的例子，远比讲台湾的例子还多，这是不对的。同样的，如果我们读中国史，只知道河北及山东的事情，对台湾曾经发生的事情却不知道，也是不对的。可是台湾的历史与台湾的文化并不是唯一的东西。至于说台湾文化这四个字，必须先弄清楚到底其内涵是什么，但要加以取舍，最后剩下的才是我们真正要的东西。本地经验要拿来和其他经验相对比之后，才可以看出其中真正的价值。时代的用处，或是特别的贡献，是我们讨论台湾文化可以切入的角度，而其中并不一定不会受到政治力的干预。

我们在海外常听华人说："中国学生考得最好，我们的子弟是多么优秀。"我忍不住问他们说："个别的人可能有高、有矮，有胖、有瘦，有聪明一点、有笨一点的。但是笨的人，不一定在每件事上都笨，那个笨的人，可能在数学上笨，但是他赛跑就比你能干。"优秀是个人的特质，没有一个民族有优秀或是不优秀的区别。文化是一篮子的菜，里头有烂的也有新鲜的，有甜的有苦的。儒家的文化、学说，在理想化的时候都是好的，但是在实践的时候，一定有伪善、扭曲、误解。同样的，基督教的文化，理想化的时候也是一切都好，但在实际上一样有错误。所以，没有一个特定的文化是最好的。你可以有最亲的、最爱的文化，但不能说是最好的文化。你不能拿这个最亲、最爱的文化，说是唯一的东西。所有人都有母亲，她生你、育你、爱疼你，但母亲不是唯一的人，到最后你还是要离开这个家，与另外一个人结合，共组一个新的家庭。世界上没有一个东西是唯一的东西，而且要你为它牺牲一切，这是不对的，我们的眼界必须要开阔，胸襟必须要宽宏，才能懂得自己，了解自己。

7．在21世纪即将来临之时，由人类的历史来看，我们以后会变得更好或是更坏？还是说好坏都会有？

答：将来的世界是好或是坏？或是有好有坏？我也不是算命的人，也不能看水晶球。我只能说，人类是经常犯错误的，人类笨的时候比聪明的时候多，错的时候比对的时候多，而且犯过错后，还会重复再犯。世界的未来，大概也不会"碰"一下就毁灭，若是如此，三十年前全世界的核武器，早就足够把世界毁灭N次，人们之所以没有做这个事情，就是因为心中有所惧怕，有了这些核武器，所以才没有打出第三次世界大战。换句话说，人类有笨的时候，但是笨到一个地步，还是会聪明一下。所以将来世界的冲突，一定会持续，而且很多时候是乱七八糟。但是总体的趋向，应该还是维持一个基本的和平，而且在此之下进行更多的交流、融合，最后各地将会大同小异。很多事情都可以用协商来决定，正如春秋战国的时代，到了后来还是定于一。然而，小型的战争仍是免不了的。

8．现在的大学生普遍缺乏独立思考的能力，请问如何培养这种能力？

答：不要轻易相信任何人的话，包括我现在跟你讲的话。

一定要拿他讲的话，核对他思考的过程及所陈述的逻辑，然后分析其中有哪些话是靠得住的。读书的时候，不要认为书上写的一定是对的，权威常常是错的。

1988 年 10 月 22 日

并不特殊的读书生活

最近读到一段报上的小点滴，有一位司机在调查表上填写的几个问题：职业——司机；专长——驾驶；嗜好——开车。

我的情形也与此公相似，东施效颦，填表如下：职业——教员；专长——教学；嗜好——读书。

在我的生活中，读书是职业的要求，也是兴趣之所在；于是读书如同吃饭穿衣，固无可规避，却也没有值得特别表扬之处。因此，就读书一事撰文，竟有难以措手之感。我的身体残缺，无法多动，自幼以坐卧为主，则舍却看书之外，也别无可做的事。稍长之后，能走几步了，而看书已成习惯，也就不觉其苦乐。记忆中，数十年来似乎还难得有一日未曾执卷。这是习惯，甚至不能真正称为嗜好。

我读书的兴趣殊为庞杂，有时手头一时无可读之书，则凡所触目，都会顺理成章地读下去。不过，幼年在战时度过，不能上学，先父书架上的书籍，其中史地为多，不知不觉中我也培养了对史地的兴趣，后来，在台大选了历史为终身的专业范围，殆与幼年接触这一段因缘有关。至今读书虽然不免扩大了选读的圈子，仍觉得与历史有关的书籍最易投入。

我读书的兴趣，并无所谓“正经”与“闲书”的分野。治社会史的史学工作者，对于任何读物都视同史料。为此，我在读纯文学作品时，在欣赏之外，也不知不觉地在做搜集史料的工作。这种“职业病”，大约与警察与侦探的专业相类似。因此，在我的生活中，大致也没有非进书斋不能工作的习惯。

说到书斋，我并不挑剔。自幼及长，书房倒是逐日扩大。来美以后，购书不成为负担，藏书数量也渐渐增加。最近迁居，许多书仍在书箱中等待上架。书房不算小，但是放了敝夫妇两张书桌以后，可也就不够放几架书了。我的书桌不小，只不过“窗明”下面，难接“几净”二字。因为无日不在工作，桌上自然总有摊开正在撰写的稿子，也总有一本一本待查的书籍。我在学校的书桌也罢，在家里的书桌也罢，桌上都不见有一平方尺以上的空间。最后，写信之类的杂务，竟不得不在厨房的饭桌上做；读当天的报纸，更只能在饭桌上方足够摊开。

凡此习惯，都不足称道，其实是坏习惯。不过，对于自己的坏习惯，我们每每推诿于别处。我也总觉得，书桌太乱是因为书桌不够大，书在桌上是因为书房不够大。我梦中的书房，是一间大房间，四壁都是书架，沿着书架，全是可以当书桌使用的长板桌面，书架上的书，可以随手取下，用完之后，立刻又可以上架。这一梦想，至今不能实现；只怕梦想实现时，自己已没有读书的气力了。

我读书并不挑剔版本，也不在乎环境。读书生涯，不过是平凡的片段，如此而已！

南港述旧

行脚僧，芒鞋所至，随遇而安，然而他的心里，总是有沙弥受戒的本山；如果晚年仍能回山，还是本门的弟子。我在海外多年，故乡已远；既无故乡，也就不再有他乡。只是，史语所永远是当年受戒的本山；每年回台，也总是有回家的感觉。

在台大读书七年，授业的恩师大半是任职史语所的前辈；即使几位不在史语所工作的老师（如李玄伯先生、沈刚伯先生），也都兼了史语所通讯研究员或兼任研究员的职衔。当年史语所与台大文学院的文史考古三系，几乎是同一批学者——借用今日的说法，一班人马，两个招牌。台大的校长傅孟真先生，也就是史语所的创所所长，不少史语所的前辈学者其实住在台大的眷区。由此因缘，台大文学院阵容之强，一时无两！

台大毕业，董彦堂先生与芮逸夫先生安排我进入史语所为助理研究员，与学长吴缉华兄的工作同案办理。但是沈刚伯先生与李玄伯先生一方面另为我筹办留英留法，另一方面又筹划在台大设立文科研究所。文科研究所成立，我成为台湾大学的第一批研究生之一，也就将进入史语所工作的公事撤了下来。两者之间的选择，有一部分原因是身体不便，即使在史语所借台大办公的图书馆后楼三楼上班也不容易。从台大的硕士班毕业，我才正式进入史语所担任助理研究员。同时进入史语所的同学还有潘武肃、张春树与管东贵三位助理研究员，我们这一批是来台以后入所较早的年轻人。李亦园则是进入新由史语所分出去的民族所，襄助凌纯声先生，开创史语所的姊妹单位。

当年的史语所，已由杨梅迁来南港。多年迁徙，不遑宁居，史语所终于能有一个落脚处！南港犹是一个台北郊外的小镇，位居台北至基隆的公路上；从镇上到旧庄，是一条运煤的台车道，沿着一条小溪，道路两旁，数里稻田及竹丛。溪水时有水牛卧浴，儿童戏水，也偶见有人垂钓。稻田中，一行白鹭上青天，更是常见。据说，朱骝先先生（代院长）在士林（今日台北故宫博物院邻近）与南港两个可能建院的地点中，选了南港，即是为了这一派田园风光。我住的单身宿舍（在今日民族所的后侧），四周竹丛，一室映绿，即在夏天，入夜还须盖被。台车过时，轰雷乍响，又在寂静之中，添了动态的声音。

史语所有一栋“大楼”，但只用了楼下部分，楼上是数学所、民族所及后来又添设的近史所，大楼后面是仓库，也是大多数研究人员的大研究室及图书馆。大楼不远处,有一独立小屋,是朱骝先先生的办公室及会议室。后来，这一座小屋曾前后改为医务室及幼儿园。大楼与小屋之间，则是一片草坪。在当年，这一片有花有草，有罗汉松的草坪，已算是胜境了。我在台大读硕士班时，即曾组织同学郊游，在这片草坪上举行“园游会”。那次，我抽签赢了一本李济之先生捐赠的袖珍英文字典，至今仍在我的案头! 掐指算来，已是四十五年前的事了。

我在史语所担任助理研究员一年,即留职停薪,赴美读书。按照旧规矩,进所新人有一定的任务。同时,入所之初学习为主,不得立刻写论文急于发表。我在那一年内，承芮逸夫先生及陈盘庵先生之命，从先秦典籍中选取《周礼》与《左传》，连本文加注疏，一句一句，一行一行，仔细点读。两位老师吩咐，读书时，该边读边作卡片。但是，我写字也非易事，终于没有编制卡片，以致用时仍须凭记忆翻检，反而多了不少麻烦。这两部书，都是治中国古史的关键，两者之中，当然《左传》有趣得多，然而孙诒让的《周礼正义》，其内容之丰富，诚是一座史料宝库。

去美五年，回到史语所，依例改聘为副研究员，但也是与台大合聘，任教母校的历史系，其时劳贞一先生及严归田先生也已回所，遂多请益机会，得到二位老师的指导，将研究领域延伸到秦汉及中古时期。

返所工作期间，李济之先生主持所务。时时奉济之师命令，协助他老人家办事。而且，承他体谅我上落交通车的困难,命我随他公务车往返台大与南港之间。车中侍座，时得教诲。追随济之师工作，事务大致有东亚学术发展委员会、中美学术合作委员会（人文部分）及中国上古史编辑委员会三大项目，另加一些“涉外”事件，以及他兼管的长期科学发展委员会的人文部分。他研究每有所得，也往往先对我叙述其构想。从这一机缘，我获得的教益，终身拜受，不敢或忘。一般博士研究生，只是在讨论自己论文时得到老师的指导。济之师对我的指导，则远远超出这一范围。济之师读了新书或有意义的文章，每缕述感想，并且要我也在读过后，提出我的看法。在谈论（有时是辩论）之中，我有不断学习的机会。他在自己的研究过程中，如有新见，我也往往是恭聆高论的听者，我有时也冒失地指出其中可以商榷之处。每逢二人意见不同时，济之师常在第二天又提出一些修正或补充，甚至放弃原来主张，暂置一边。这种“喂招”的启发与提示，学生的得益在课堂中是得不到的。

在协助师长工作时，我从济之师与刚伯师的教导中，也学习行政方面的基本功夫，例如草拟研究计划，编制预算，核阅账目，批答公文，撰写公事书信。如“中研院”与台大颇多对外合作项目，有些事务，王雪艇先生与济之师派遣我去办。例如：王院长不愿直接与当局打交道，即出其下驷，由我与有关人员接洽。组织对外会议等事务，大致都分派李亦园、胡佛、马汉宝、郝履成诸兄与我这些小辈，分别代劳。从这些杂务上，我也拜领师长前辈的培育之恩。

也许正因为济之师的垂青，甚至并无职称而列席所务会议，我在所中即不免多了一些麻烦。洛阳少年，本不必有贾谊的才华，也会招到许多侧目之视。再加上20世纪60年代的台湾政治，威权体制尚在当令，当局力图铲除自由主义的最后一些孑遗。“中研院”与台大，被当时的国民党视为大陆时代北大、清华的残余，为此必须加以清除。王雪艇先生、李济之先生,都被情治人员当作异议分子。这一条战线拉得很长，外面的不必说，即是史语所内部，也有家神家鬼，其中包括职司情治的工作人员，经过胁迫而参加的人员，特意混进来的工作人员……不一而足；当然，还有企图借政治力量急于取而代之的自己人。这一清除工作,受打击的学术机构,主要是“中研院”及台大。“中研院”方面,王雪艇先生及济之师首当其冲，一些杂志明枪暗箭，彼此呼应；匿名信与恐吓电话，也数见不鲜。当时情势诡谲,王雪艇先生与李济之先生身挡外来压力，不让同人受到惊扰，至少保全了南港的学术园地。台大的遭遇则比较不幸，钱思亮校长被拱离台大，从此台大蒙尘十余年之久！

史语所有一位同人,过去曾有案而“反正”,在这一斗争中，又被有关方面发动为内线，他承受不了心理的压力，心情怔忡恍惚，竟因此丧生。另一位来所工作的人员，原是由一位外面的学者推荐来所,在这一段攻势结束之后,他也就不辞而别。我在这一阵打击之中，恰有访问美国之行，半年后归来，情势大变。1970年再度赴美，终于遵从一些长辈的指示，留在美国，到了1974年才有返台之行。返台后，晋谒济之师与刚伯师，聆听二位恩师缕述许多变故，始知人心之险恶。幸好，史语所学术独立的学风保全了。

这些往事，已如隔世，老年已至，即将退休。我一生岁月，半在他乡。史语所是我沙弥受戒的本山。我的师长，大半已归道山；愿硕果仅存的几位，身体健康，颐养余年。当年在史语所的工作，中国上古史计划虽已成书出版，但内容离原来的构想颇有距离，至今以为憾事。后来我撰写《西周史》，也是为了尽一己微力，以报答王雪艇先生与济之师的期望于万一。史语所是我学术生涯的老家，欲报之德，终天何极！所幸今日史语所气象不逊于当年创所之日，亭阁变易，门风未改。行脚返山，见到史语所能抱持学术独立与自由的传统，于愿已足。

有情的空间

我曾在《刹那与永恒》一文中，谈到时间的主观性。纵宙是时间，横宇是空间，涵盖了时空，遂有宇宙一词。时空也因此成为对偶的观念，其中时间是流动的，空间是静止的，于是时空也涵盖了动和静的对立。时间是变化，空间是场合，时空也因此而有宾主的区分。然而，唯其时空常为相联属的观念，时间的主观性似也可同样适用于空间。尤其在抒情的意义上，空间应当是主观的。

物理性的空间，由点而线、而面、而主体的三度。推而及于时间，成为第四度。但是如果从历史的角度看，空间却又不妨是时间的一部分。法国年鉴学派大师布罗代尔，以历史演变分为三层，其最长的一层称为“长时序”，实际上指的是地质与地理的条件。中程及短程的演变，照布氏的说法，都系于长时序的基线之上。从这一论点推衍，有不少历史性的演变确可别见端倪。长时序不是不变，只是变得极缓慢，遂有静止的感觉。沧海桑田，空间的面貌未尝不是变化不息。

人对于四周的环境，由接触而熟识，由熟识而生情，由生情而产生认同。这一连串的过程，都在空间的范畴内衍生。沙门不愿三宿桑下，即为了避免与环境空间有了认同，避免有情而生业障。沙门到底不如凡人多。凡人大致都会与周遭空间发生直接的认同。恋故居，怀乡土，都由此一念而来。再扩而大之，不同的个人，甚至不同时的个人，也都由某一空间的联系而有共同的认同。同乡的观念，只是为了彼此都曾践踏同一片土地；同学的观念，只是为了彼此都曾进入同一所学校。其实，土地与学校的意念，都是相当抽象的。不是同一年龄的同乡，何尝真正地在喝同样的江水？不是同一班级的同学，又不见得听过同样的钟声。然而，流动不居的时间，无妨由空间统摄；不是时间问题超越了空间，反而是拉长的空间超越了俄顷的时间。空间竟是另一层时间了。

记忆中的空间，常作为有情的桥梁。我在读研究所时，有一位埃及史的老教授从埃及携回一帧相片。无垠的沙漠上，落日的光晖拉长了金字塔的阴影，宛如巨大的日晷，投射到地平线上。长长的驼队，也投射为一串的影子。这帧相片，已将时空纠结为不可划分的一体。站在古迹的前面，我们常觉古人就在身边，似乎触手可及。不在同一地点，思古的幽情，很难自然涌现。空间的因素将时间的差距拉近了，甚至于泯灭了。

即使身体不在同一空间，对于同一空间的记忆，也可以将散居各地的情意一时统摄于同一意境中。中天月明，一夜乡心五处共望；春雨吴山，台湾与美国也可同梦。于是，分手的恋人会在杜鹃梦里偕行。远戍边塞的故交，也仍能仿佛感觉江南岸拂面的柳丝。同一空间的统摄力，其实十分持久。

延长的空间，又可以浓缩到极小。最近读到一首英文小诗。由诗人在结婚六十一周年时，赠送给八十岁的夫人。粗糙的中译为：

世界极小，极小，
在相拥时，世界尽在怀抱。
两唇相接，过去遂永远不成陈迹。
心心相印的瞬间，
遂掌握了时空与万物。
你的目光抚爱下，长空已缩小，
时间已停步，只为了有一事真实：
世界极小，极小；
在这一张脸上，我已拥有整个世界。

《庄子》的空间都是相对的，扶摇直上、振翼九万里的大鹏，其空间的意义其实与后院麻雀在枝柯间的空间各有其独特的意义。这位诗人对于空间的认识，则是收六合于两个心灵之间，在白首犹新的浓情弥漫时，方寸的空间也已能扩大到无限的时空了。

人与人之间若只从物理性的空间着眼，各人占有一个空间，任何两个人都无法有空间的重叠，更不论空间的全同了。但若从情意的空间看，则人人有与旁人共有的空间。无情时，对面不能相认。每天街头攘臂摩肩的人群，虽然如此接近，却又如此隔绝。有情时，天涯若比邻。若两情相契，更是寤寐相思，漫道关山万重，即使生死别离，切不断心魂相守。由此扩而大之，爱及众人，爱及万物，则地球若同舟，宇宙如一室，所谓民胞物与的襟怀，只在一念之间了。着眼在同，则万物皆同；着眼在异，则万物皆离，也只在一念之间而已。

容异与存疑

子绝四：毋意、毋必、毋固、毋我。

《传记文学》的编者催了好几次稿，我没有想到竟在今天晚上动笔写这一篇美国一段岁月的回忆，而明天，明天早晨我却将参加一个纪念会，纪念当年为了送我去美事尽力帮忙的一位长者胡适之先生。看着案头日记本上明天应做的一行记事，我的笔尖变得异常滞重，我真不知道会写出些什么来。

1957 年夏天，胡先生受了台湾大学钱校长之托，曾四次下乡访问住在纽约郊区的华侨徐铭信先生，劝他在捐给华美协进社的留美奖学金中拨一名额作为人文奖学金。这个名额后来就由我取得了。凭着这笔奖学金，一个穷学生才能登上招商局轮船，航向他一生中具有铸型作用的一段岁月。今天这个穷学生回国，想向胡先生学习，却只有在他的作品中吸收他的思想了。

五年半前，海黄轮离开基隆码头，我眼看着分隔着送行人与轮船之间的海水逐渐加宽，加宽到成为不再可以逾越的一片水域。等到不再能看见岸上送行的家人时，我走回房舱，把自己留美的目的用浓墨写在记事册上。当时记下的是两大条：读些近东古代史和设法医治自己的残疾。今天我若可以在记事册上记下的项目下再加些字，我必须加上更粗重的一行：认识西方文化在美洲大陆上的这一个旁支。这一点应该说是我留美最大的收获了。

第一个启发我这一点的是一位叫柴勃尔的美国朋友。他大约也是我第一个交结的美国朋友了。当我第一天上课，走进东方研究所的埃及史课堂时，发觉自己到得太早了。可是室内居然还有一位更早的仁兄，胖胖的身材，塞在椅子里颇有把椅子胀破的可能。注视着他发光的秃头，我一时猜度不到他的年纪。交谈之下，我才知道他是一家小型大学的政治系系主任，适逢“六年休假”的假期，特来芝加哥大学选修几个学分，使自己不致完全禁囿在自己的小范围内。课后我们又一起去咖啡间各取了一杯咖啡，谈了一个钟头。对于这一位老前辈，一个初履异邦的外国学生当然想讨教一番。等我问到他该如何读书时，他反问我是在美长住还是短住。我告诉他只是来此读书而已，他的答案是：“那么，把读书的时间留下一些来看看你四周的人与物吧，因为你将来可以在台湾的图书馆找到这里该读的参考书，但是你回台湾后可再找不着一个活的美国社会让你观察了。”此后，我在美国的生活几乎无时不受他这句话的影响。我愿借他这句话转赠将要出国的青年朋友们，到美国以后，别光把时间都放在书本上，也要张开眼睛看看人家生活方式背后的精神。

我头一堂上的威尔逊先生的课，他是美国埃及学大师布累斯台德的学生，布氏逝后，他算是新大陆上埃及学的首座了。我记得在他课堂上，只听见他对这一个问题也说“我们不知道”，对那一个问题也说“我们不知道”。有一个日本来的学生听了这种“不知道”的答案近一个学期后，终于向他询问:“究竟我们知道的是些什么呢？”威尔逊先生回答得很妙：“我们知道的，就是我们不知道！”(We know that we don't know!)这位日本同学颇有怏怏之色，以为先生在调侃他。我当时却忽有所悟，悟出了一个关闭型文化与一个开放型文化的区别：前者只追寻答案，后者则是追寻问题。“知之为知之，不知为不知”固是诚实的态度，到底还是须以“知道自己未知”为前提的。我现在已把埃及王朝的年表忘去不少，但是威尔逊先生的这一句妙语恐怕我今生是忘不掉的。

柴勃尔先生的指示似乎只是一张地图，威尔逊先生的那一句话竟像是在地图上画了一条指路的红线，我从此对于美国社会的观察就有准则了。我开始发觉在美国文化的后面有一大排巨人支撑着这个巨大的结构。这些巨人的名字包括:存疑、尊重别人与不专断，而这个巨大的结构是政治上的民主和思想上的自由。

我在美国曾得到一个很巧的机会，得以一偿宿愿，使先天的残疾经过一番矫治。由于我的病例太稀少，芝加哥大学的骨科决定给我免费治疗，主治大夫则是美国骨科名医赫却医生。住了前后十几个月院，出院入院五次，现在总算是把脚治得放回正常部位了。1957 年圣诞前夕，我被推进手术房，准备接受第一次手术。赫却医生穿扎得只剩两眼露在外面，走到我的麻醉房来，一面找手套，一面和我握手。他俯着瘦长的身子，对我说："我不知道你相信的是什么宗教，我不是基督徒，但我愿意相信有一位主宰的存在。你如果信教，你可以向你的神祈祷，我呢，我也向我的神祈祷。我将以全力为你矫治，但是我不说有百分之百的成功机会。"后来在住院期间，我又有一次和他谈起宗教，尤其是他的"主宰"。他花了很多时间让我了解，他在麻醉房的话一部分是顾全我的信仰，而他自己的"主宰"则是医药科学上过去所有摸索得来的知识和理智的能力，但是他仍旧在了解知识与理智的限度，仍在摸索的路上，因此他才说没有百分之百的把握。他始终认为真正有价值的东西，不在医药科学已知的知识，而在于那股向前摸索的力量。

赫却医生的一位助手叫爱克逊医生，是一位年轻的住院主任医师。他们师徒几位整天忙着手术和查病房，尤其是赫却医生，似乎一天只睡五个小时，晚上十二点刚见到他，次晨六时又听见他在手术房打电话来催护士洗涤病人要开刀的部位了。只有星期日，除紧急开刀外不动手术，爱克逊医生就会来病房和我聊聊天。我曾经告诉他，台湾有不少种种不同缘故而残疾的儿童，社会上还没有注意到如何由社会负起治疗与教育的责任。他看看病房里那些由州政府付钱接受治疗的残疾儿童，问我何以中国的政府或民间集团没有想到负起这个责任，我只好以“穷”字塞责。他向我保证，若是我有朝一日在台湾能组织一个与芝大医院附设的“残疾儿童之家”一类的机构，他愿意来台湾担任医生的工作。我向他道谢，并且表示佩服他愿意为中国人服务的热忱。他却说，人就是人，不会因为国籍而改变体质的，并且说他根本就没有想为“中国人”服务，他想到为世界上一个医生不足的地域的人民服务而已。我听了他的解释，不能不为之汗颜，至今我已可以排除好几层思想中的偏见，但是我始终过不了民族思想这一道关。偏激的民族观念恐将是世界大同道路上难以跨越的一道难关。怀念老友，我不知道何日可以实现组织他所说的那种机构，但是我对他“民吾同胞”的胸襟始终是心折的。

柴勃尔先生回到他的学校后，曾经数次邀我去访问。我也曾去过两次，那是一个中西部小镇上的一家小型大学。全校不过六百多名学生而已。有一次，我应邀在该校讲话，碰巧一班历史系的学生在讨论“不同文化的不同法律观念”，是一个单元讨论会的一部分，我就向他们讲了些中国古代“赏疑唯厚，罚疑唯轻”的观念。第二天，柴勃尔自己将担任法庭的陪审员，邀我去旁听。那天的案子因为证据不能作百分之百的肯定，陪审团只好把一个恶名昭著的流氓判无罪。我回芝城后，柴勃尔先生把法官的判词寄来，其中引经据典，引用了好些 Learned Hand（刚去世不久的法学家）的话，大意则不外是“宁纵毋枉”四个字而已。

美国的大学生好提问题，我在课堂上也逐渐学会了举手发问。先生对学生的论文或讨论报告，也是很认真地批评。课堂上师生像仇人一样，但是课堂下是朋友。刚辩论得面红耳赤，隔一阵又在一起喝咖啡，谈闲天，可是一触到刚辩过的题目，双方仍可以面红耳赤地吵下去。在那里，先生不能以“师道尊严”四个字占足身份。我曾经在好几处小型大学讲演过，最常碰到的讲题是中国的现况。幸亏我对此道弄惯了，讲时总有实在资料，所以从未被问垮过。最紧张的一次是面对七十几位新闻学院的应届毕业生，让他们盘问三小时，竟也侥幸未垮。我有一位印度朋友，就曾在一个相似场合中硬是垮下来。他的失策在于他略觉难以回答时，使出了撒手锏：“我是印度人，印度事我当然比你们知道得多。”这句话一出口，举堂哄然。有一位美国学生站起来说：“羌德勒先生，我们佩服你的勇气。但是请你注意，我们只接受理论和证据，我们不接受任何人的权威判断。”这一着，我奉劝将出国的朋友们也该注意检点，让我们用“理”来服人，而不用“你不懂”三字来唬人。

这种容忍别人但不服从权威的精神，在华府之游时我见到了它的来源。那时我站在杰弗逊纪念堂的里面，远望是华盛顿纪念碑和林肯纪念堂，三个建筑物成为一直线。杰弗逊纪念堂的墙上镶着四块铜刻，其中有《独立宣言》及他在弗吉尼亚州订下的《宗教自由法案》。读着那些词句，堂外有满天晚霞，映在堂前池中，我徘徊不能离去。离堂不远，就是刚去过的档案局，那里面陈列着美国开国诸人草拟《独立宣言》及《宪法》时的各种草案及来往信札。我那时候顿然了解了美国文化的精神基础。容忍、爱人、不专断、不盲目服从权威，这一切都是建筑在对人权的尊重上。威尔逊先生、老小两医生、那位法官以及问垮印度人的学生，都不过自小濡染其中，气质中不自觉地包含了这些成分了。

时间已过午夜，此时已是胡适之先生逝世周年了。我愿以此短文纪念胡先生。胡先生一生没有背离过自由思想。假如他还活着，我想他会高兴地听我告诉他，当年他协助去读书的学生，学会了一句“我们知道的，就是我们不知道！”（We know that we don't know!）最后，我愿借杰弗逊的一句话，结束这篇短文：“我在神坛前盟过誓，我将永远与任何加诸人类思想的暴政为敌。”（I have sworn upon the altar of god eternal hostility against every form of tyranny over the mind of man.）

1963年2月24日晨1时

磨镜者言

——《历史分光镜》序

陈宁与邵东方二位仁棣，负责辑录《学苑英华》所收我的作品集。二君辛苦，殊为感激！本书名为《历史分光镜》，是借用光学上棱镜分析光谱系列之意，表示历史学的功能是将历史解析为各种因缘线索及演变过程。蒙上海文艺出版社的错爱，将拙作介绍给中国大陆的读者，使我颇有惭愧之感。承命要撰一篇序文，讨论在专业范围内的学习过程，叙述梗概，盼能有助于读者了解本书所辑录的文字。

我生而残疾，不良于行。抗战期间，不能跋涉山路，以致未能入学。自从学习认字，有一段岁月都是在家摸索。先君性喜史地，我从他的书架上取读书刊，也熏染了对史地的兴趣。抗战胜利，返故邑无锡，才第一次入学读书。无锡学风自东林以来，即重实学，不尚文采。辅仁中学的老师，学养之深厚，不输上庠教席，于文史舆地，每在课本以外多所发挥。于是，在老师们诱引之下，我也向往于三顾（顾炎武、顾祖禹、顾栋高）之学。

在台湾大学时期，本科是在历史系，研究生学程是在文科研究所。其时初创研究所，台大的文学院是第一个有硕士课程的单位，并不分科系。当时台大的师资，集大陆来台学者的精英，盛极一时。老师各有专长，不在一科一系，我因此得到窥视不同专业方法学的机会。我的学士与硕士论文，都跟随李玄伯（宗侗）先生学习。玄伯师在法国留学时将文化人类学与古代史冶铸为一，对中国古代社会的图腾、婚姻、亲族及城乡，尤有独到的见解。他的观点，应当还是进化论一系。我在考古人类系的老师李济之先生、凌纯声先生与芮逸夫先生诸师并不从文化进化论入手。济之师是考古的实证论者。纯声师是十分注重环太平洋区的文化圈，文化传接论的学者。逸夫师注意文化比较研究，非常注意中国古籍及民族志中透露古代文化的遗存痕迹，大致可列入功能学派的观点。历史系中，劳贞一(榦) 先生是汉史大家。贞一师教我的是从史料中梳爬，重建古代的政府制度及生活。董彦堂（作宾）先生为殷商卜辞研究奠定断代标准。从彦堂师处，我只学到了年代学，却没有在古文字学方面用功。高晓梅（去寻）先生是殷墟发掘的考古学家，从晓梅师处，我稍知商周铜器的基本知识，但于金文方面，也没有用功——诸师教诲之恩，终身不敢或忘。

在台大与“中研院”史语所学习的时候，我的兴趣在春秋战国历史，为此曾将《左传》中的人物排列谱系。同时，我也研习三礼，想从《礼经》中寻索古代信仰。我的硕士论文即是设法界分作为自然力的“天”与作为宗神与生命来源的“帝”。学士论文是研究《礼仪·士丧礼》中所见的灵魂观念。这两篇习作，均是玄伯师指导，然而也受逸夫师的启迪及匡正，遂是演化与比较文化研究的杂糅。

1957年我在美国芝加哥大学东方研究所读博士学位，也接受外科手术矫治两足。当时的东方研究所以近东考古学为主，中国古史主要学者是顾立雅（Herrlee Glessner Creel）先生。芝大学风自由，学生的学程安排，全由学生自己的兴趣发展。芝大的埃及学、巴比伦学与亚述学，集合欧洲来美学者与美国的学者于一堂。我在这种环境下，选课以埃及学与巴比伦学课程为主。殊得埃及学教授威尔逊先生之启发。芝大的社会学，兼有美国本地发展的小区社群实证研究（所谓微观社会学）与源自欧洲的社会学理论（所谓宏观社会学）两个传统。由于古代文化与宏观社会学的关系密不可分，我在东方学的顾立雅与威尔逊二师之外，又从彼德·布劳（社会学，尤其文官制）、霍塞利兹（欧洲经济史）及伊利亚德（宗教学）诸位教授学习。这是我初次接触韦伯（Max Weber）的理论，一生思考，受韦氏影响甚大。我的博士论文是春秋战国时期的社会变动，后来出版为《中国古代社会史论》（*Ancient China in Transition*）一书。在这次习作中，我尝试用统计方法，根据不同时代历史人物的家世与社会背景，测量各时代社会变动的方向与幅度，再从这些现象探讨政治、经济、意识形态诸变量如何配合而有其相应的社会变动：不仅顾及社会成员在社会阶层间的升降，也顾及社会结构本身的转变。在这一论文之后，我的研究角度，经常照顾不同变数的互动相应，我不再以为历史是由哪一种特定的力量推动；每一特定时期的历史，是由一系列当时当地的变量配合，而有其特定的变化。这一观点，在大原则上，不仅是我在专业研究上的方法，也是我观察身边事物变化的工具。

由美返台，我又回到史语所工作，也兼任台大教职。在台九年，事务丛杂，再加上个人性格不愿向集权的政权低头，终于又离台来美。那几年内，研究范围颇注意于国家与社会之间的互动关系，《汉代政权与其社会基础》等篇即是在那几年写的。这一研究专题，后来又陆续及于汉代知识分子、中古知识分子、游侠豪强及地方大族的性质诸题。我在这方面的工作，自 20 世纪 60 年代延伸至今，其中美国学术界对市民社会、公众空间等课题的研究一度是讨论焦点。然而，市民社会的“市民”有其欧洲中古城市的特定背景，我们不能在中国史中硬套。我毋宁是用国家力与社会力分合迎拒作为着眼点，可能比较切合中国的情形。

1970 年我应约来美国匹兹堡大学任教，接到西雅图华盛顿大学汉代研究系列项目组的邀约，撰写《汉代农业》一书。该书原是由杨联陞先生签约撰写，后来杨先生退约了，华大遂找我接下合约。为了撰写该书，我自修了一些农业经济的理论。

同时，匹大历史系有一个讨论农业与农民的同人讨论会，每个月有一位同人提出专题报告。我从这一个讨论会中，获得教益不浅。最后成稿，却又因华大该系列的出版经费问题耽搁了将近十年，始得付梓。

《汉代农业》结合人口压力、农耕技术、市场网络、政府与工商关系诸方面，说明中国小农经济的特色。这一小农经济，专指小农场的精耕细作的要求，必须蓄积大量劳动力。季节性的劳动有忙闲之时，农村以这些季节性的剩余劳力投入农舍工业中。农村的手工业遂接过了制造业的部分任务。农舍制造的商品，必须由销售管道换取资金，于是市场网络得以贯穿全国，下达农村。最后这一部分，也是地理学的“中地理论”。自从汉代以来，中国的经济大致未离开这一格局，迄于近代工商业出现，农村才丧失了制造业的功能。为此，《汉代农业》一书的副题是“中国农业经济的形成”。

《汉代农业》一书涉及商品流转的网络，嗣后，我曾撰写有关网络的一篇短文，指出中国旧日的网络，以大道支路形式不断向四处延伸，也不断在若干地区加密。这一网络，同时是商品集散、信息流传、人才流动诸项功能的大网，政府行政的地方权力中心设在省城县城，也正是网络所经过的若干交叉点或中继点。在这一假设下，我还可从各时代的战争攻伐路线及国家分合形态等题目查证网络的作用。很惭愧，心存此念，已为时十余年，我还未为此写专书。

《汉代农业》以后，又接到耶鲁大学《西周文明》一书之约。

这本书是友人张光直兄主编的中国古代文明系列之一。由于我20世纪60年代在台工作时期，李济之先生曾吩咐我襄助他老人家主编中国古代史，我也撰写了几篇西周的篇章。光直兄将耶鲁出版系列的西周一书交我撰写，也是因为我已有几篇论文可以打底。在撰写《西周文明》的英文版时，我先写了中文版《西周史》，只是英文版中加了同事Linduff所撰《西周艺术》一章。中文版《西周史》的增订本，又加了《周人的生活》一章。在《西周史》中，我以新出的考古资料为据，兼采傅孟真先生与钱宾四先生关于周人文化渊源及周人的迁徙路线，认为在岐下成为气候以前，长时期的先周，还须追溯到与夏人接近的晋西南，然后北迁，进入草原与农耕经济的转移地带，所谓“沦于戎狄”，终于在避狄难时，又南徙达岐山的周原。由于“先周”一词的用法因人而异，有人遂以为“周原”即是“先周”了，何必再往前追溯？其实，我之所以追溯到更远的时代，是因为周人自己的谱系并不以“周原”为起点，而且华北新石器时代的晚期，大型国家正在形成，草原与农耕转移地带又颇因气候而有生态的变化，凡此情况都会引发许多族群移动及文化分合的现象。

我在《西周史》中，讨论天命观念，借用雅斯贝尔斯（Karl Jaspers）之观念，认为这是中国文明初次有了“超越性突破”。封建制度是周人与商人及各地族群融合的机制。至少周人封建系统下的各地统治阶层由此发展了自群认同，也在礼制方面凝聚了大同小异的上层文化。从西周王朝的铜器铭文，我尝试说明西周政府逐渐趋向复杂组织的过程，并说明封建制度本身潜在的病根，代代分封，族群疏远，封地不敷分配，贵族遂逐渐贫穷，以至出让土地以换取器用。这一现象又是封建经济的一个转变过程。

除了上述三本专书的研究，我一向有兴趣的研究题目是不同文化的比较。但是，我做比较研究，不是为了寻找定律，而是寻找各文化发展的特殊轨迹，也可说是找寻殊相。例如，我希望从几个重要的古代文明发展情形中，找出各自重视的价值观及各自文化中知识分子的特有身份与功能。我认为，在那些超越与终极关怀出现时，有些古代文化有了突破的进展，从而发展为文明，其中的若干专业人士逐渐化为那些特定价值观的阐释者与传授者。这一论题是由雅斯贝尔斯提出的。但是，我的注视焦点在于以个别文化突破进入文明后，是哪几种特色决定了这些古代文明日后开展的特定方向。

从上面这一节假设，我才尝试说明韦伯命题与李约瑟命题的意义，亦即资本主义不出现于中国；中国 15 世纪以前，科技水平高于欧洲，而 15 世纪以后被欧洲赶上。

在古代史方面，我一向希望能将考古资料与文献资料相糅合，以图重建中国古代史。这些努力，在《西周史》中，有了落实之处。至于史前历史，文献不足征，当然就以考古资料为主体了。从考古学的各种地方性文化互相影响的过程，我尝试寻找一些发展与扩张的模式：当一种文化与另一种文化相接触，先是冲突，继而交流，继而融合，最后整合为一个范围更大内容更复杂的文化。这一文化又会与邻近文化接触，以至再次进行同样的过程：接触→冲突→交流→融合→整合。如此不断地扩大与复杂化，终于古代文化逐渐融合为几个大文化体。这些大文化体，在历史时期，成为以中原为核心的中国文化集团，最后则成为所谓的中国文化，但仍无碍于各地有其浓淡不一的地区性特色。这些意见，恰与苏秉琦先生“区系类型”理论及“古城古国帝国”系列颇为一致。苏先生由考古学的成果归纳而得，我则从历史现象中摸索寻找，两种途径能有如此的一致性，也可说不同模式间有一定的互证作用。

从梁任公先生为中国历史分期得出启示，我也有过一项建议：中国文化由中原的基础扩大为中国的中国，再扩大为东亚的中国，中国必须与四邻交往，然后是亚洲的中国，最后将是世界的中国，中国终须是世界多国多文化社会中的一个参与分子。这一过程，正是考古学上诸地方文化扩大融合过程的后半截，其实是同一发展的模式。

为此，我不主张中原文化扩散于四方的说法，毋宁主张，过去所谓周边文化与“中原”文化之间既有相对的交流，周边对中原的发展也有相对的影响。我最近比较重视中国北方与南方的考古资料，即因为北方草原族群逐渐游牧化，构成对“中原”的压力，而且由北方传入的一些事物，例如战车，也为“中原”文化添加了重要的成分。至于南方，则是华北族群向南侵压的地区，文化的交流与融合也有其值得注意之处。

关于中国历史的分期，我不以为可以借用欧洲历史分期的模式，僵硬地按照教条，分为原始公社到社会主义五个阶段，或上古中古近代三个时期。由于其地理条件，史前发展背景以及各地各族互相影响的情况，中国文化涵盖的地区，应当自有分期的方式，庶不致有削足适履的苦处。

我不认为历史是一成不变的周期发展。人类制造的制度即使表面上有一延续性，但是每一时代都会有一定的变化。正如人本身会有疲怠，良法美意如果长时没有调整，也一样会有不适用之时。从这一假设下手，所谓朝代的周期，其实即与制度的衰疲败坏有关。

对于历史上一些人为造作的观念，我们亦可作如是观。例如，中国的“天下国家”观念，当然与欧洲最近数百年发展的“民族国家”异科。然而，中国普世性的“天下国家”，在汉代可以有较具体的意义。唐代天子已是中国皇帝与可汗的双重身份，两个圈子，一小一大，并不相同。宋代以下，中国是在东亚多国多文化体制中的一员，根本已不可能再自诩为“天下国家”；于是，中国的天朝意识自是虚骄的自欺，华夷文野之辨实即发展为类似民族主义的文化主义。同样的，在佛教传入中国以前，中国有一个以儒家为主的普世文化体系；在佛教进入中国以后，中国文化体系即多元了。我最近正在这一命题上多作思考，希望能做出些像样的研究结果来。

以上是我治学经过的一些回顾。感谢陈宁与邵东方二位命我为序，借此反省。一生在书斋中度日，现在行年六十有七，已不算年轻，因此驻足踌躇，回顾已走过的路，忽然惊觉去日苦多，来日少，而未做之事，待读之书，不知其数，也只有走一步算一步了。

1997 年 4 月 10 日于匹兹堡

人鼠之间

——试论文化保守主义

最近曾有一次机会，听一位实验心理学家的讲演。这位心理学家曾经以白鼠为对象，做了许多动物学习的实验。给我印象最深的有两个实验。其中一个实验把白鼠放在左右分岔的两条通道上，往一边走，它可以有水喝；往另一边走，它一无所获之外，还须受到打击。等到白鼠养成习惯，知道向某一方向可以喝到水后，心理学家又把水换在另一边。由出发点到终点之间，心理学家还布置上许多可使白鼠得到暗示的线索；也就是说，让白鼠有一个可以遵循的模式。这位心理学家得到一个很有趣的结论：完全新来的白鼠学习得比已学到一套知识的白鼠要快而少错。但是经过多次改变的白鼠似乎已养成了学习的习惯，学起来比那些“新生”又快而少错些。

当时我由这一个实验联想到人类的学习能力。人类的学习也经过一连串的尝试与验错的过程，直到他历试不爽后，找出自以为是的答案。大凡他学习得愈长久，他对这个答案的印象愈深刻；同时，他得到的答案保持有效的时间愈长，他对于答案的信心愈深。二者都可造成人对于一套答案的执着，也就是说，这种情况就造成了拒绝改变习惯，造成了保守性——保守固有的习惯，而对其他代替的可能性则深闭固拒。

保守性最强者往往是年岁比较大的人，因为他已经用去生命历程中很大的一部分，铸炼打磨成自己处世的准则和规范。也就是说，有了一套解决问题的答案。这种印象深刻的答案，对当事人而言，若想抹擦干净，即使有可能，也将是很痛苦的事。

若一套答案对某一个人往往能轻而易举地获致利益，这个人也大致会乐于保持原有对他有利的模式而拒绝改变，甚至阻挡别人做可能造成改变的事。这种是所谓既得权益的阶层，他们往往是最反对改变的人。从好的方面讲，他们构成了安定力量，制衡轻举妄动的冒失鬼。从坏的方面讲，他们也阻挡了至少冲淡了可能引致改变的冲力。

既得权益阶层中，又可分生而有之的一类及奋斗而得之的一类。表面看来也许有些奇怪，后者往往比前者更加保守，更加起劲于保持已建立的秩序和模式，更不起劲于引进改变。所以，在法国大革命中，我们看见有完全站在平民一边的贵族；而在英国保守党的阵营中，看见最重要的支持者是中等以上的职业人士和企业界人士。这是由于那些奋斗而后得到权益的人经过多年苦斗，发现这一套答案可以保持他得来不易的地位及财产。反之，那些生来就有社会地位的贵胄子弟，对于个中甘苦并没有亲身体会的经验，却有着追求自己理想的热诚，因此不至于有过分的患得患失的心情。唐代牛李党争，李党代表世族，牛党代表新兴的进士。正史中往往把李党人士描画成君子，把牛党描画成无行的小人。其实，前者是一群阔少爷，蛮不在乎，后者是一群刚爬上来的寒士，颇不免断断于保持其得来不易的地位。二者间态度的差异，有其缘故在，倒未必与各人的品性有何连带关系。

论到保守的对象，人类也划分成若干等级。大致分之，生产工具易于改变，生产制度及组织方式不易改变。生活方式中，衣食住行的实际项目容易改变，道德规范及世界观则难以改变。艺术生活中，表现形式稍易于改变，而表现的内容则变得比较慢些。各部门改变速度的不一致，会造成整个文化结构的不协调，而这种欠协调的现象又往往授保守者以反对改变的口实。

要了解上面这一段，我们可以设想两个图画。一个图画的背景是中东灼热的沙漠，远处油井铁架高竖，装有空调的新式汽车中坐着一位头缠布带的酋长，旁坐着他的三四位太太，驾车的是他的奴隶，他们正在驶向礼拜寺作每日的功课。另一幅画面是在半热带岛屿上，一位西装革履的儒者，从装了冷气的电影院里踱出来，电影是用最新光学设备和技术拍摄的民间故事，儒者正在思索着如何赞美这个电影，使浑浑噩噩的众生重新能欣赏过去男女情爱的“含蓄”。

白鼠中有一群因为常常面临频繁的改变，倒反而养成了适应改变的能力。人若也有“改变不可避免”的看法，我想这对保守的习惯是可以有些阻遏作用的。笔者近来读书偏于汉代，在仲长统《昌言》的《损益篇》中，读到下列一段话：“作有利于时，制有便于物者，可为也。事有乖于数，法有玩于时者，可改也。故行于古有其迹，用于今无其功者，不可不变。变而不如前，易而多所败者，亦不可不复也。”这是理智清明者说的话，应该可以使保守者清醒的。

文化的保守态度与个人的保守态度并不完全属于同类；因为文化与文化间虽有接触，并构成文化的复数，但是以文化为单元，究竟不同于以个人为单元所构成的社会，前者合成的群体中固不能区分为既得权益者与未得权益者之类。然而，文化与文化对比，确有应付问题的不同方式。对于同一问题，答案往往不止一个，是可选择的。某些文化找到了当时当地最适当的答案，某些文化则仅找到马马虎虎对付下去的答案，更有些文化仅把邻近其他文化所发展的答案借来抄袭一下算数。等到势移境迁，问题改变的时候，上面三种型态的文化大致会有不同的调整方式。第一种，原先适应得很好的文化，每每为了眷念过去业绩的优异，迟迟不能也不愿面对现实的挑战。这种文化的代表人通常不是用回顾过去的光荣来陶醉自己，就是把面前的问题曲解一番来迁就固有的答案。第二种，原先对问题答案不大满意的文化，倒很舍得改弦更张，另找出路。

第三种，原先是借别人答案的文化，竟又打好主意再作一次文抄公。

在这种情况下，我们可以看见一种贤愚智拙逐渐拉平的赛跑方式。凡是本来跑得快些的文化，为了自我欣赏，也许不能很快地找到新路。而那些本来跑得差些的，反可以注意于寻找新天地、新途径。中国文化的基础深厚，不易倒下去，可是也不易转方向。日本的文化基础比中国差多了，却可以转变方向，在亚洲诸国中独树一帜。过去之幸成为今日之不幸，过去之不幸成为今日之幸。祸福相倚，我们在这里竟又可以找到一个例子。

白鼠中善于学习的一群，其善于学习并不是由于先天的禀赋异于那些不善于学习的伙伴，而是由于它们习惯了多种选择，习惯了从选择中得出一个最合宜的答案。由此可以看出，多种选择的存在，相比于只有一种答案的，给白鼠创造了更为有利的教育环境，使白鼠知道在几种平等的机会中可以选取一条最好的途径。

以文化言之，也有些相似的现象。有些文化着重在寻觅及建立独一无二的真理，有些文化却着重在众善杂陈，就像任顾客在货架上取下自己选定的东西。中国文化在孔子的时代，颇有一些第二类的气度。孟子以后气象就差多了。汉代造成了中国真正的统一，可是中国也从此不再能有多样性的选择。汉代七国之乱后，政治重心集中于中央。刺史制度实施后，太守不再是半独立的地方首长。于是全国的才智之士，不到首都就找不到进身之阶。汉武帝干涉工商业，使可能与政治势力抗衡的财富力量得不到发展机会而萎缩不堪，生机全失。压抑游侠，削弱豪族，又使得政治圈外的社会力量局限于一定的范围内。学术思想，先则各家并峙，各派并存；接着成为大拼盘，大杂烩；最后定于一尊，儒家成为唯一的正统，直到今天。凡此几方面的发展，造成中国单轨式的局面，延续两千年未曾有过的根本性改变。

中国人习惯于循一条路走，习惯于这“唯一的真理”，唯一的模式，所以一旦路走不通时，心理上不免出现天崩地坼的危势。这种心理上的走投无路往往把当事者逼向死路，于是大多数的忠臣是以死谏君，大多数的烈妇是以死殉夫。另一方面，朝代的更迭也几乎循同一形态，一次又一次地经历着治、平、衰、乱的老路走，以明君良臣始，以昏君奸臣终。其情形颇肖似白鼠走到尽头时的狼狈，也肖似白鼠被捉回起点时又循老路前进的情形。另辟蹊径的人，在中国历史上，幸运的可入异行传，倒霉的难免入叛逆传，与宋江盗跖之徒为伍，海外扶余的故事向来是不多靓的。

若是中国可以关上大门过日子，让老戏一遍遍地复演倒也无甚妨碍。白鼠的迷宫若老是固定的一套，跑久了之后，白鼠也会学得驾轻就熟。问题出在人类常常面对新的挑战，如同白鼠常常要走新的迷宫，至少心理学家喜欢在迷宫里加一些新花样。于是，走惯了老路的白鼠惨矣，习惯于一条大路的人也惨矣。白鼠的反应稍微简单些，人的反应就复杂了。人除了沮丧，常常会努力幻想迷宫未变，努力歌颂老迷宫，闭着眼睛直往迷宫的尽头处撞。习惯上，我们称这种病象为保守症；纵然其变名、俗名、美名可以有无数种，在中国，这些名称甚多，例如“中学为体，西学为用”，例如“本位文化”，例如“精神文化高于物质文化”。

以上不过“近譬诸身”，挑自己的事例作个比喻而已。其实保守的风气并不限于中国。大凡以绝对价值为鹄的的文化，都有些相同的迹象。天主教教会中有不少开明分子，但大体上整个教会总不免表现为保守作风。印度社会结构被种姓制度隔开成水泄不通的几条路，于是每一条路上走的人也只有一个选择，因此印度文化的保守性是举世闻名的。英国人有保守之称，然而他们所保守的往往只在表面的形式，如女皇及白金汉宫前的熊皮帽卫兵。英国人对于事物的内容倒经常灵活地从事改变，以求适应。

保守之弊，不在其意图保留的东西本身，而在其构成“以不变应万变”的风气，离现实愈来愈脱节，最后造成不得不崩溃的后果。因此保守者往往陷入悲剧性的矛盾，一面想维护固有的一套，一面因为致力于这个工作，把固有的一套变得更僵化，更不易于适应。最后由于他们的努力，害得固有的一套连一个表面的形式也维持不下去，面临非崩解不可的危机。“爱之适足以害之”正是对保守分子的断语。

湖上偶感

近来两度访问香港，中文大学分配的宿舍面对马鞍山，下临吐露港，坐在书桌前，山色波光，袭人而来。吐露港是大亚湾的内港，离大海颇远，平时风平浪静就如大湖。右手是马鞍山，巍然高耸。香港潮气重，时见白雾缠绕鞍头；如逢晚晴，则夕阳映照，浓绿耀眼。左方是新娘潭水库及水上游乐的水潭，由两条长堤夹住一串小山，隔绝海水，更左则是丘陵迤逦，相追相随，不如马鞍山高耸。这两条长堤远望颇有西湖白堤苏堤的气韵；那一串称为七姊妹的小山，又似放大的三潭映月。

山下吐露公路，昼夜有大小车辆奔驰于香港与大陆之间，车声如雷，居然如风涛鼓动，又为海景补了音响的缺陷。吐露港外，水天淼漫，瞩望又如由鼋头渚上可见的太湖及湖上群山。香港的中文与科大，均占山海胜境，两处以西沙公路相连，沿着海湾时见海中大小巨石，矗者，攲者，偃而平者，累累相叠者，引起太湖众山的回忆。住中文大学数月，这一片山水催我下了回江南的决心。

最近终于成行，承复旦大学与杭州大学两校之邀约，得以遂返乡的心愿。住在无锡，下榻蠡园后面的湖滨宾馆，晨夕俱在湖上。太湖包孕吴赵，吐纳江海，气势非凡，即使蠡园的建筑不少，但有匠心而消尽匠意，只觉那些曲堤回廊融入湖中。鼋头渚原是杨家产业，我在少年时曾随先君去过。犹忆当时多位父执在酬酢，我则独坐小亭，远山近帆，沙鸥点点。将近半个世纪，再履旧地，景物依然，只是堂构黯旧，当日胜流皆已不在。奇怪，湖上的沙鸥也不见了，只在松间见到一只长尾喜鹊。据当地人见告，甚至这种平常的喜鹊，也已罕见。

太湖的动人处，在于清风：轻、软、和、柔。在宾馆的房间，那阵阵好风，拂面而来，最醉人的风，是在湖心亭前。风不从一处来，又不是绕圈子的旋风。人浴清风，不是醉，是溶了。难怪曼丽喟然："范大夫真懂享福，在这里带了西施，逝于五湖！"回到故乡，诸事触目伤神，唯有这里美好的天然，任谁也毁不了。

在西湖的两天，又是另一番滋味。杭州郁闷，空气潮湿而不流动。但是，西湖到底是西湖，苏堤与白堤分明是人工的点缀，整个西湖却正因有了这两条长堤而生色。曼丽的评语，也十分警辟："万一白居易与苏东坡没有作品传世，这两条堤也就是他们的诗篇了。"有人欣赏苏堤的六孔，其实白堤的断桥，只是一个突兀就点活了平直的堤岸。

那两天密云不雨，湖面出奇的宁静，我们住在内湖的刘庄，清晨凭栏临水，苏堤上行人笑语，由远而近，由近而远，终于寂然，声音由低而至消失，没有戛然停止，只是渐行渐远。水面无波，甚至无些微涟漪。柳丝垂在水面，仅在游鱼游过，偶然跃出，低垂柳丝才羞怯地轻轻颤动。长足水虫，走动水上，直如在镜面上滑行。终于起了微风，饱和的水气，终于凝为雨滴，偶然落下一点两点，在额上缓慢地流下。在树叶上，雨滴凝积的水滴稍大，从一片叶子滑下，又留在另一片树叶上。西湖是细致的，西湖的雨也细致。

入夜，有一双蝙蝠飞入大厅。我以为是家燕，主人说是蝙蝠，因为“燕子已不多见了”。难怪！燕巢已破，老燕已尽，乳燕也不再能知何处是家了。好在，有燕子返来否，有燕巢可念否，都不是大事；湖光在，山色在，便常堪纪念。

眼前景与心中景

前周赴波士顿参加亚洲学会的年会。这种大型会议出席者数千人，分组讨论数百处，一片闹哄哄，往往难收切磋的功效。只是，许多同行一年一度在此聚首，也有交游的功能。故交重聚，往往借机一叙契阔。最可贵者，二三老友，个别来室倾谈，诉说读书心得以及个人遭遇与心情，共享喜乐，分担忧愁。在今日人际关系愈益疏离的社会，有多少人能相呴以濡，相湿以沫。这种肝胆相照，是难得的福气了！

交流沟通，属于人事。然而，除了人事，人与自然，亦有所感应。自然事物之间，也未尝没有互应互动。

今年我的卧室高踞旅馆三十一楼，俯视查理士河，对岸即是哈佛与麻省理工学院。过去访问波城，接近查理士河，不是沿河即是过桥，两岸房舍栉比，难有宏宽景观。这次居高远眺，这一常见的小河居然出奇的动人！尤其是那天上午，蓝天白云映照河水，一片青碧，而且浮云流动，隐隐似有生命。当时伫立窗前，谛视良久，不能移目。

这样的河色，数年前在多瑙河岸也曾见过。那次承蒙主人美意，驾车由维也纳沿河观光，途中一河宁静，天青水蓝，不愧“蓝色多瑙河”的盛名。主人告知，多瑙河平时相当混浊，这次清纯如此，配上河岸秋林明黄，他也诧为多年仅见的景色。

最近曾有滇游。五百里滇池，已填去不小一片，颇不足观。洱海湖水深邃，水色正蓝，但是一片静寂，似乎缺乏一些生命。同样是高山湖，日内瓦湖有临湖的白岩映入湖中，气象便不相同。那次在日内瓦湖畔，将近日落，湖面条条金蛇颤动，甚至水鸥的羽毛也镀金了。正因天光山色，映照湖波，瞬时之间，栩栩如生。

前日赴北卡州的海滨，作半日之游。天色本来阴沉，到达海滨时却已开朗。沙滩又平伸入海，海水由浅蓝渐渐变深，其中还夹了几片紫色。凡所变化，都由天光映照，海水深浅不同，又有云彩投射，蓝色之上又有白色浪花，涛声如合节拍。

大约天下事物，不能孤存。凡事经过交相辉映，即能不再枯寂。李太白“名花倾国”，温庭筠“照花前后镜，花面交相映”，将人面、明镜、花卉、水色组成一片明丽。许多年前，记得在华府樱花盛开时，沿湖粉林春满，树下花间有人临风伫立，素衣一袭，投影池水，别有慑人之处。陈年记忆，至今鲜明在目。交辉照映，因缘际会，长存天地，不是时空能使之失色的。

少年之时，船行川鄂之间，曾于丹江上游的小舟上俯视一溪清浅，鹅卵石五色缤纷，点缀河床，映照青山翠岩，颤人心魄，不可名状。凡此景色，都是重叠交映，不是单属片面可以呈现。

大凡个别单元的相加，不是数量的总和，而是质量的转化。天光水色相映，可以如是观；人间相处，两心契合，莫逆之交，以至爱情友谊，也不妨解释为交相辉映的效果。人与人之间仰仗交流沟通，始有生活。甚至，欣赏美好事物，例如妙音、名画，其能成为杰作佳构，也是由创作者与欣赏者之间有了共鸣与感应，个别的音符与色调方能转化为神奇。

“酒逢知己千杯少，话不投机半句多。”这是形容人际关系的加减乘除。庄子“相视而笑”，释氏禅宗“拈花一笑”，也无非人与人之间的契合，甚至可以不假言语。人间相知，也不外所思所念的“波长”相同，遂得以互相了解。其实也如天光水色，相映增趣。

先君早年于役海军，曾护送孙中山先生巡视江海。匝月航程之余，孙中山先生赐先父“海天一色”四字墨宝，以为纪念。先父于从容缕述这一段因缘时，曾谓“海天一色，是写景，也是反映他的心胸广大的气质”。这也说明水天相映，还不足以为景色，又必须加上当事人的感觉，其互动岂是在两者之间而已？释氏因陀罗之网，无数明珠，交相映照，一珠映万珠，万珠见一珠，遂现为大千世界。

内外主客感受，有呼应，即可加强效果。近来内子习唱昆曲，《紫钗记》中，有最关情二语：“人归醉后”，“春老吟余”。

这两种境界，终究只是内心独白，似乎犹欠一筹，未能将心中景与眼前景统摄人已内外。为此试将落霞孤鹜与曲终人散的意境增为一联，庶几将景象与感受相叠，呈现另一情景：

人归醉后，天际一抹霞

春老吟余，江上数峰青

一联之微，不过文字游戏，仅借此兼说景色与心境而已，或者也是形容老年情怀。

人生不如意事，十常八九。然而，所幸人与人之间，常有契合，人生有素心相湿相濡，也就是别有会心的乐趣了。

从诗里读出的历史感怀

杜工部在《阆山歌》内有一联："松浮欲尽不尽云，江动将崩未崩石。"此时中原格斗未已，他正避乱四川。他在这一诗中抒述愿望，只愿栖居山岩，却无可奈何地等待。杜工部的作品虽为史诗，特点不在以诗记事，而在于一番历史意识。历史随着时间变化，本是动态的，若只是记述一桩一桩史实，历史就显得太过平面，太过静止了。杜工部的作品中能敏感地注意到变化。"锦江春色来天地，玉垒浮云变古今。"照顾了广宇长宙不断的变动。上引之联，则表现了不断变化中的张力，正是由张力积累之至，历史遂有不时发作的大变动。

历史有大变动时，气势是惊人的。苏东坡的《念奴娇·赤壁怀古》，笔力万钧，其中"乱石崩云，惊涛裂岸，卷起千堆雪"，竟似接续上引工部的警句，是蓄势待发之后，动能全部释放，然后才有此景象。苏东坡当时谪居黄州,心情郁卒,“赤壁前后”两赋，是他寻索安身立命之作。这一首《念奴娇》，则是发抒了蓄积的闷气。前阕起句“大江东去”，是发作，后阕收尾“一尊还酹江月”，是发抒之后又归于宁静。

杨万里(廷秀)(1127—1206)的诗体脱尽机杼,别开蹊径,融合主客,情景无隔。先是有沈尹默先生手书诚斋绝句十二首,其中一首:“倦游客子自无聊，不是江山景不饶。危岸崩沙新改路，断渠横石自成桥。”又似乎是苏东坡描写大变动之后的后续情景，潜能释放了，新局面却又显得如此的将就，如此的因陋就简!杨万里是南宋人，与范成大、陆放翁同时，南宋偏安半壁，而韩侂胄虚矫惹祸，所用非人，北伐不成，从此南宋一蹶不能复振。杨万里直言谏诤，屡遭贬逐。但也正是在忧患之中，他的诗体能突破樊篱，自成一体。

由杜工部、苏东坡到杨万里，这三段引用的诗词，都是借江水与崩岸为意象，而且似乎竟是描绘一个变动的三个阶段。我不能知道其中是否有后者沿袭前者意象?从历史上的变动来看，这三阶段的现象颇有发人深省处。近来社会学的研究渐与“混沌”理论有了关系。过去的系统观念受结构理论的影响，每以为体系是严整的。现在则知道系统有随机成长的可能，体系的各个部分纠缠搭配，合为复杂体系。越是复杂的大型体系，层级越多，其间的联系情况也就越呈多样性。异质的次级系统彼此组合，其实并不稳定，而不够稳定的结合必有张力。组合方式与形态稍有变动，张力即转化为能量。

在潜能一时消尽重整体系为另一形态时，仍可能是随机的，也仍可能是多样性的纠缠与配搭这种种整合与离散关系，并不必然表示改进或退化。一个体系不好了，却不能转移为另一体系，而走入全盘失序与解体中。

换句话说，系统不是稳定的，而是各部分不断改变相互关系，寻求动态的“均衡”(equilibrium)。均衡只是俄顷的，因为内部诸部分相对关系的转换以及外来因素加入而造成的干扰，这一短暂的均衡又须继续寻求另一状态的均衡。任何阶段的新状况，正如“崩沙新改路”与“横石自成桥”，也都是随机和俄顷的，并不意味着比上一阶段的均衡孰优孰劣。

这种历史观，将“英雄”与“理想”的作用都降低了。“英雄”人物，不论花多少气力，也许竟是庸人自扰。在寻求均衡的过程中，英雄的作为也不过是许多相互作用的因素之一。甚至“理想”，也许不过在许多可能出现的状态之中聊备一格。“理想”也可能只是俄顷之间符合原来的盼望；转眼之间，“理想”已失去原有光圈，甚至一变而为丑恶！

这种历史观也不是全无好处。起码，“英雄”的自大自信，或可因为有此醒悟得以稍微回归到谦卑与虚心，起码追逐“理想”及实现“理想”的激情也可能稍微冷静下来。一个多世纪以来，在激情之下，人们已多次浪费资源，牺牲了不少人，只为了想全盘“新改路”，把一切都改造了。

现在的世界可能并不比任何其他时期有更多的危机。但是，不论是国际情势、社会结构、经济分配、政治秩序、价值观念……不管哪一个范畴，许多过去曾一度达到的均衡状态现在都在重新安排，有些是在张力极大、潜能将要释出的关口。只盼人们不要再以激烈的情绪，不惜滥用待释的能力，以致不仅难以过渡到另一次均衡，甚至徒然耗尽潜能，走向全盘的失序，以致将这姹紫嫣红，都付与崩沙洪流，徒然留下残井断垣，空让后人叹息。

雨窗闲话

美国东北诸州的气候与中国大陆东部相近，阳历10月已是秋深。前几天，西宾州山地秋叶正盛，阳光下赭黄酡红，斑驳夹着青翠，一层又一层的山坡竟如锦屏，美艳不是单纯的红枫黄叶可以比拟。一转眼，却已连日阴雨，气温陡降，窗外片片雨丝，老叶纷飞。再经几番风雨，又是冬天了。

就在十余天前，曾在加州的蒙特里开会。会后，叶文心教授开车陪我与魏斐德教授观赏加州著名的海岸景色。叶教授忽然问起拙著《风雨江山》书名的出处。其实，那是梁任公先生集宋词为联："燕子归时，更能消几番风雨；夕阳无语，最可惜一片江山。"台静农先生深喜此联，书赠林文月教授。三年前，拙作将由天下文化结集为书时，我正在台北中心诊所住院。病室中，细读台公的笔势布局，既是怀念，又是钦佩。

当时天下文化书坊的同人来商量书名，感念之下，遂截取该联的两句最后四字借来作为书名。

在加州公路上，魏斐德教授以“风雨江山”的英译相询。我自承三年前未觅得适当译名，仅想到 The Weathered Land 一词，但又不足表达故国之思。魏斐德教授立即加上“of Ours”。这一修改，“The Weathered Land of Ours”，果然颇有韵味。中英对译，于书名最为困难，短短几个字，语重心长，最不易找到恰译。我自己于拙作的英译书名，始终弄不好，这也是英文素养不足之故！犹忆少年之作《心路历程》，中文名称已是自我作古，杜撰的拼缀，英译自然难找了。幸而余光中兄代谋，译为 Journey Within。他一举手之劳，点铁成金，至今深为感佩。

梁任公先生能将四句不相干的词组集为如此苍凉的绝对，主要由于梁先生情感深厚，见景触发。中文的对联中，有关中国文字系统的特质，不能在其他文字系统中发挥。日文也算中文的庶出旁支，其诗体中也有俳语，但是读之总觉纤巧寡薄。

其实，一时一地的文学，也反映文化的气运。唐代文化，元气淋漓，深厚开阔，是以唐诗也多壮语。杜工部“锦江春色来天地，玉垒浮云变古今”一联，包罗宇宙，吐属非凡。李太白的“西风残照，汉家陵阙”，寥寥八个字，笼罩时日、季节、生死、兴亡……甚至岑参、高适之辈，也往往有耸动的警句。相形之下，宋人诗词，只有苏、辛二公，吐属有震撼的力量。晚清诗词，也多佳胜，其险峻处，往往不让宋人，只是难得见到唐人的气概。近世以来，倒是某些掌权者未尝没有几句狂语，但是总觉“野”气，缺少深醇厚重，更缺少对生民的悲悯，也不见宇宙变化的感应——凡此表现，都与时代的精神有关，也与个人的才性有关。

中国的文学经常有转变：由文，而赋，而诗，而词，而曲……一次又一次，开拓新天地新境界。白话诗出现，从黄遵宪以来，已有一个世纪了。百年中，一代有一代领风骚的健者；同时，中国文化正在走向贞下起元的关口。新诗中，何日出现唐诗的气度？谨当拭目以待！

有一年，也是在加州，居停安置了海边的旅舍，室外平台为松树围绕，百步之外，下瞰沙滩，远处数堆岩石散置海中。那天接得蒋经国先生去世的噩耗，直觉地感到台湾发展前途必有变化，为此心情甚恶，独坐望海数小时之久。松间浮云东移，欲尽不尽，海浪冲击危石，有将坠之势。大海正在涨潮，然而涨势缓不可见，只有岩石边上的海浪进退渐现白花；又隔些时候，海浪已越过岩顶，湍流如瀑；最后，不知不觉间，岩石堆变小了，沙滩也几乎只剩了一半。大块噫气，其名曰风；大海呼吸，其名曰潮。是则潮来潮去，幅度广大，而不易察觉，岩边激起的浪花，岩顶泻注的湍瀑，不过一个角落的表象而已。文化气运，亦当如大海潮汐，有其常，亦有其变，当时不能知耳。

窗外雨停，晚晴照眼。明日重阳，当又是一年最高爽畅亮的天气——只是林间山边的彩色，也会少了几分。

素心五愿

我一辈子是专业的读书人，从学生时代写读书心得，不知已写了多少次读书治学一类的文字，这次要换一个方向，报告一点生活经验。春节刚过，元宵未到，虽然身处异域，没有春酒之乐趣，也不须有“拜年”的奔波，但从收到的报章杂志，仍旧感受到几分新年的气息，曼丽从坊间一家唐货店带回来一份挂历，福禄寿喜画上，从钵儿头的老公公到一撮“桃尖”发的娃娃，应有尽有，看着蛮有喜气。这些愿望的象征，原是中国人都熟知的，而这些愿望也是中国人自古憧憬的。本文即从这些愿望说起。

中国人的愿望一向相当实在，也相当世俗。中国人的愿望，既不像犹太人求救赎，也不像印度人寻解脱。所谓福禄寿喜，富贵荣华，都是看得见，也大致是可以做得到的一些生活条件。

不过，凡事看来容易，做到难。

第一，上述愿望都难有一定的衡量尺度。百万台币在穷人眼里，是大富；在中等人家，百万之数不过是一年多的薪水，收入不到千万，根本算不上财富。阳光法案上的公务员，难得有几人的财产在千万元之下。但是在大财团的东主眼里，十来个圈圈的数目字，不过是金钱游戏的小筹码而已。“富”字既无一定的尺度，则“富”的目标，也就飘忽不定，难以捉摸，更不用说可否企求及如何企及了。同理，“贵”的尺度也不易定。究竟到哪一个“职业”才算是“贵人”？凡在电视上见到立法机构的质询镜头者，无不知道无论如何高位的官员都必须养成唾面自干的忍耐。“寿”字呢？庄子早就说过，早夭的婴儿，比之朝生夕死的菌类，已是长寿；而百岁老翁比数千年树龄的神木，又只能算是“夭寿”了。其余各项愿望，其不易捉摸，也同此理。

第二，凡此愿望，究竟能否持久？福兮祸所伏，祸兮福所倚。祸福相寻，本就难分。愿望实现之后，未必伴随着当初企盼的快乐，只因司空见惯，遂将红颜轻慢。罗列山珍海味，索然无处下箸。追求一个目标，往往在走到终点时，却嗒然若失，悲从中来。于是，愿望是可以企及的，但抓到手中的青鸟却不是耐久之物。

正因为中国人的愿望似易而实难，中国人遂在积极地寻求那些愿望时，不能不有颜回那样的自得其乐，不能不有愿望以外持守的原则，也不能不有道家的淡泊，视世事如浮云，以尘缘若敝屣。中国人的愿望，遂是可望而不可即，甚至是不必求其实现的一些泡沫。

我今年（1993）已是六十三岁，处世尚见明达，却也见了不少世变。一则我是残障人士，先天要忍受一些旁人不须忍受的痛苦，二则读的是历史，专业的研究是社会的变化。有了这两个条件，我也悟出了一些人生的道理，下面是我的一些浅见：

（一）不求是贵（因为无求，即不须向人低头）。

（二）少病是寿（因为长生不可能，少些病痛，即是快乐的岁月）。

（三）够用是富（因为超过了可以花费的部分，只是纸面上的数字，与我无关也）。

（四）无欲是福（因为无须日日思虑，便是福气）。

（五）感激是喜（时时存感恩之想，自然有充满的喜乐，便觉得满地是好人，事事有希望）。

凡此五福，却是十分容易企及，人人可以做到，也不虞失落。也许，野人献曝，为人所笑，也难说！谁知道呢？

刹那与永恒

八月里，在阳明山，曾与“联合文学”文艺营的朋友们谈过文学与史学。当时，我提起时间在文学作品中的作用。虽然这一问题并非讲题中的主要论点，在座朋友却颇加注意，当场递过来的问题纸条上，有不少人要求我对“时间”的观念再加申论。当时因为问题太多,时间又已晚了,只是简单地带了几句。返家以后，总觉得欠了笔债，必须偿还那天的情意。

时间，在学历史的人看来，贯穿于一切事物之中，也是一切变化的坐标。对于人类各层次集体的大现象，“时间”造成了许多成坏生败。对于个别的人，时间何尝不是人生经历的主要催化剂？生老病死，人由初识知觉以至终老，时间推移，生命也随着不断地变化。文学既是人类情感发之的文字，又由别的个人因阅读而回响以自己的情感与感触，这一造成变化的催化剂，自然也有其相应的作用了。

文学中对“时间”的感触，实际上因每个人自己内在的变化而触发。那天，我在讲演中引了“落花人独立，微雨燕双飞”作为诗人“时间感”的反映。时与景，酿成了诗人当时的情。大致季节性的变化，至少对温带居住的人，一方面刻画了时间在一年中的转换；另一方面也时时提醒我们，在人生的轨迹上，又一个站牌在飞逝过去。于是落花与飞燕，秋风与归雁……在在都可转化为月历上的数字。中国文学中，这一类的象征字眼，渗入日常词汇中，所在都是。不但季节，一日的晨昏，日出日落，月光与星星，霞色与云彩，每一刻每一刻都代替着钟面上的指针，代替着手表的滴答声。

林黛玉的《葬花词》即是对于时间直接的感伤。时间单向地流动，一去不回，自然是最易令人感触之处。“天寒翠袖薄，日暮倚修竹”，还只是含蓄的惆怅。“浮云一别后，流水十年间”，便是明白地标出时间变化了。李白直率地说出“黄河之水天上来，奔流到海不复回”，“高台明镜悲白发，朝如青丝暮成雪”，他的《将进酒》与《春夜宴桃李园序》，都正面表现了洒脱，然而，在旷达的后面，依然是一番无可奈何的敏感、无可奈何的悲怆。

在个人对自己生命的感触之外，对于更长的时段可称为历史的时段，有人也会发为深切的感应。那天讲演时，我引了《登幽州台歌》：“前不见古人，后不见来者；念天地之悠悠，独怆然而涕下。”这短短二十二个字，是敏感的心灵想为自己在横宇纵宙中定位。然而时间的长河两头不见，在无限大的对比下，任何数字都只是趋于零，我自己在做专业研究时，也每有如此的悲怆之感袭面而来。

历史时段可用回顾来表现。“西风残照，汉家陵阙”，把目前的时段，一天，一季，与历史上的时段，两千年前的汉代，都糅在八个单字里，堪称笔力万钧，超迈古今。今世诗人中，余光中最擅长以历史时段引入当世，其作品感人甚深也大多在此处。历史的时段也未必非有实在的着落不可。《吊古战场》文并没有说明是吊哪一个朝代的战争，而其中古今杂糅与对比的效果仍旧惊心动魄。这样的时段甚至不必是回溯的。只要有时间在流动，即使是指向未来，也一样可以使人瞿然而惊。《美丽新世界》及《一九八四》，都是寓言小说，论题旨，与《动物庄园》无甚差别。然而这两本书的引人处，都比《动物庄园》为胜；其中缘故，大约由于标了时段，即刻使读者悟到是切身的未来。

悠长而遥远的时间，抓不着攀不住的时间，虽看上去是绝对的，却也不妨看作相对的。《庄子》中，时间全看主观的尺度决定。彭祖可以为夭，殇子可以为寿。佛家的时空也可以大小长短互为转换。芥子可以藏须弥，刹那也可为永恒。烂柯山，黄粱梦，以至李伯的故事，无非要在时间的时段间加上主观的等号。终究，时间还是在流动，还是去而不返，无论怎样譬解，未必引起旁人的共鸣。

也许，将时间中的一个点钉住，可以使此刻转为永恒？文学是可以拉回时间的唯一天地。《飘》，从原名上即揭出了从前的世界已经随风而逝。内战前的美国南方,那一个昨天的世界,已经随着那孪生的愣小子在战场上倒下而不再回来;塔拉农场,即使红土如昨,已不可能再一样。这个昨天的世界,不能由史学家而使其复现,只有文学的彩笔能有魔棒的作用。

昨天收到《联合报》10月6日的航空版,有李非的《在我们走过的路上》,主文中插了四段童年的回忆:川流不断的卡车、长大变丑的玩伴、失去的荸荠、永远不曾走过去的桥,都象征着时间的特性。这两个原可相爱而未及时相爱的恋人,认清失去的爱情,失去的时间,只剩无可奈何,只剩下地老天荒的怅惘。李非没有说,也许,在那两心相契、情真意深的一刻,却已将刹那转化为永恒了。

赤壁下,一舟容于天地之间,月出东山,大江奔流,江心淌漾的月影,更是留不住,拉不回。故国之思,催白了两鬓,为故国祝福的心愿,化为一番眷眷深情,于是,一尊献酹;于是,江水、月影、周郎战船的旌旗,甚至沉埋沙里的折戟,一时都成为永恒。连神游的故国也在梦中如真了。每个人的内心深处,也许,都有可以转化为永恒的刹那?

良史与君子

良史与君子

——敬悼严耕望先生

严耕望先生于 1996 年 10 月 9 日逝世，享年八十一岁。他任教于香港中文大学新亚书院十四年，退休后又担任中文大学中国文化研究所高级研究员四年，任新亚研究所导师则前后二十二年。香港的中青年历史学家不少曾从严先生问学。这一位史学家弃我们而去，是史学界的大损失。噩耗传来，同人均痛悼。

我认识严先生，还在他来港之前。我于台大读书时，他来校讲演，即已聆教。及至进入“中研院”史语所工作，我的研究室与严先生研究室相邻，因此常有执卷请益的机会。他的专业是中古史，最近十年来，我也开始接触中古史，更是不断地研读严先生大作。严先生言词朴直，要言不烦，三言两语便中肯綮。向他请教，得到一点启示，可以伸展为不少胜义。

严先生早年著述重点在地方行政制度，由秦汉以至南北朝。严先生整理史料，将这复杂制度的演变重建为清楚的旧系统。在正史中，地方制度往往语焉不详，而一般进入正史的大事又以中央政府的史实为多；于是，自古史家对中央政制颇多梳理，地方制度的研究则不免是少所注意的园地。严先生为了重现这一制度的长期演变，不仅取材历史，还旁及碑传文集，可谓巨细靡遗，遂能成兹巨构。

他的后半生研究，则大半放在历史地理方面。《唐代交通图考》，已刊布五册，第六册也将近完稿，而严先生遽归道山！在唐代交通方面，严先生广搜当时史料，重建唐代交通路线。他的材料来源浩瀚而零散。例如，从唐诗诗序的地名及路程，严先生可以积累无数这种线索，排列成为有逐日日程的旅行路线。那些路线，在史书中往往依稀仿佛，经过严先生的努力，我们始能见到唐人的交通网络。

这种研究功夫，既要有绣花针的考证，又要有开山斧的宏观史识，更需要有耐力，庶几能将这么零星的材料点点滴滴拼缀为有意义的历史现象。严先生在求学阶段，师事钱宾四先生，亲炙教训。钱先生曾数次在谈话中，称赞严先生为他二三位得意高足之一，即因为严先生已得钱先生的真传。

严先生专志研究，终生在研究室中心无旁骛。足迹也只在研究室、图书馆、教室与寓所之间。当年在南港，大家都是整天在研究室，严先生房间的灯光更是半夜通明。我的印象中，他谈话未尝涉及研究学问以外的事，也没有读书以外的兴趣。有南港与新亚这种地方，才可能有严先生这种专心的学者；也只有严先生这种学者，未辜负南港与新亚这种纯粹的学府。

我于1996年7月还与严先生同席开会。7月8日那天，我们挑选一张边桌，只有我们二人及小菊共进午餐。未料这是最后一次晤叙！10月初，惊闻他脑出血入院，即与严师母通电话，询问病情；我还打算在10月11日返台时至少可去医院问疾，孰料10月9日溘逝，于是未能再有一握机会！

对这一位猝然而逝的学者，我敬撰一挽联：

研究是其生命，良史也！
学问化为人品，君子哉！

谨以此语，表达我对于这位粹然学者的哀思。

论学不因生死隔

——纪念考古学家张光直

光直与我是台湾大学的同学。论班次，他比我晚一年，读考古人类学系，我则在历史学系。但是，我的兴趣在中国上古史，常常选习考古人类学系的课程，于是两人同课的机会也相当频繁。当时台大学生人数不多，一些比较“冷门”的功课，往往只有两三人上课，师生与同学之间的关系远比今日大班课的情形密切。李卉也是历史系的同学，与我同班，光直与李卉也是因为经常一起上课，从而相恋，结为夫妻。我们在校时常在一起，后来各有人生的轨迹，未能经常晤面，然而弱冠订交，终身相契。这份交情至今也已逾半个世纪，生死间隔，情谊依旧，当年笑谈音容，犹如昨日！

光直是台籍作家张我军先生的哲嗣。张我军先生长期在北京工作，因此光直在北京成长。战后返台，父子二人都遭遇难白之冤，虽然后来都化险为夷，这番厄运终究在光直的性情里留下烙印，使他性情收敛，处事谨慎。然而，在他能放松自己时，也会放声高歌，厚实的男中音颇有回肠荡气的魅力。他慎于择友，又通常寡于言辞，一般场合中来往的人，遂每以为他高不可攀，其实他仍是性情中人，有爱有憎，而且相当强烈。另一方面，他也不免坚持一定的想法，不轻易改变。

光直读书专心也专门。在同班的课上，他的考卷或研究报告必然是周详深入，为同班之冠。他的记忆力佳，许多细节，甚至成串的数据，他都能如数家珍。在这一方面，我们两人性向大不相同。光直专致于本行的专业，心无旁骛，我则常为好奇心驱策，东求西抓，对许多课题都有兴趣，却不能深入。思想史家伯林曾说，学者之中，有些人像刺猬，专心扎一个深洞，有些人像狐狸，到处打洞，洞多而不足以自蔽。光直属于前者，终于卓然成家，我则属于后者，终身无成——只是狐狸满地探索的愉悦，刺猬也未必有之。人各有志，性情遭遇，种种机缘，决定了不同的人生！

光直在学术上的贡献已是众所周知。大率言之，他将五十年来中国考古学的收获介绍给国际学术界。他的《古代中国考古学》一书，共出版四版，每一版都详细介绍到那时为止的情况。于是，他的介绍颇受当时中国考古界的趋势影响。第一版出书时，中国考古学正在厘清新石器时代几个主要文化之间的先后关系。全中国的古代文化发展视同一盘棋，而且以中原为中心，辐射四方。第二版出书时，考古资料大为增加，地区性的差异已经渐渐呈现，然而“中原中心论”还在当令。光直人在海外，仅从期刊发布的报告整理为系统的叙述，当然难以避免继续以“中原中心论”为主调。在这一问题上，我们两人曾有过一次相当严肃的讨论。坦白地说，对于他经常提出的龙山类型（Longshanoid，更贴切的译名当是“类龙山型”），我有相当的保留。我认为中国幅员广大，地区性的特质有其一定的渊源，用一个通性的名词颇不能说明复杂而又纠缠的发展脉络。那一次谈话，是在波士顿近郊路上的一家小餐厅，地处坡顶，视野颇为开阔，秋林一片明黄，映照下午的阳光至今似仍在目前。

在苏秉琦先生逐步揭示中国新石器时代各地方化的多元性之后，光直也向国际学术界介绍了全中国的几个文化圈，各自有其发展脉络，而不再以为单纯的由中原辐射及于四方。今天，苏先生的观点在中国已得到相当普遍的支持。光直的介绍，也在国际间发挥了重大的影响。

有此转变，中国考古学将踏入新的阶段。苏先生提出的理论，其最重要的提示是各种文化圈之间的碰撞与由此引发的刺激。这一思考的方向毋宁是文化传播论观点。中国考古学曾长期为单线进化论主导。然而，人群不会孤立于其他人群之外，人群创造的生活方式不可能仅是遵循机械的规律，由内在因素决定其变化的方向，有时只须从别的人群学到的方法，甚至只是一个观念触发的灵感，都会导致反应，以至有新的创造，从而改变原有生活方式中的某些成分。这种调节与修改积累到一定的程度，即是文化系统的大幅变化。因此，外在因素的重要性不会逊于内在因素，两者都是促进人类文化演变的动能。我预盼，此后数年内，中国考古学的园地将会出现新的主导课题，亦即科学史家托马斯·库恩提出的 Paradigm（一般译为“典范”或“范式”，似未能适当传达库恩的原意）。苏秉琦先生的理论将引发库恩所说的学科革命。光直若还在世，他也会及时将这一正在发展的“学科革命”，介绍给国际学术界。中国考古学累积了庞大的资料与讯息，在世界考古学领域已有举足轻重的影响。光直已去，我盼望年轻一代的考古同人中，有人接过他的担子，向国际学术界介绍中国考古学的发展。

中国考古学的成绩已如上述，当是积累了庞大的信息。遗址数量之多，举世无可比拟。中国考古学家发展的层位学与形态学，其精密细致也为国际学术界钦佩不止。凡此方法，用于考古遗址及文物的分析，已有傲人的佳绩。然而，在解释人类古代文明的长程变化方面，苏秉琦先生的理论自然有其宏观的视野，也有启发之功。此后中国考古学还有不少值得开拓的空间，有待大家分领域试探。我觉得光直已留下一些启导的线索，可供同人大力开展。早在 1962 年，光直曾有过讨论北极地区人类取得生活资源的报告，刊登在《北极人类学》[*Arctic Anthropology*, 1962（1）]。这是一篇生态考古学的好文章，实即讨论聚落内维生圈取得生活资源的观念。他也曾在国内举办的考古讲习会上介绍过新考古学所注意的研究角度。

考古学的任务原是在重建古人的生活方式，其涉及课题应当包括人与人的关系、人与人群的关系、人群与人群的关系及人群与周边自然环境的关系。面对这些课题，仅有对个别遗址的研究未必能解决问题。例如，半坡文化与庙底沟文化均属于仰韶文化系统，但两者因其生态环境与生活方式而发展了各自的特色，毗邻存在，却有强弱之分，终于半坡文化不能出关中，而庙底沟文化可以远达豫东，蔚为中原强势文化。若为了了解遗址与附近聚落的彼此关系，又必有大范围的地面调查以见全貌。再者，固然目前考古遗址的发掘工作相当细致，通常却未搜集够用的生态资料。凡此遗憾，有时是由于在建设工程进行时发现遗址，考古人员驰赴抢救，仓促之际不能多所作为；有时也是由于工地的第一线工作人员未十分理解生活与生态资料的重要性。如果考古界理解这一考古学的另类方法，于新出遗址的发掘与调查仍可有所匡救。总之，我盼望光直播下的种子能有茁长的一日，庶几以微观的遗址分析提供精密资料，经过遗址群整体研究及生态环境研究，全面重建古人生活方式，最后可以进一步作宏观的整体讨论，俾史前时期文化的发展与变化，既有翔实的描述，也有理论的阐释。关于这一课题，在我与张忠培先生合编《中国考古学的跨世纪反思》（香港：商务印书馆）一书中，我也有一篇拙文讨论，名为《另一类考古学》（已收入本书），发抒浅见，或可参考。

光直在最近十年来，提出“巫”在古代文化中的重要性。他讨论到人兽共见的图像，引用了《国语·楚语》观射父有关巫觋之论，也提到以神兽为“三蹻”的说法。光直的意见在国内考古学界引起普遍回响。可是，令人诧异者，至今碰到这一课题，大家引用的资料往往仍是上述两条！其实，古籍文献中，有关巫觋之处，又何止于此！《山海经》《楚辞》《左传》，还有不少可用的资料。

光直的巫觋理论，足以启发大家对宗教与人生的思考。然而，其中仍有可以讨论的余地。我有一篇拙文，录入“中研院”史语所庆祝石璋如先生百岁荣秩论文集中，比较神祇与祖灵的根本差异之处。我从红山与良渚两个崇拜神祇的文化出发，比较陶寺与殷商两个敬礼祖灵的文化，并论列《礼记》中祭法所述古代祭祀的两个不同系统。祀神必须经过巫觋，以之为灵媒，通天达地以沟通神人之际；祭祖则经过子孙，以孙为王父尸，“祭如在”，以表达慎终追远的感情。中国古代除祀神与祭祖两大系统之外，可能还有“事鬼”的信仰。三者在文化分合之际，于周代可能逐渐有共存融合的现象，但各地仍有其地方的差异。汉武帝时整合各地各种信仰，始构建出中国文化中的多元信仰体系。

至于巫觋信仰，观射父为楚人，其所论可能属于南方系统，在中国的疆域之内，至今民族学的资料显示，北方草原与东北森林地区有萨满（跳大神）的信仰；而长江以南及西南中国，另有乩童担任灵媒，二者相似而又并不相同，实分别代表草原及海洋两个灵媒信仰的传统。西文中 Shaman 一词，其语根来自萨满；美洲印第安人的灵媒，也可能与亚洲草原的传统相关。

此外，非洲大陆还有其独立发展的灵媒传统。凡此不同的灵媒信仰传统，笼统言之，性质相似；以细节言之，颇有差别。考古所得文物，如何与灵媒信仰联系？能否将人兽花纹一概以巫觋为解释，而不寻找切实的旁证？均仍可有商榷空间。

由上述思考方向延伸，我也以为考古学中宗教系统仍是有待进一步开发的研究领域。兹举一例言，占卜传统，殷商是以龟卜为主，骨卜为辅；但在新石器文化中，中原以西以羊骨为卜，东方则以龟为灵物，两个传统如何在殷商融合？殷商占卜，先以贞人为之，后来商王经常自己卜问。这一演变，是否意味人王夺取了神权？往古代追溯，红山与良渚祭祀中心墓葬的重要人物，是神巫，抑是军事领袖？迄至周代，领袖的功能分化，是否又与族长权威的特性有关？光直晚年言语功能受损，我曾两度向他提出上述诸问，却苦于交谈困难，终于不能问出他的想法。当年我们曾以终生切磋相期，现在生死永隔，故人的意旨，将只能等到他日在彼界重逢再作讨论了。悲夫！

为了邀我撰文，三联找了不少地方，找到我时，已离文集[1]付梓之时不过十余日。董总编辑（秀玉）限我立即缴卷。仓促成稿，已无核对光直著作的时间。只能以我们二人学术讨论的一些相关问题，提供同人参考，亦所以纪念光直——一位终生投入中国考古学的老朋友。

1　即生活·读书·新知三联书店编《四海为家——追念考古学家张光直》，生活·读书·新知三联书店，2002年。——编者注

李济之先生逝世十周年纪念

今天我们在这里纪念李济之先生，如果他还在，已经九十四岁了。我个人在这里担任演讲的角色，是由于李济之先生的传人张光直先生不能回来，所以由我代他做这一个纪念会报告人的任务。光直也拿一篇在大陆刊布的纪念文给我，作为参考。今天我说的是两个人的意见，我二人出自同门，也经常交换意见，因此看法往往非常相似。今天我所说的已很难分辨出哪部分是他的意见，哪部分是我的意见。

李济之先生是本所老所长，也是在座许多人的老师。他在本所的贡献是属于事业一项，以后如果有时间还可以再介绍，我今天介绍的是李济之先生在中国考古学与中国古代史上的贡献。李先生在克拉克大学毕业后，进入哈佛大学，选择人类学作为一生工作领域。在没有足够参考资料的当时，中国考古学还等待他来开辟。他的第一本有关中国民族形成的专著，实际上是以文献史料作为依据。他第一次考古工作是山西西阴村的史前遗址发掘，从此开始他的终生事业。在“中研院”成立以后，李先生最主要的工作是领导了十五次安阳考古工作。在考古方面，李济之先生的贡献在于确定了严格的田野工作程序，譬如将一个遗址规划成 X 轴与 Y 轴的格子，再把发掘的深度当做第三轴线，以确定遗址的平面关系与层面关系；这一田野发掘规矩，至今仍为海峡两岸考古学家遵行的圭臬。在古器物学方面，李先生扬弃了玩古董的旧方法，注意到器物的形制、花纹以及器物相互间的关系。他也不再使用传统的古器物名称作为分类的依据，而用圈足器、有刃器这一类的名称作为客观的分类标准，古器物从此摆脱了名称聚讼的难题。

大处着眼，小处着手

不过，李济之先生治考古学，固然是以考古学作为治学主体的学问，他也同时将考古学放在重建文化的架构上，将一切考古得来的资料当做人类文化发展记录的一部分。从历史学的角度来看，考古资料就是史料，譬如说，他在讨论安阳发掘与中国古史的问题时，把殷墟出土的文物分做五类：建筑遗址、墓葬、卜辞、遗物及骨骸。其中，遗物下又分为石器、玉器、骨角器、齿牙器、蚌器、陶器、青铜器等；而骨骸又分为动物骨骸及人类骨骸。但是他不仅是重建这些资料本身所代表的殷商文化，他还希望这些新资料能解决古代史上的旧问题及由资料衍生的新问题。所谓旧问题包括朝代名称、世系及史实等。而所谓新问题，则包括中国文化的起源及其演变，也包括那些资料本身所反映的自然环境、中国文化与两河流域的关系、中国文化与太平洋地区的关系等。单从青铜器方面来说，他就注意到青铜铸造的技术及表现、形制的来源、装饰技术的构造与内容以及款式现象等。而从安阳人类体质人类学的资料上，他还注意到当时族群的分类。

凡此都可看出李济之先生做工作是“大处着眼，小处着手”。他对资料的应用，我这里引用张光直先生的话来说明其特点："李先生往往能抓住关键问题，而就这方面的广泛的讨论，展开新的研究园地。例如：从端方柉禁器组的研究，李先生抓到了殷商文化地方形态的问题；从青铜器与松绿石镶嵌花纹的分析，抓到了狩猎卜辞、动物骨骸与装饰纹样之间的关系；从纹饰、款式的分析，抓住了殷商文化复杂性的历史背景问题；从人像姿势，抓到了中国古代民族分类与源流的问题。”张先生认为：从资料中抓住关键问题，不但需要有观察事物的经验，还需要对事物的关系敏感。正如张光直先生所说，李济之先生留下的这种观念，不只是给了我们一大笔遗产，也是一份带有他个性的遗产。是的，李济之先生观察的透彻与见解的敏锐，愈到晚年愈显其独到之处，他在研究完全没有装饰的素面铜器时，指出了线条与空间本身所表现的美感；在排列单形器、爵形器的发展时，也特别指出古代青铜铸造的实验精神以及技术的艺术表现与礼仪的需要。在他做笄形物的演变与句兵的分类时，把这三方面高度地融合，以说明原料、技术、文化背景与社会结构之间的相应关系。

李先生从 1964 年开始主持中国古代史的编纂计划，我曾应李先生之命，协助他担任编辑工作，在座的许多前辈先生也参加了这个计划。其实李先生编一本中国古代史的意愿，不始于 1964 年，早在安阳发掘时，他心中已有一个中国古史发展的蓝图，而他希望将城子崖的黑陶遗址以及安阳殷墟遗址等都放在这一中国古代史的大结构中。他屡次告诉我们，这一部古代史不应仅限于以古史做史料，而应当将地质学、气候学、自然环境的研究、考古学的遗址与器物、民族学的资料以及文献资料综合在一起，编成一部忠实的记录。李济之先生更注意到，中国地区人类的活动只是世界人类活动的一部分；在他心目中，中国古代史是世界史的一部分。从纵的方向看，他希望由中国古代史的重建，表现出中国文化发展的特异性，但也表现出世界各地文化发展的若干共同性。在横的方面来讲，他一直注意到中国地区古代人群与北亚地区、西亚地区及太平洋沿岸地区的种种接触与影响。他屡次告诫我们，不能有褊狭的地域观念，也不能因情绪的好恶而扭曲了重建古史的角度。

中国学术界的楷模

除了上述贡献外，李济之先生还立下了一个专业考古学家行为的楷模。在从事田野工作时，他不只站在旁边指导或规划，他也站在发掘的地属上，亲手做清理与筛检。我生也晚，没有赶上他在安阳发掘的现场，但他时常对我感慨，说由于我的残障，不可能做个考古学家，因为我无法跳入发掘的坑穴去亲手操作，因此我知道他在田野工作的态度。他也屡次告诫他的学生们，作为专业的考古学家，自己不要收集古董，以免公私不分：轻者瓜田李下，难免招谤；重者利欲熏心，混淆了公私的界限，甚至影响到判断器物的客观尺度。大陆上前一阵盗掘成风，有些考古人员甚至有挟带私售之嫌。故去的夏鼐先生，大概在他一生的最后一个文件中，就曾引述李济之先生的训示，告诫大陆的考古同人自己千万不能收藏古董。

我在大学一年级选修李先生的考古人类学导论时，他要同学记忆四大类人猿体毛的密度，当时大家都觉得这是近乎不合理的要求，但是日久之后，我才体认到，他只是要给学生严格的训练，正如同新兵入伍要踢正步一样。李济之先生不止一次对学生说一个小故事："假如你要在一片草地上找一个小球，最靠得住的办法，就是将草地画成一根一根的直线，循着直线来回走，走遍草地，你一定会找到这个小球。"这是个笨方法，但也是一个靠得住的办法；灵感的跳跃，远不如笨方法有把握。李济之先生天资高迈，罕有伦比，但真正令人钦佩处，倒不在他的天分，而是在他严格自律的为学与为人，他的天分加上严格的治学方法，才使他成为中国第一位考古学家，而且终其一生都是中国考古学的导师。他故世十年，每逢我们翻开大陆或台湾的考古报告时，总是看见李济之先生的影子。我站在这里纪念他，并不仅是纪念一位对我有培育之恩的老师，而是纪念中国考古学的创始者、一位中国学术界的楷模。

师恩永念

——沈刚伯师周年祭

沈先生仙逝已经快一周年了。去岁岁末返台，次日立刻去沈先生灵前致敬，房舍依旧，但是寝室已改为奉祀骨灰的灵堂。自从 1949 年入台大，沈先生的府上我去过无数次，但门口的小径似乎从来没有这样的滑，台阶也似乎从来没有这样高。坐在客室中，凝视壁上的画像，总觉得门后随时会有一声沉重的咳嗽声，带出一个颀长的蓬发长者。可是我声声听的是师母在告诉我关于墓亭的计划。沈先生是去了。

1949 年，我考入台大。当时报考的是外文系，因此除了注册时见到文学院院长外，平时只听高班同学说起沈先生上课的谈锋及风采。直到一年级下学期，我打算转系入历史系，照规定须得院长的批准，我才进入院长室，拜见沈先生。当时沈先生仅说了一句："你的中国通史和西洋通史成绩都很好，你早就该转历史系了。”我也只有唯唯而退。第一次听沈先生谈话是在大一快结束时。我和几位同学，当时也不懂得事先须请求约见的基本礼貌，就贸然地叩门请见。沈先生自己出来开门，也就延客入门。这一谈，“谈”了两个多小时。其实是他老人家“讲”了两个多小时，我们这些学生只是聆听。当时印象，觉得沈先生对我们请见的几个同学的背景及功课成绩都相当清楚。那时候台大人数很少，文学院除了外文系是大系外，总人数也不多，师生之间可有相当的认识，不像现在的大学，人数以万计，师生的接触当然就困难了。

我记得那次晋谒沈先生，是为了文学院低班同学想组队参加学校的辩论比赛。沈先生谆谆训谕，一部分是有关辩论的基本技术，一部分是告诫我们参加而不必在乎胜败的运动精神。后来好像是我队败了，可是大家还是兴高采烈，当作参加了一场游戏，这与沈先生的训诫大约颇有关系。

在台大历史系本科三年，我选修过沈先生的西洋上古史、希腊罗马史及英国史三门。沈先生讲演不用草稿，而出口成章，凡此已是大家都知道的事了。他讲课实在是做“史论”，引用史实上下古今中外，无不涉及，往往一堂课五十分钟，有三十五分钟至四十分钟用于说明一个论点，史实的叙述则在十分钟左右的剩余时间内匆匆带过。大约大学一二年级时，学生对这种“史论”式的讲演不十分欣赏，更兼沈先生不交代书目，学生们下课后连自修补充也不易做到。但是在三四年级时，学生自己知道得多了，也开始了解沈先生的见解和议论，于是一堂课听下来，觉得处处有发人深省之处。举一个例子来说，在举世都以为民主代议制是最好的政治制度时，沈先生竟可用好几堂课的时间，说明英美式民主政治可能产生的弊病，其中包括庸俗政客为了哗众取宠而轻举妄动，也包括平凡大众只能欣赏巧言令色之士，不能欣赏有真知灼见的政治家。沈先生所指斥的这些毛病，不幸被言中。后来我在美读书，亲见肯尼迪弟兄操纵民意以及塑造偶像，也亲见尼克松及其左右如何滥用民主政治。每见这二十年来美国政客之举止乖张，我总是会回想到沈先生的议论和托克维尔对美国的观察。

现在回想沈先生的“史论”讲演，我想沈先生基本上不赞成历史有一定演变方向的说法。沈先生似乎认为历史演变的趋势是一大堆事件互相牵制之后的轨迹。历史本身并不具有意义，历史的意义是后人赋予的。因此沈先生的讲演中对史事对人物都有褒贬。大致言之，沈先生对于失败的好汉多惋惜之词，对于成功的英雄却多求全责备的评论。对前者的惋惜也许意味一条正在发展的线索中断了，使历史少了一个可能性。对后者的批评，则是基于对人类有无限的期望。沈先生评论制度，备极细密，往往指出造法之初固可法良意美，演变之极，仍可导致其他弊病。我记得他在希腊罗马史的讲演中，常常提到这种现象。

沈先生的史学观点，多少有点道家的味道，所以他认为凡事祸福相倚相伏，成败二字也未易肯定。但是沈先生终究也是儒家人物，所以对历史上重原则、守节义的人物，他总是给予极高的评语。大约由沈先生看来，历史原是“偶然”的总和，其中的成败未必有什么意义，倒是人类由人性中肯定的若干价值，值得那些历史人物为之奋斗，为之坚持，甚至为之抛头沥血。沈先生平日为人随和，似乎无可无不可，但在大原则上不肯迁就，我想与他的史学观念有相当的关系。

沈先生性格的这一面，我在台大服务时期，深深能够体会到。沈先生在台大史学系系主任余又荪先生惨遇车祸后，征召我返系服务。前乎此时，他又约我参加东亚学术计划委员会工作。是以我在台工作期间与沈先生接触甚为频繁。我在受命任史学系主任职务时，以年轻资浅为虑，他则以有事弟子服劳为谕。中途我离台一行，返台后即请求一卸仔肩，他又严词训谕，叫我不要以毁誉为念，继续为台大服务。其时我屡遭横逆，颇为心灰意冷，沈先生有一次特别召我长谈，提到明朝张江陵（居正）许下的心愿，愿以自己为草荐，任人践踏。说毕张氏的例子，他老人家对我正色告诫：“许倬云若如此以毁誉为念，岂不是我看错了人？”我当时内心酸苦感动，不能言状。自此之后，每逢自己出处进退的关头，我总记得沈先生当时的激动。沈先生平日言语，罕有激动的表情，这是我难得看到的一次，而竟是对学生给予终生必须奉行的责任。痛哉！

1969 年，曼丽与我结婚。沈先生和李济之师是双方的证婚人。沈先生特亲自挥毫，书长歌《丹凤吟》为贺，其词如下：

丹凤翔千仞，奋飞历八荒。

羽族千万种，谁能与颉颃。
超群虽意快，孤寂转神伤。
嗒鸟如有失，浩然念故乡。
昆丘舞金母，蓬岛遇鸾凰。
缘早三生定，卜云五世昌。
两美终相合，百人烦恼忘。
再不夸鹏搏，怒飞凌风霜。
再不斥鸡鹜，啁啾啄稻粱。
但愿长相守，交颈效鸳鸯。
年年方便好，三春日正长。
寄语谢鹈鴂，无使草不芳。

文词典雅，寄思深远。其中谬比我为丹凤，固不敢当，然而勉励祝福之意出自师长，则只有敬谨拜受。其时沈先生自己已决定由文学院院长退休，不任行政工作，唯仍继续执教，我在知道沈先生退休打算后，曾对沈先生再请辞去系主任职务。沈先生考虑之后，于次日即告诉我：“你摆脱行政责任后，多点时间自己做学问，也好。”《丹凤吟》中后半段一方面诫我以谦抑，另一方面也表示赞成我自己耕耘，不管他人短长的意思。至于寄语谢鹈鴂，则既寓对恶鸟之不满，又颂祝能逃过恶鸟之纠缠。长者胸襟，爱护勉励，诚可谓无所不至，师恩之深，又岂仅在授业而已。

四年前，我们全家由美返台，又得机会，向沈先生请教。

沈先生欢愉之状，至今在目。当时沈先生告以癌症已愈，并已戒绝烟酒，而看上去精神不错。我私自欣喜，以为再度返台，仍可拜谒师门，未意去年传来凶信。今年返台，竟只能拜谒灵前了。二十八年来先生的弟子中，有年长于我者，有成就高于我者，然而沈先生于课业以外，耳提面命，教诲无微不至者，我当为受恩最深的一人。先生骑鲸而去，我当心丧终生，岂仅期而已。

钱宾四先生的学术生命

金校长（耀基）吩咐我在这里讲话。我很惭愧不会说广东话，希望我讲普通话，讲得慢一点，大家都听得懂。跟在金校长后面讲话非常吃亏，金校长正如钱先生一样，是能讲能演的，台风、口才、内容都是当今第一流。如果我用无锡话来讲，大家一定会睡觉，因为我的无锡话比钱先生讲得更土一点，更不容易懂，因此还是用普通话比较好一点。

大家都认为钱先生乃爱国主义者的史学家，正如金校长所说，一生为故国招魂。故国不是一个看得见的国家或者政权，而是不断存在、不会死亡的文化，他一辈子的事业都朝这方向走。

钱先生关怀的中心是中国文化

钱先生诞辰至今年已一百年，在这一百年中，再往前往后伸延一点时间，中国历史上这两百年期间，事情很多，面临很大的改变。中国文化面对长期演变，在演变过程之间，常常受到背弃，被人视为不适合现代而背弃。钱先生在幼年时，没有读过大学，在当时弥漫着疑古思想，怀疑中国文化的传承及其价值，他觉得破坏力很大，而站起来为中国文化辩护的人太少了。于是，他把这项工作作为一辈子奋斗的目标。

钱先生成名之作，是《刘向、歆父子年谱》与《先秦诸子系年》。这两部书使他成名，一下子被请到当时最高学府北京大学执教，建立他的学问上的地位。这两部书以非常严密的考证方法，使得大家都知道那些古代典籍不一定都是伪造出来的，以及各学派有其承先启后的线索。换言之，他要重建一个有依据可以信赖的中国古代思想史。当时有一种风气，大家都视中国古代为传说，全是编出来的。钱先生就是要将这种观念做学术上的纠正。

在抗战期间，钱先生在昆明写《国史大纲》。《国史大纲》是在一座庙宇里写的，当时他一面在西南联合大学教书，一面写这本书。《国史大纲》可说是在日本人的枪炮声、炸弹声中写成的。《国史大纲》是本着爱中国文化的热诚，表现中国过去价值的一部书，内里真正的精神，是指出一个文化靠其民族维持，民族又依托于独立自主的国家。所以，此书不是简单的爱国主义所能涵盖。《国史大纲》交代中国的典章制度，在典章制度中有如此长久过去。它为什么能维持这样长久的过去？它一定有其功能。钱先生一辈子没有认识社会学中的功能学派，写《国史大纲》的时候，西方社会学的功能学派还未当令，但此书所用方法和角度，都与功能学派相当切合。就是拿一个存在这么久的东西，找出它存在的理由，并不将中国视为几千年都是封建、专制、黑暗的国家。

抗战胜利后，钱先生在家乡无锡办了江南大学。江南大学位于风景秀丽的湖边，他希望在小小的学校里结聚同志，优优悠悠地检讨中国文化的前途以及中国的过去。可惜事与愿违，当大学办起来，开学的时候，内战又把钱先生赶到香港来，在香港钱先生亲手办了新亚，在“手空空，无一物”情况之下，将“千斤担子两肩挑”。当时的苦况，刚刚金校长已经说过。钱先生曾经跟我谈话：“回忆那时候，老师学生没有薪金，大家一同睡在书桌上，有饭一起吃。那一段日子都不知怎样熬过来，只是靠一股气顶下来。”钱先生在江南大学没有达成的志愿，在香港新亚书院完成了。创立一座学府，可以让大家好好地想中国文化。

钱先生在台北外双溪寓所住了一段日子，把全部精力放在《朱子新学案》。钱先生在年轻时，写过《中国近三百年学术史》。而《朱子新学案》以朱子来归结宋及宋以前的儒家思想，并将朱子以后儒家重要的思想和想法都包括在内。《朱子新学案》以朱子作为一个名称，实际上钱先生把朱子作为焦点来写整个儒学的通史，将自己一辈子对儒家思想的了解作一总交代。

钱先生从七房桥当中小学教员，一直到年老之后，整辈子的生命都放在中国文化上面。

钱先生阐明中国文化的要义

钱先生对中国文化的了解，在最后一次演讲中（新亚办的钱穆先生学术讲座），将自己的看法做了最后检讨和总结。在演讲中，他首先肯定中国文化有其长久的过去，生命力延续不断，仍会在未来走下去。源头在过去，发展与分歧在下面。就是“统之有宗，会之有元”。总括有三个要点：

一是中国人的性格，从文化发展出来的特性，他称为民族性，有协调与合作，就是“和与合”。钱先生提出这个论点，特别针对执政党讲斗争、西方文化讲进步，这是中国文化的一个特色。

二是天人合一，天人之间的关系，他不是要做教主，以沟通天地，也不是说天就存在人里面。钱先生讲天人合一，就是“天命之谓性，率性之谓道，修道之谓教”，三个阶段，天然条件存在，再加上人的力量，成全天然条件，成全天地所创造人的人性，就叫“天命之谓性”。命是可以见得到的道，继续推广和延伸，就叫“修道之谓教”，这个教是教自己，也是教别人，即是教化。天人之间，人的努力是使道与天能够实现的一个重要项目。

再谈求知。知识与求知的态度，两个是互相呼应的，知识不在人外面，求知本身不是离开知识的活动，不是单独的活动，我们求知是为了了解各种事物的现象，也要了解各种活动的性质。内是求知的欲望，外是求知的对象。知识不是离开人的，人要内外相符，等到知识获得以后，更进而知行合一。知行合一不是人知道如何用电力，人便成为电器。在求知里边，学会生活态度和做事方法，从我们的日常行为表现出来。所谓求知，作为知识分子和专业读书人，不是只为了求得客观知识，而要在读书过程中使读书的态度变成性格的一部分。读书要诚实，假若不诚实，只是骗自己，诚实是读书很要紧的态度。读书要虚心，有了新的证据，即须考虑要修正旧的证据，新的观点是否容纳于旧的观念里，新的观点是否推翻旧的观念。所以，不仅要虚心，还要尊重别人的意见和想法。读书要虚心，还要有容纳别人的肚量。有诚实、虚心、容量的习惯，才能在知识当中有开拓新见解的空间，也有开拓新见解的准备。读书是一辈子的工作，不能马马虎虎，须寻根究底。

将这三点合起来，便看见对自己诚实、对别人宽容就是忠恕之道。这才真正是钱先生所讲的知行合一，他所谓的“合内外”。我去外双溪拜见他，他常常跟我讨论这个问题。钱先生对知识绝对尊敬，不怀蔑视、轻视、游戏的态度。

钱先生思想中的知识分子（十）

在钱先生思想中，什么是读书人、什么是士大夫呢？金校长刚刚说过，中国文化不全是美好的，但钱先生特别赞美中国文化好的部分，把中国文化最好的部分当作理想，当作我们奋斗的目标，将改进自己的人生的目的当作进步的目标，当作在人间创造更好的社会与建立更好和平生活的方向。我们一定要有远大而光明的目标，才见到我们的短处，从而将短处一步步改正，将好处一步一步提升。所谓“虽不能至，心向往之”。刚刚提及的知行合一就是知识的一部分。

钱先生思想中的知识分子有四个要点。第一，“既以为人己愈有，既以与人己愈多”。知识本身永远求不完，要永远不断地追求。求知是一件好事情，求它，它便到，不会拒绝给你。思考可以更深，不会到一地步便断了，更要紧的是教别人知识，不会使自己少一点。别的东西给人一分就少一分，学问之道给人越多自己获得也越多，学问是给不完的。相信教书的人都会有同样的经验，同学问问题，迫使自己对这个问题多一次思考，多开一个窗口，用更多证据来核对自己所说的话，真正的知识分子不断地追寻学问，对于学术的滋长有其信念。

第二，要拿求知来考验自己，鞭策自己，培养自己理想人格。前面已经说过，就是从求知当中完善自己的人格。

第三，知识分子对求知有其信心与勇气。我们知识学问是继续不断的，一方面学问是“人不知而不愠”，你有多大的学问，别人不知不必发怒，学到的东西是你自己的，培养出来的性情是你自己的。空山幽谷中兰花放幽香，兰花不在意有没有人在欣赏。这是自持之道。另一方面，我们希望后人比自己更好，所谓“后生可畏”。孔子说“后生可畏”，不是怕后生比自己更好，而是只有将来的人比我学得更好，只有我的学生比我学得更好，一代一代将知识累积起来，后一代在前代基础上更进一步。知识分子应当有这种抱负和盼望，不要自己自以为天下学问第一。中国传统手工业有许多高超的工艺，因怕别人学到，秘而不传，所以很多工艺因此而失传。

第四，知识分子不应只顾自己，穷要独善其身，不放松自己；达则是兼善天下，将自己所学到的一点点东西，同样给别人，让它继续发展。而兼善天下，不必一定做大总统，将自己的一点点与人家共赏，也是兼善。全世界都想兼善的时候，世界可能比现在更美好一点。我提出这四点来，总结钱先生理想中知识分子的模样。

钱先生的一生，即是“士”的精神的实践

我读钱先生在新亚的讲演时，就想起钱先生跟我在素书楼的谈话。他在演讲中，与我多次在素书楼听到的教训没有分别。孔子的儿子叫做孔鲤，人家问鲤：你父亲有没有教过你一点东西，是我们所不知道的？鲤说没有。我不是钱先生的学

生，更不是他的儿子，他爱护我当作同乡的后辈，我从他书斋中零零碎碎地听到的话，跟他在新亚演讲中说的话一样。可以在见到他时尽量将自己的想法在个人对话中交代出来，在大庭广众的谈话中也交代出来。他总是将心放开，这也是他理想知识分子的模样。我说理想的知识分子是一个境界，是一个理想。把这当作目标，我们一辈可能做不到，但可作为鞭策自己的目标。钱先生在新亚的校歌中说“手空空，无一物，路遥遥，无止境”，又说“千斤担子两肩挑，趁青春结队向前行”。“结队向前行”，盼望新亚的同学做他的继承人，组成理想知识分子的队伍，迈向理想知识分子的境界。

金校长刚刚说过，钱先生表现在他的性格方面，是一个非常幽默的人，一个看上去很庄严的人，但跟他谈话却很容易接近，跟他说话有时会说说笑话。幽默是英国式的幽默，不是讲俏皮话，真是“望之俨然，即之也温”。

钱先生学问渊博，当然不在话下，更能融会贯通，听到说一句话，不知道下一句话会将你带到何处，可能半个小时后，又把话带回到那句话上面。他花半小时，就是为第一句话做一证明，谈半小时话可以做一篇小论文。这个过程，实际上就是融会贯通各种知识来证明所说的话，所说任何一句话都是经过考据的功夫才能融会贯通。

他做人不拍人家马屁，也不随便跟潮流走。年轻时可以一个人站起来，对抗当时学风，以一个小教员，他觉得自己有权利反驳疑古的人，反驳污蔑中国文化的人，可见他是有为有守的人。

钱先生对自己的信仰，愿意站起来做。在 1949 年，跑到香港来的人很多，有理想的人也很多，以难民身份在“手空空，无一物”情况下，却只有他能办出学校，办出今天的新亚来，真是“坐而言，起而行”。

我以这一堂报告，来纪念我的同乡前辈、史学前辈和我非常敬仰的学者，这是我的荣幸。

（新亚书院双周会演讲记录）

自由思想与志节

近日读陆键东先生著《陈寅恪的最后20年》，穷一日读毕，又翻检数节，再三体会，数度落泪。这样一位学者，可在书斋中写出一部中国文化史，却要承受这么多的折磨，而且还只能寄托诗句隐晦地表达内心的忧伤悲苦。斯人也，而生于斯世，难道上天真是要以中国文化的精华为中国文化殉葬！

后世相知或有缘

在海外，大家还不知道陈先生生活真相时，余英时先生早在1983年即从陈先生诗文中，解读陈先生的晚年心情。陆键东先生大著出版，证实了余先生的诠释，而且陆先生借陈先生诗句“后世相知或有缘”称许余先生的理解。余先生能独具巨眼，正因为他自己也是中国文化精神孕育的学者。从这一点说，中国文化的代表，于陈先生去后还有贤者如余先生在。天怜中国，愿华夏文化还有贞下起元再开新运之一日。

陈寅恪先生背负华夏文化崩坏的经历，早于王静安（国维）先生自沉时，陈先生即以为王先生是中国文化托命之人。陈先生撰写《清华大学王观堂先生纪念碑铭》：“士之读书治学，盖将以脱心志于俗谛之桎梏，真理因得以发扬，思想而不自由，毋宁死耳，斯古今仁圣所同殉之精义，夫岂庸鄙之敢望。先生以一死见其独立自由之意志，非所论于一人之恩怨，一姓之兴亡……先生之著述或有时而不章，先生之学说或有时而可商。惟此独立之精神，自由之思想，历千万祀与天壤而同久，共三光而永光。”今日读之，宛如陈先生为自己预撰的诔辞。

独立之精神，自由之思想

的确，陈先生终生坚持这一信念，未曾改其心态。在他拒绝出任历史研究领导工作时，他的答复即在“我的主张完全见于我所写的王国维纪念碑中”，而且特别说明“俗谛之桎梏”，在当时即指三民主义而言。三民主义文网之密，三民主义之为“俗谛”，犹不能忍，则如何能忍受更为深密的罗织？于是，自由的思想与独立的精神还是必须坚守的原则，不容有一丝一毫的折扣。

陈先生在《赠蒋秉南序》中，即以坚守原则昭告友人，特别标出："默念平生，固未尝侮食自矜，曲学阿世，似可告慰友朋。"因为坚守志节，陈先生十分重视宋代的士大夫，又谓："欧阳永叔少学韩昌黎之文，晚撰《五代史记》，作义儿冯道诸传，贬斥势利，尊崇气节，遂一匡五代之浇漓，返之淳正。故天水一朝之文化，竟为我民族之瑰宝，孰谓空文于治学术无裨益耶？"陈先生在盼望，读书人以言论改易风俗。王静安以生殉文化，争自由，是身教；陈先生终生坚持同样原则，是言教，至死不屈，也是身教。他后半生研究放在《再生缘》与柳如是的研究，于前者寄托对自由思想的赞赏，于后者表达对志节的坚持，只是以两位奇女子的生平表达他终生不渝的为学为人理念，做人与做学问于是不能分割。

立足本土文化

陈寅恪先生毕生认同华夏文化的精神，毕生研究的也是华夏文化的发展。他的研究课题，涉及典章制度、宗教信仰、族群关系，以及各时期中国文化与外来文化的接触交融，他在专业著作中，不断解释中国民族由不同的成分一次一次地融合，外来文化经常与当时中国的本土文化交流。因此，陈先生没有狭窄的中原主义、汉族主义，也没有文化的排他观念。但是，他却认为："其真能于思想上自成系统，有所创获者，必须一方面吸收输入外来之学说，一方面不忘本来民族之地位。此二种相反而适相成之态度，乃道教之真精神，新儒家

（按：陈氏此词，与今天儒学中一派的名称并不相同）之旧途径，而二千年吾民族与他民族思想接触史之所昭示者也。”（冯友兰《中国哲学史》下册审查报告）

因为六朝是中古文化激荡最巨的时代，宋代则是中古文化融铸的结穴，是以陈先生认为这两代思想最为自由，于是两代文章最臻上乘。

陈先生认为，自由思想是文化发达的要件，换言之，他以为华夏民族之文化历数千年演进，“造极于赵宋之世，后渐衰微，终必复振”（《邓广铭〈宋代职官志考证〉序》）。终必复振，是他的盼望。“后渐衰微”一语，自然指元明清均不够自由。元以武力统治，无可论说；明清两代，专制淫威文网之密为中国历史中所仅见，自由思想遂最受限制。民国以来，“俗谛”者，三民主义等，都不容许有异见自由思想，焉有开展余地。陈先生哪能不寄情于陈端生、柳如是？

陈先生每称中国文化，必系之于华夏民族，以他熟谙文化演变与族群融合，如何又可能有文化的民族本位观念？我想，陈先生之“族群华夏民族”观念，绝不能与汉族沙文主义同科，更不会有种族优秀的偏窄见解。他撰写《赠蒋秉南序》，已是七十五岁高龄。光绪末年，虽然“朝野尚于苟安”，他已有“辛有索靖之忧”，辛有索靖都预见了蛮族之入侵，文明之将丧。陈先生一生经历外患内乱，到了七十五岁时，中国已不再面临外族入侵的威胁，而是面临文明崩解的局面。蒋序之中，陈先生标志的人、物，是欧阳修以及《新五代史》，“贬斥势利，尊崇气节，遂一匡五代之浇漓，返之淳正”；则陈先生关心的主体，在于文化的精神面，而不是在族群的分野上。在《王静安先生遗书序》中，陈先生悼念这位身殉文化的人，“寅恪以谓古今中外志士仁人，往往憔悴忧伤，继之以死。其所伤之事，所死之故，不止局于一时间一地域而已。盖别有超越时间地域之理性存焉。而此超越时间地域之理性，必非其同时间地域之众人所能共喻”。引申解之，陈先生注视的“理性”，超越时空，也有超越文化的界限，方能见之于古今中外志士仁人的精神所寄。这一普及性的精神，应即是所有文化体系共有的素质，亦是各种文化可以交融的基本条件。

脱心志于俗谛

我以为，这一理性，当即是对“人”的尊重。自由，是让“人”不受桎梏的限制而发挥其潜能；励志节，显示了保卫“人”格自由的决心。文化能继长增高，正由于古今中外，代代有人将其心得归结在其所属的文化体系。不幸，又常常有人设为桎梏，限制自由发挥的余地。那些志士仁人遂不惜以生命保卫人类思想的自由，或慷慨赴死，或抗志不屈。

这种桎梏，有的是掌握权力的人士。设置樊篱，不许有越轨的思想出现。在欧洲天主教当权时，压抑其他思想，伽利略的遭遇即是这一类。另一类型，则是新出的文化尚在幼稚粗鲁的阶段，但为了夺取主导地位，以暴力威侮异己，不惜消灭原有的文化，也有志士仁人，在此激荡之际，以死殉其寄托性命的文化传统。上文列举的俗谛,即是此种施暴的桎梏,而王陈诸位前贤即是在华夏文化不绝如缕时，守志不失，宁以性命殉其文化的。

超越族群界线之文化体系

在台湾，一党专政的局面告终，诚为中国历史空前盛事。但是另有俗谛，则是为了建立独立的政治体，有人努力造作新民族主义，甚至自称台湾本土另有文化体系，切断与中国文化的关系。这一“俗谛”虽然目前尚没有合法权威，然而上有好者，下有甚焉者，其迫人的压力，已弥漫全岛，渐渐有挟政治权力排斥异论的趋势。

这一现象，其病根在于将文化、民族、国家、政权四个并不等同的观念，完全混同于一个意义。于是尽力造作“台湾新民族优秀论”“台湾文化不同于中国文化论”“中国文化是祸害”诸种论调，同时，大陆对台湾论调的反驳，只是扣住中国血统及民族情绪。彼亦一是非，此亦一是非，论辩无有尽日。平心地看，民族由融合而成，文化不断演进；更未理解，政权不能永远代表国家，国家并不等同民族，而文化体系可以超越族群界限，文化犹如长河，每一转折都纳新的成分，也都扬弃旧的积淀。文化的认同，不是局守长河上哪一段河流，而应当是珍惜这一渊源，应该不是无根之水。文化体系有其新陈代谢。人体也日日有旧细胞死去，代之以新细胞。人不因今日之我与昨日之我有所不同，而否定此刻以前的一切，也不会中止代谢，抱残守缺，只守住一个已老的躯壳。大陆及台湾，都在丕变之中，文化的发展前途，何去何从？在探索这一问题时，我们必须认识世界逐渐走向一体，人类共同的文化尚未成形，但是大势所趋，全世界人类必有相对重叠的文化成分，始能共同走向人类的大社会。陈先生在《王静安先生遗书序》中，特别提出“超越时间与地域的理性”，也许正是解答上述问题的钥匙，哲人已萎，但盼他的愿望终有实现之日。

杨庆堃先生的治学生涯

杨庆堃先生是中国社会学界的前辈，毕业于燕京大学，与费孝通、许烺光两位是同窗，曾经任教于岭南大学、麻省理工学院、匹兹堡大学、香港中文大学及夏威夷大学等处。

杨先生一生的研究工作体大思精，每一项目都开拓了一片天地，从他的思路发展开发的研究领域必有收获。本文拟从下列数项，回顾杨先生开始的工作，也提出一些将来或可有所开展的方向：(一) 小区研究；(二) 城镇研究；(三) 宗教研究；(四) 群众运动研究；(五) 现代中国社会的转变及其重建。其中有的项目他已有专著，有的项目则是他曾有研究计划却未能完成。兹就上述诸项的前数项，考察杨先生的研究方向。

小区研究，是杨先生参加邹平研究计划已注意到的问题。这一计划早在 1933 年即已由燕京大学进行，他在那一项目研究中，以市集活动为重点，注意到中国农村的经济生活以赶集方式编织为一个市场圈；几个赶集的墟市，轮流有市场活动，又凝聚为一个具体的小区，以这种小区为基层，又有一个具有商品集散功能的市镇；从中间层，市镇层次更上一层，才是市场中心的城市。杨先生的小区研究发表的报告，只有中文的部分，1944 年又以英文 *A North China Local Market Economy* (Institute of Pacific Relations) 在纽约出版。这一研究其实已将后来施坚雅先生中国市集系统的理论要点明白提示。只是中国内战频仍，当时杨先生的中文著作未能引起国际注意；后来杨先生又因战乱迁徙不遑宁居，因此未能在这一课题上多所发挥。这是学术界的憾事！所幸施坚雅先生从四川的市集活动中，也发现了同样的现象，发为宏文，又由市集行为延伸为城市中心的层级结构，遂蔚为研究中国社会的重要理论体系。人生际遇各因时会而有不同的命运，学术发现显晦之间亦复如此。

杨庆堃先生于市场圈的研究，至今也已有半个世纪以上了，这一课题的进展也不限于施坚雅先生从事的方向。以台湾的研究工作言，人类学家颇注意到所谓“祭祀圈”的小区。以每一个庙宇为中心，发展为连接十数村落的小区。定期的庙会是小区活动的高潮，平时也以这一祭祀圈所及，视作当地认同的地缘界线。小区虽以祭祀圈为名，其实与开拓时代的族群分布有相当关系；每一族群有其由原乡带来的神祇，奉祀神明的庙宇便是附近同族聚会与活动的中心。这一中心必在交通要冲，遂与各村落成距离相当均匀的地点。以此条件，当然也是构成市集中心的条件，于是祭祀圈也有市场圈的性质。台湾开拓时期，族群争夺地盘，也争夺资源（例如水资源），族群之间械斗不断。祭祀圈因此也是一个战斗体，民团乡勇均以此为聚集的单位。当然，祭祀圈是集体生活的圈子，各种内外信息也都经过这一网络集散。

台湾祭祀圈是一个多种功能重叠的小区，大陆地区其实也有类似的单位。北方的龙王庙、玉皇庙、关帝庙……南方的妈祖庙、王爷庙……事实上都各自有其涵盖的农村小区。由此形成的地缘单位同样兼具多种功能，并且是当地人群认同的范围。甚至在城市的市区内，寺庙各有其奉祀的神明，其庙宇成为小区活动的中心。我的故乡无锡在 1949 年以前，城区各庙宇的庙会，不同的职业群（如铁匠、木匠等）各有所属的庙宇，城区居民也各有归属，认同其所在小区。这一现象，不论城乡所在的祭祀圈，都是大于自然村或近邻的邻里，而小于行政区划的县城，这是一个有机的小区单位。甚至，大陆在组织公社的时代，一个公社的地理范围，应也是这一县以下村落以上的小区。对于这一层级的小区，社会学家与人类学家仍颇有可以研究的余地。

杨先生的另一个研究计划是佛山镇的研究，他在 1960 年曾获美国 National Science Foundation 的支持，研究佛山镇在 17 世纪以来的发展。他进行这一研究计划的目的是检验中国是否也有经济城市，因为一般西方学者认为欧洲的经济城市不见于中国，中国只有行政中心的政治都会。这一研究计划，按照杨先生的设计，聚焦的课题是：

佛山镇的区域结构

1．人口。

2．职业分化现象，以觇见该地经济的延续结构。

3．该地的空间形态，包括与周围环境的关系及小区内部各单元的空间布置形态。

社会互动系统

1．意识形态，价值现象（儒家观念）与社会经济形态之间的关系。

2．小区组织，结构方式包括家庭、家族、小区、邻里、自愿性组织，与政府的关系。

3．层级秩序，包括城市功能与其对于社会经济状态的影响；社会阶层，阶层之间的关系，与小区权力及社会变动的关系。

小区集体意识与小区集体行为

从以上所列主题看，杨先生从事的工作是结构主义的研究。结构主义是20世纪50年代的研究主流，此派深思的互动理论，须在20世纪60年代以后始成气候。现在又过了一个时代，社会学与人类学的研究方法及思考角度均与前大不相同。以今评论杨先生的方法，我们必须体认时间已经隔世。不过，若是从历史学的角度来看佛山镇的发展，则又有一些可以注视的方向。

首先，佛山是在清代发展的四大镇之一，这一冶铸业的中心，与景德镇陶瓷业中心相似，属于以制造业为主体的城市。反之，汉口镇是以水运交通中心的功能发展为货物集散与转输的商业城市。这两座制造业城市有其相同之处，均有大量劳工，也有一些技能方面的职业分工及阶层分化。同时，即使中国传统制造业还没有发展为资本主义下的运作形态，却也必须有大量资本投入，于是也有劳资的分别，甚至对立。然而，资深熟练工人也可能身兼作坊主人的身份，于是“工会”即非全属劳方的组织。

这两座制造业城市又因其生产货品的性质而各有其特色。佛山的冶铸作坊规模可大可小，又以小型作坊为多。景德镇的瓷窑则必须有相当规模，陶瓷始能有足够的利润。这一差别，遂使景德镇的制造业依赖资本程度大于佛山镇的冶铸工业。因此，若以资本聚集及周转与专业劳工的独立性两点来讨论这两座城市的内部结构，势必注意劳资双方的互动关系，而不能仅从静态结构的研究寻求了解其小区的特性。

在杨先生的大纲中，有一部分讨论儒家意识形态的课题。虽然中国传统社会的主流理念是儒家的价值观念，但是我们也必须认识到，传统社会中的商贾与劳工，即使已深深浸涵于儒家价值体系中，仍不能具备士绅阶层的儒家代言人身份。后者与政治权力（亦即政府）有密切的共生关系。在佛山这种制造业城市中，于其发展初期，商贾及劳工可从财富与工会影响力中取得小区领袖的地位。这些小区领袖的家庭，一旦经由从教育及科名转化为士绅地位，则小区精英的成分即不免改变，小区的权力结构也不免改变。台湾的小区于开拓之初，并无士绅阶层，然而一旦开拓者的经营地区及商贾中有了儒家教育的士绅，许多本由商人担任的小区领袖，即不能不让士绅出头。台湾新竹的“郊”商逐渐丧失小区领导权，即是一个明显的例子。佛山的小区领袖阶层，在三百年内是否经历了类似的变化？如果制造业的城市没有出现传统士绅，则杨先生所指陈的经济城市特色将可进一步有所证实。

佛山与景德镇的制造业，都兼具商品外销与内销的功能，均在中国进入世界经济体系之后逐渐兴盛。这一时代背景不仅仅促成这两座制造业城市在中国的成长，也导致江南地区与珠江三角洲市镇出现密集都市化的现象。佛山的研究若加上比较研究，尚可成为城市化现象的重要课题。杨先生在四十多年前进行这一研究计划时，中国历史学界对资本主义萌芽问题投注了不少力量。那些为了证验历史演化过程而搜集的资料，若加上社会学及比较研究的分析，当可梳理中国城市的特色，也可进一步与欧洲城市发展史对比，找出其中异同。杨先生在佛山研究的发轫之功，为后学开了门径，由此深入，当有更多发现。

杨先生的传世之作是《中国社会中的宗教》（*Religion in China Society*，University of California Press，1961），在这本书问世以前，研究中国宗教信仰的著作，大致都将释道诸信仰系统个别处理，而且对于这些宗教大都只是介绍其主流的教义及其演变。西方人把儒家也当作信仰系统，韦伯在其研究中国宗教的著作中，即并列儒家与道教，而不包括佛教。杨先生则以中国人的宗教活动及其在中国社会的功能作为研究中国的主要课题。他从帕森斯的特殊（specificity）与普化（difference）两种类型，界定中国人的宗教活动是普化的，而不是制度化的（institutionalized）。“普化宗教”（diffused religion）的观念，事实上有两个方面，一是诸种信仰之间的渗透与混合，一是宗教扩散于日常生活，圣俗之间并无明白的分野。在前面一节，我曾尝试将杨先生早年研究市集小区的看法引申于台湾人类学家对祭祀圈小区的研究。若从普化宗教的观点来看台湾的祭祀圈小区，则多种社会活动叠合同一地区，而又以宗教活动的中心统摄凡此活动，毋宁正是圣俗互相渗透的明证。

韦伯研究西欧资本主义兴起与新教伦理，提出神恩救赎与使命观之间的关系。他从新教的研究扩大到犹太教、伊斯兰教、印度教的研究，最后还有研究中国儒家与道教的专著。凡此分别，均为比较研究而作，其重点在由彼证此，以寻索加尔文教派伦理的独特性及其对于资本主义形成的关系。韦伯为了比较研究，自然有其主题的选择，也因此对中国宗教未能作全面的考察。同时，韦伯所处时代，西方世界对于中国文化了解不够深入，西文汉学著作还相当少，是以韦伯只能从经典文字及西人观察的报告来讨论中国人的信仰。受资料与其主观观点之限，他以为中国人缺少理性思维，长期受符咒术数的约制，甚至以为中国文化长期的停滞也是因此而起。近半个世纪来，李约瑟对中国文化与工艺技术的研究，已使世人认识了中国有机的思维方式，确与欧洲机械的思维方式不同。李约瑟开启的中国科技思想研究，颇有学者接踵继武，多所阐明。这些观点，与杨庆堃先生研究社会思想与行为而得到的“宗教普化”之路可以互相支持，使人了解中国人的行为与其持守的信仰理念之间有密切的相关性。

中国宗教研究天地甚为广阔，其中可以探索的课题甚多。单从圣俗之间的分际来讲，报施与承负，在基督教与印度佛教都是个人的事，只是基督教从神恩引申于救赎，印度佛教由果报引申为轮回。中国人则将俗世的家庭观念引入报施与承负中而有家族的福泽与祸殃，于是圣与俗在孝顺的俗理中便渗透混同了。

研究中国制度化宗教时，至今尚少见研究宗教活动(sectarian movement)，中国主流宗教之外，历史上不断有民间的宗派兴起。这些宗派，从东汉黄巾及天师道，中古的李顺李八百及弥勒信仰……以至清代的白莲教及其支派，大致都由启示而预示末世劫数及度人救世的救主。这些观念，在主流制度化的宗教信仰中不受重视，但长期潜伏于民间，每到乱世即自然而生，甚至因宗派活动而激发大规模的集体起事。中国历史上的“农民起义”无不与秘密教派有关。劫数，既是时段的截然分割，又是循环的回复。救主既是应劫而生，又是神恩。这些观念，兼具神意启示与自存的秩序；这又是圣与俗的渗透与模糊。凡此观念，中古以后的发展可能与中亚传入的启示信仰有相当关系（例如摩尼教与方腊及后世明教之间的关系）。然而，早在先秦，中国即有五德终始的时代轮转，西汉的谶纬活动也是“启示”。两者的结合，在王莽篡汉时有明显的天命更新观念，黄巾起事有“苍天当死，黄天当立”的劫运观念。是则，启示性宗教在中国文化中，既有外来的影响，也有本土的根苗。我们必须注意，中国的宗派活动，其宣传的劫后世界即是在人世出现一个新秩序，而不是基督教的天上神界。中国宗派活动的现实性与人间性，又是圣俗叠合的思维方式。凡此均是在研究中国宗教的领域内可以开阔的园地，杨先生已发其端，有待后人接续下去。

杨庆堃先生终生治学，处理了不少社会学上的重要问题，也开拓了不少工作领域，可惜适逢战乱，一生东奔西走。这些题目，有了开端，也已有了详细的规划，却未得完成的机会。杨先生的一代人，大致都有强烈的民族主义，即使治学也为了救国。他在《华北地方市场经济》一文的后续，建议将这种地方上的小区作为中国社会的“基本细胞”，以重建现代中国的社会，其用心良苦，又岂啻为了单纯的学术兴趣而做象牙塔里的研究而已。这种心态，也如费孝通先生研究乡土中国，都是瞩目于重建残破的中国农村，反映了整整一代中国学者济世救民的苦心。杨先生治学的五个领域中，其实都是为了第五项重建中国的现代社会。他晚年致力于重建中国社会学，也无非是为了这一巨大而长久的工作，必须有一代又一代社会学家接手，始能有完成的可能。

杨先生逝世已经两年，缅怀当年彼此讨论社会学问题时，种种记忆犹如昨日！谨以芜文，纪念这一位学术界的巨人。

2001年8月

怀念沈宗瀚先生

12 月 1 日收到家书，一看是限时专送，心里突突地跳，感到必有大事，拆信惊悉沈老伯已因中风去世。夏天回台湾，看到沈老伯忽然衰老不少，当时就想到也许下一次返台，未必再能见他老人家，但是又总觉得我年年返台，也许仍可以有再见的机会。现在则终于不再能亲接这位诚恳而又亲切的父执了。

君山是我老友，但是真正认识沈老伯还不过是三四年前的事。1977 年我休假返台半年,得以全家叩见沈老伯及沈伯母。沈老伯那时正在与赵雅书兄编印《中华农业史》，他老人家知道我也正在为《汉代农业》一书作最后校订，命我细阅老伯自己在《中华农业史》中的几篇论著。他告诉我他与刚伯先师的交谊，并且吩咐我代替先师为他看稿。老伯一生从事中国农业史研究，而且又多年参加农业发展决策工作，他老人家堪称中国农业研究的泰岳北斗。我是后生小子，骤膺此命，愧惧不敢担任。后来一则老伯责以代刚伯师践先师未能实行的诺言，再则也为老伯自然诚悫所感动，遂谨敬阅读交下诸稿，并且坦白地陈述愚见。那几个月中，有时奉召侍应于沈府，有时在农复会的办公室，有时承老伯屈驾舍间，大约半年之内晋接教诲不下十五六次。每有修改，老伯必然反复商咨。一有清稿，又必须立刻专人送来，嘱咐细阅。这半年的随侍，我等于上了半年课，不仅学了不少东西，而且深为长者做人做事的态度所感动。儒家立诚立敬，老伯言辞中未尝出现过这些字眼，然其一举一动无不符合诚敬二字。论老伯的才智，当然是第一等第一级；君山为友人中出名的才子，正合龙生龙、凤生凤的俗谚。才智过人而执事诚恳，实在修为到了第一等方可以德性包盖才智。这半年的“修身”课，当终生铭记，希望能做得以诚信补足自己才智的短绌。

沈老伯终生为台湾农业发展鞠躬尽瘁，未尝懈怠，他是农家子弟，后来进入美国康奈尔大学治农业，因为他有亲身的经验，遂能掌握中国农业的基本特征，而对台湾农业现代化规划下正确的方向。中国自古以来，土地问题与农业问题总是纠缠不分；自从孟子提出以井田制民之产以后，中国历史上屡次尝试均田，都不能成功地做到农业改革。民间变乱也每每以均田作为口号，而成王败寇，新起的朝代也未能由这个口号走向农业发展的新境界。另一方面，由汉代以至明清，一次一次经济成长的提升，都与农业技术的改进有因果关系。从历史的经验来看，中国的经济问题在于患寡而不在于患不均，中国的农业问题不在分配不当而在生产力不足。沈老伯多年来规划中国农业现代化，结合了中国历史知识与美国现代“农业推广”的经验。他在抗战期间尽力育成及推广新的小麦两种，至今“骊英六号”仍是中国的优产小麦。来台参加台湾的土地改革，沈老伯以农复会的人力与财力，趁着“三七五”的减租及“耕者有其田”之后农民有昂扬的工作热忱，农复会得以进行新品种、新化肥、新耕作技术种种科技改进，提高了农业生产的能力。中国农业传统上以精耕细作为特色，精耕制下农户掌握的大量劳动力，也自然而然地在农闲时转用于副产品及非农业性的生产，因此中国农业与市场经济一直是辅车相依的。农复会在台湾多年来一直致力于使农业不仅限于食粮生产，而逐步引导农户生产经济作物及发展农村小工业。凡此，都可说是由生产力的提高使农业由寡而有余，遂不致有不均之叹。

这些工作，自然也不是沈老伯一手一足之间可以做到。沈老伯最初辅佐蒋梦麟先生，而至后来主持农复会，农复会集中了台湾农业人才的精华，大家群策群力，终于成就了这一番大事业。台湾农业发展的成功，不仅限于农业，实在也为日后台湾经济的起飞奠定了良好的基础。一方面，富庶的农业人口提供了广大的内部市场，使工业发展由内销作起点。另一方面，农产品的外销也有助于发展资金的累积。不少与沈老伯共事者，今日正在负担更大的责任，领导人民走向富足安乐的境界。沈老伯有几次泛泛论及人才，以为领导人要能时时以培育人才为念。他告诉我，培育人才与培育作物的优良品种都必须注意一个要点：创造一个好的成长环境。我们屈指一算，当世农业界以至政治经济界的领导人物，当可见到沈老伯在这方面已为台湾造就了不少大将之材。他的功绩又岂在培育小麦而已。

沈老伯一家雍熙和睦，沈伯母待我们一家亲切如对自己子侄。君山是社会上各方景仰的人物，在家里则端茶待客，布席上菜，一切出诸自然。子弟不以富贵骄人，不以富贵懒惰，出于天性，也由于家教。因此我去沈府侍座，每每浸浴于这一片和熙气氛而有忘归之感。忠厚之家，必裕后昆，相信沈府日后一代一代都有德业才智两均优胜的人物。我相信异日返台，沈府的气氛一定如旧，沈伯母及君山还是会让我有忘归之感，只是座中将再也不见这位慈祥的长者了。

沈老伯自己编过一本自传及两本选集。然而老人家谦抑为怀，有许多事迹未全列入，现在台大历史系黄俊杰先生已为沈老伯编撰年谱，我盼望这本书早日问世，使未得亲炙老伯教诲的人也可景仰他在中国台湾农业发展上的贡献。

附：黄著《沈宗瀚先生年谱》序[1]

中国自古以农立国。中国历史发展的过程中，固然工商业

---

1 该文为许倬云为黄俊杰所著《沈宗瀚先生年谱》所作序言，载《东方杂志》1981 年第 15 卷第 2 期。——编者注

也有过几度飞跃的进展，但是农业始终是中国经济的主要面貌。自从秦汉大一统以后，土地私有制下的小农耕作成为中国农业的基本生产方式。即使中间有过几种其他的方式，终究还是变回了小农制。中国人口多，可耕地在人口密集的地区往往不够，因此土地所有权的分配成为严重问题。在儒家人本精神的理想下，中国的社会改革总是以均土地为一个大课题。另一方面，社会的变乱，也每每由土地分配不均为主因之一。治乱相寻，土地问题成为一个关键。

孙中山先生的革命口号中，“平均地权”出现很早，足见这个问题的严重性。中国历史上均田的尝试也有过好几次，可是每次都不能成功，二十多年前在台湾进行的“耕者有其田”成功了。这次土地改革的成功，原因固然很多，其中不可忽视的一个重要因素则是以技术改进与地权重新分配同时进行。

中国的精耕农业发展甚早，在汉代即已达到很高的水平。此后精益求精，成为极为高产的农耕方式。精耕制要求大量地投入劳力，而且每一阶段都不能掉以轻心。为此，农民必须有强烈的工作动机，才能充分发挥精耕制的长处。中国的小农制可能是精耕制的必然条件，只有在农民觉得自己的收获归自己的情况下精耕方能真正有用。

台湾实行的“耕者有其田”，正是强化农民生产动机的唯一途径。不过，若是农民仍照传统的耕作方式生产，经过数千年的发展，传统的方式已到达潜力的极限。突破这个极限必须借助现代科技的成果，例如使用化学肥料及杀虫剂，科学地选种、育种，农业机械的使用，以现代设备的储存运送。台湾的农业在20世纪初期即接受了现代农业技术的第一次洗礼。二十多年前进行土地改革时，农复会的同人们以其专业知识与技术，帮助新获耕地产权的农民完成了更上一层楼的技术突破。我个人以为，这次土改的成功，既实现了中国自古以来向往的平均地权的理想，也承认了精耕农业注重技术的传统，实在是中国迈向现代而又与传统接榫的最佳成就之一。由此可见，走向现代，并不一定要与过去切断，更不必一定要对过去“革命”。

余姚沈宗瀚先生是中国台湾农业史上的重要人物。沈先生由农家子弟接受现代农业教育，以其所学，奉献给中国农业的现代化工作。沈先生自己的育种工作为中国台湾找到了优良麦种；他的推广，使中国农民接受了现代农业的成果。他在农复会参加了土地改革的大事，也主持了农业推广，使这次土改不是单纯地分配土地而是兼顾农业技术的提升。沈先生的远见，可以肥料换谷一事觇见。当时反对这个政策的人很多，但沈先生坚决为这个政策辩护。由今天回顾，这个政策使农民在作物未收获前，可以不必“贵青苗”。几千年来，中国农民在“贵青苗”上吃尽大亏，而肥料换谷的政策使农民终于可获得现代科技的裨益，而又不必担心一时负担不了这笔肥料款。这一环节的突破，农民不必因举债而再度面临丧失土地的危险。沈先生的功劳又岂仅在为社会确实地掌握余粮，以稳定粮价来安定社会一端而已。

沈先生的一生奉献给了中国台湾的农业，中国台湾农业现代化的过程与沈先生的一生事迹殊不可分。台湾大学黄俊杰先生把沈先生的事迹编为年谱。这本书的内容不仅涵盖沈先生的一生，而且也是一部中国台湾现代农业史。此稿尚未付梓，而先生竟归道山，从此不能再在他左右请益，悲夫！然而，先生的遗惠当永在台湾农友心中长志不忘。

哭两位董先生

6月18日刚哭过董同龢先生，不到半年，今天又来哭董彦堂先生。今晚在彦堂师府上看见董同龢师母去吊唁时，两位董师母相对而泣的印象仍时时浮出，而极乐殡仪馆纱罩下的彦堂师遗容也时时与同一纱罩下同龢师的遗容交互在脑中出现，衷肠悲怆惨恻。同龢师是史语所中年一辈的佼佼者，彦堂师是老一辈的元老重镇，竟在半年内先后溘逝，固是“中研院”史语所的损失，也正是学术界不可弥补的损失。

彦堂师治甲骨学四十年，在甲骨学者中列为“四堂”之一，而他的断代标准使数十万片散乱的甲骨碎片得到一个分别时代的准绳，更是四堂中其余三堂所未做到。“中研院”所发掘的甲骨片子，在彦堂师的主持下，陆续印行为《殷墟文字》甲编与乙编。这些科学方法发掘整理的卜辞，为治古史者提供一大批可靠的资料，其价值是前此得自古董商的甲骨资料所无法比拟的。彦堂师自己就用这些资料重构了一部殷代的历法——《殷历谱》。他利用中国古代的干支纪日、置闰、日蚀、太阳太阴历所产生的月份与节气间关系以及时王的祭祀系统，把殷代的史事一段一段排列起来，细致的地方竟可逐日排比。虽然结论及若干细节往往仍有见仁见智之处，整个方法确是非常细密踏实的。

同龢师的专长也是一项不比甲骨学热到哪里去的冷门——语言学。这一门学问，我一点也不懂，因此只好在此藏拙，但是我愿意谈谈他的教学态度及为人。孔子称许的狂狷两类人物，在同龢师庶几见之。他一旦认定了一项原则，硬是死不放松，真正做到"有所不为"的地步。今天乡愿太多，要找像这种狂者狷者真不是一件易事。同龢师也是很少见的热心老师，台大中文系每年的好学生似乎都跑到了他的门下。我曾看见过他为同学批改的论文，其细密周到可说几乎为学生重写了一遍。也就难怪，在同龢师病中，有那么多的学生去看他；在同龢师的灵前，有那么多的学生号啕跪倒。

两位董先生有许多不同的地方，然而他们有一个共同之处——为学问而孜孜不倦。我看见过彦堂师为了节省中午回家的时间（好几年前，当我选他的课时），单独在研究室中以几个馒头一碗汤作午餐，小睡几分钟后就又埋头工作。听史语所的老辈们说，他在李庄时为了编《殷历谱》，经常工作得如醉如痴。正如他自己在序中说："有时公私琐务猬集，每写一句，三搁其笔；有时兴会淋漓，走笔疾书，絮絮不休；有时意趣萧索，执笔木坐，草草而止；每写一段，自加复阅，辄摇其首，觉有大不妥者，即贴补重书；故浆糊剪刀，乃不离左右，个中甘苦，只自知之。”同龢师身材瘦长，我刚去南港时，有时向他鞠躬而不见理睬，当时以为两人的身材高度相差太远，他看不见我。后来始知，此等视而不见时正是他在构思时。我似乎从未见他看过电影。大年初三，别人还在忙拜年，他却已经带着学生到山地调查去了。最后这次调查归来，他就病倒，以致不起。

彦堂师资质为世所罕见，别人再加多年功力也不易赶上他。可惜如他所说“公私琐务”时时纠缠他，占去他不少时间，为生活计，有一阵他不得不靠润格作补贴，也不得不出国教书。若是他有一个安定的环境，他可以多做不知几许工作，甚至还可多活好几年。同龢师的身体更是为奔东赶西和忘命工作累垮的。他死时不过五十二岁，若以彦堂师的寿命来说，他应该至少还可以工作二十年。

今天我们悲叹先后失去了我们唯一的甲骨学专家，我们唯一的语言学家，可是谁又想过：这些本可不死的竟死去了，本可做更多研究的竟成绝响了，其孰致之？今天有若干年轻的一代喊出“交棒”的口号，可是谁又想过：死神已使这两位学者的手指松开，有没有人能重新捡拾这两支棒，在这些学科的岗位继续下去？用《出师表》的话说，今天在台湾的学术界人士都来自各方，不是一个小地区能够产生。要产生新的接棒人必须靠有计划的培养，然而我们看不见社会供给学术机构足够的培养能力。人事冻结及有限的经费与名额使学术机构不能逐年添人；菲薄的待遇，使外部人才裹足不来，内部人才纷纷外流。这几年号称有长期发展科学的计划，好像已经对学术工作很过得去了，仔细一核，全年花在这方面的总额，与国外比不过一个学院或一个实验室的年度经费!

我们已经有的两门学科几乎成了广陵散，为了培养一两个姜维接下去，笔者愿向有能力的社会人士呼吁：你们应该尽早挑起这份担子，为已经窘迫的财政分些负担。笔者愿向相关主管部门呼吁：放松一点管理的法规，让学术机构有些发展余地。笔者更愿向我们自己这一代呼吁：我们应该多花点精力来培养“接棒”能力，否则纵然有人交棒下来，也无人敢接，也无人能接。

哭两师，是由于私恩；哭学术界前途，悲痛者又岂止我一人。

追念王雪艇先生

王雪艇先生在中国现代史上是一位重要人物。他的一生事功，涵盖了学术、政治、外交各方面。他出道甚早，又享高寿,是以活动时间也很长。我追随雪公工作,只在雪公“中研院”院长任内。属于他一生事业的最后一段,我所知道的一些事迹,在雪公一生事功之中,只占很小的一个比例。所以率尔执笔者,一方面为纪念这位老上司，另一方面也只盼将来有人为雪公作传时，本文也可为他的最后一段事业提供一点补充材料。

雪公早年接掌武汉大学是其事业以学术工作始，最后的主持单位为“中研院”是其事业以学术工作终,于学术界终始,也正可证明雪公基本上是一位学术人物。终始之间的半个世纪，雪公首参与密勿，襄赞中枢，也曾担任内外的外交工作。出入政界数十年，然而据我所知，雪公平居手不释卷，与他谈话时，他条分缕析的思考习惯十足是一位学者谈话的态度。而生活习惯谨饬修整，不烟不酒，也别无不良嗜好，仍是十足的书生本色。由于他态度严肃，不苟言笑，从未沾染政坛上巧言令色的浮躁习气，初识者会以为他在摆架子、有官僚气，但是相处稍久者，必可发现这一本正经的态度正是他内外一致之处。严肃是其本性，然而他不是没有情趣的人物。有好几次，他展示画轴为我解释时，其貌怡然，而他欣赏的名画，大致以画风疏淡者为多,并不喜欢踵事增华的一路。由此可见，他基本上也是宁静淡泊的性格，不喜欢雕凿经营，仍是传统读书人中的高品。

雪公接掌武汉大学时，还不到三十岁，而武大在其接掌之时几乎立刻就成为第一流的大学。其所以能够如此，雪公的才学并识是其主因。他办学的唯一考虑是人才，而由于雪公能识人才，人才也就乐为之用。雪公在我叩询此事时，曾再三强调：一家大学能否臻于第一流，端赖其文学院是否第一流。有了第一流的人文社会科学诸系，校风自然活泼，学生也会对本校校风有自豪的感情。有了好的文学院，理工学生也会发展对人文的高度兴趣，可以扩大精神视野及胸襟。唯其有此认识，武大的文学院人才盛极一时。这一段事业是雪公在执教及研究之外，纯属学术范畴的工作。唯其为纯学术性的事业，雪公能以一介书生骋其才华，一举而成厥功。美国开国人物杰弗逊虽然后来成为有名的总统，但他在自撰的墓碑上却宁可大书“弗吉尼亚大学的创办者”一衔。雪公自己，功业在史册，然而大约也有杰弗逊同样的想法，愿意后世纪念他时特别标出武大这一段事迹。

雪公由学术界转入政界，当以出任国民政府教育部部长为始，当时政府定鼎南京，无论历史渊源或政治气氛，北方清华、北大一系的学术界一时与政府之间尚未建立互信的关系。北方二校自从“五四”以来，久已隐然执国内思想与学术界的牛耳，京沪一带也颇有名校堪称南方之强，论声势仍不能取代北方的领袖地位。国民政府定都南京不久，内忧外患接踵而至，“九一八”事变之后，华北情势更危如累卵，此时国家又兼内忧，无可战之兵，国力未实，也无谈和的条件。自从雪公接掌教育部，南京的政治与华北的学术遂得以沟通无间。华北的学术界身处危地而坚持民族正气，在日本战车隆隆声中，不仅弦歌不辍，而且鼓舞爱国情绪，民心士气一时高扬无比。华北的危局竟仗着“民心士气”四个字，硬挺到七七事变，而已经激发的民族正气也孕育了全民抗战的精神力量。据父执辈的史学大家陶希圣先生见告：这一番昂扬气象，固是胡、傅、蒋、罗诸公在北方能投袂奋起，雪公发动及支持之功也有关键性的作用。这一段史实，由于雪公一向不愿表白己功，如不是陶希圣先生说明，我也全无所知。在此，敬为表白此役之重要性，一则发雪公之潜德，二则也借此指陈学术与思想在“无用”中之“大用”。假使当时华北学术界因不知政府意向而嘿然，政府对日本的弹性交涉势难奏拖延时间之功。中国既不能战，又不能和，日本侵华步伐也一定加速进行，中国的劫难就不知到哪一地步了。这一番事业，雪公能不声不响地为国家布下一着奇兵，仍是以其本身为学术界人物，方能取信于华北的学术界。如雪公只是一位部长，这些学者还未必听命呢。

抗战期间，雪公主持外交大计；国共和谈期间，参与党内党外的沟通。凡此诸项活动，都是政治性的，然而雪公的作风，仍不失为书生本色。对苏外交，中国吃尽大亏。罗斯福、杜鲁门两任总统都从美国的全球战略着眼，把中国在蒙古及东北的主权送给斯大林为礼物。中国在无可奈何的情势下，不得不签订中苏间的新约。明知这是丧权辱国的条约，没有人愿意担任签约的任务，但是国家在那种情势下，此约又非签不可。雪公忍辱负重，毅然出使，不仅任劳，而是为国任怨。天下事，任劳易而任怨难，也只有仗这分问心无愧的书生本色，他才能吞下这口难忍的内心伤痛。这番国之大臣的苦心不是一般血气贲张的虚骄之辈所能了解的。

中国历史上，骨鲠的士大夫为了大是大非，廷争极谏，甚至折槛触柱，有其光荣的传统。这种烈士型的人物，在当时、在后世，都可博得喝彩。然而也有一类社稷之臣，参与密勿，救患于未然，而不是在事后出风头。雪公内参庙议，但退食私府时，即使其亲近记室（如乃侄王德芳先生）也不能由他口中听到任何当日谋议的内容，在谋议时为了曲突徙薪而费的苦心，就远比戏剧性的廷争更可贵了。中国历史上的宰相，每有不惜以去就力争而“封还诏书”或“不奉诏”的事例。其中幸运者如赵普，可在宋太祖盛怒之下，屡次封还诏书，而终于使太祖悔悟。其不幸者，则宰相大约被黜免职务。天下君臣遇合如太祖、赵普者本不多见，于是雪公在屡次“封还”指令之后，也就难免黜免的命运了。将来档案可以完全公布时，我们相信历史会还他一个公道。然而在雪公政治生涯来说，书生的气质使他宁为直折剑，不为曲吴钩。

大致言之，书生气质有其必定不肯放松的本末，本来就不宜于从政，雪公的气质尤不宜于官场生涯。官场习气，多的是巧言令色之辈，而他要言不烦，不苟言笑；官场习气，多的是酒肉征逐的应酬，而他生活谨饬，几乎全无世俗的嗜好。单单这两款，就足以使他独来独往，无朋党奥援。官场中世态炎凉，失势的人，常成为众矢之的，几乎人人可以群起而攻之。雪公在担任“中研院”院长时，情势之恶劣，正是如此。是以他对学术工作的抱负依旧，治事的能力与经验更胜于前，然而各种政治恩怨的干扰，却使他一番抱负不能得到实现的机会。这是雪公悒郁所在，也是学术发展过程中的大不幸。

我在雪公旧属中年辈甚晚，而且我有自己的长官，凡事听命于当时任史语所所长的李济之先生，雪公是我的上司，却不是直属。为了这些原因，我不够资格缕述雪公在“中研院”任上的许多工作理想，至多只能一说自己曾经经手的几件工作。

我在 1962 年返所工作，次年雪公即找济老商量编辑《中国上古史论文集》的工作。其时蒋廷黻先生建议由“中基会”支持“中研院”主持编辑一套中国历史，而以古代史为第一步工作。在计划之初，为了建立严格的审阅制度，一方面提高稿费，一方面也规定每篇论文须有两人严格批评，由原作者修改，方可接受。这种审稿方式，在当时尚属罕见。一般学者对于文章被批评，常以为有伤尊严，甚至还有视为人身攻击者。编辑《中国上古史论文集》，原有一百个子题，分约了三十多位当代的专家分别担任。由于有这样严格的审阅制度，有许多子题交了初稿之后，就再也没有修正稿进来。不过《中国上古史论文集》的最大障碍，不在撰稿人不肯完卷，而在外间的政治压力。今日世界古代史，几乎都以考古资料为重要史料。考古学上的文化分期，旧石器时代、新石器时代以及铜器时代的区划，也是全球古史学界共通的尺度。中国上古史计划的分期，也有石器时代及铜器时代两段。谁也没有料到，台湾当局有关委员及一二杂志的主持人，竟以这个题目为理由，横肆攻击。更由这一点拉开阵线，全面攻击雪公、济老以及整个“中研院”。中国上古史计划为此更是难以推动，有许多同人就不肯再撰稿了。现在经过重新安排的四集论文，基本上都已完卷，却因“禁锢”不能付梓流通，仅以待定稿的方式陆续在《史语所集刊》及一二学术刊物上发表而已。雪公为此伤透了心，我忝为济老助手，是他们二老的后辈，眼看这件工作功败垂成，也时有锥心之痛。今生今世我立志守在中国上古史的园地，誓以余生为上古史作补苴工作，也稍微报偿王、李二公的遗愿。

在“中研院”任内，雪公主持与美国的学术合作。先由自然科学发端，到1964年，经美方的要求，我方也决定同时推动在人文社会学科方面的合作。济老奉命主持其事，而由我及马汉宝先生听济老差遣。当时组织的一个委员会，有施建生、邢慕寰、郭廷以、陈奇禄、吴俊才、黄坚厚、李其泰、李亦园、徐可熛、郝履成（筹备时还有朱建民先生）等各位学术界的领导人物，涵盖的学科也遍及政治、经济、法律、人类、教育、心理、历史等科。由 1964 年起连续与美方的全国学会联合会及社会科学研究协会两个机构举行双边会议，研讨双方合作计划。雪公的构想，一方面借此筹措经费以改善己方研究机构及大学研究所的图书设备，从而提高研究工作的水平；另一方面，他也希望以我方对中国文化及中国现势的见解与看法，借合作机会灌输给美国学术界，以正国际视听，也沟通中外意见，以避免彼此间不必要的误解。合作计划的内容牵涉甚广，此处也不必缕述。其中荦荦大者为下列几项：(1) 召开双方对中国内地现况的讨论会；(2) 召开解释中国历史发展过程的讨论会；(3) 成立研究美国文化及美国现况的研究机构；(4) 成立经济学博士班，以训练经济发展所需的专门人才；(5) 为来台研究的美国学者成立一个辅导机构，庶几他们能有效地进行研究。不幸，这五项重点计划，除了第四项顺利完成外，其他四项都搁了浅。搁浅的原因，正与前述中国上古史计划所遭的阻碍一样，遭遇了意想不到的攻击。雪公、济老及我都被人称作美方“买办”，甚至被当作所谓费正清派的“走狗”。上述五项中的第一项，关于中国内地现状的讨论的会议最后是实现了，而且愈办愈好，其功劳自然是“国际关系研究所”的领导有方。美国的对华政策，诚然取决于美国的全球性战略，然而对情况的了解绝对是制定策略的重要依据。只希望由这件工作因稽延而失去时机的教训，邦人君子在评论他人时能少逞无谓意气，多体当局者的苦心。中国历史上南宋及明代的失败，败于无谓议论的成分大约未必少过败于外敌的铁骑。

雪公构想中的美国问题研究所不仅要从事对美国文化的研究，也须负起实用的任务，选择若干有关美国政治、经济、社会及外交的专题作深入的分析，并从而为双方关系的各种可能发展研拟可行的对案。当时台湾与美“断交”的远景尚未出现，但雪公已顾虑及此。同时双方有重重叠叠的各种关系，双方绝难漠不相干。美国问题的研究正为了研讨如何肆应各种变局。这样的美国研究，事实上到双方“断交”时，在台湾犹未展开，甚至到了今天，雪公心目中的美国问题研究仍有待发展。回想前年（1979）我于夏天返台时，照往例趋府晋谒，雪公身体已极不好。据纪五兄见告，1978 年冬美国与台湾“断交”消息一到，雪公多日不进饮食，他的身体从彼时开始急剧衰退。在他谈话时，他殷切询问美国国内政情，最后喟然长叹：“我们的美国问题研究所，若早点做实务研究，我们也可以手上早点有几个对案。”去年我返台，雪公已多睡少言，我去王府时，只能在室外张望片时，心里已觉得他的生命将及尾声了。想起老人家谋国之忠，直到理智清明的最后一刻，仍是念兹在兹。如以他在 1978 年不肯进食之事来说，他伤心已极，也可说是以身为殉了。言念及此，愿台湾的几个美国文化研究机构多做一些有实际意义的研究。雪公老成谋国，一生事业泰半在政治方面，然而由于他始终未脱书生的气质，在政治方面遂有方凿圆枘、格格不入之象，以致步步荆棘，处处扞格。雪公的遭遇，当使天下读书人再思三思：以书生从政，成就事功及爱惜羽毛两者兼得实在不易。鱼与熊掌，孰先孰后，大约也只有各人方寸之间自己可以决定了。

忆王小波

王小波在匹兹堡大学的时间不长，我们之间的交往也大致只是在我研究室中每周一次工作后的谈话。但是，这一段交往在我数十年教学生涯中，确是相当特殊的记忆。

小波的妻子李银河在匹大读博士学位。她的导师是杨庆堃先生，我则在历史学系执教，还有一个社会学系合聘的职务，于是，我也列名在银河的学位导师小组之中。那时候，中国内地留美学生为数不多，对于台湾来的教授及同学颇存疑心。小波夫妇对我却全无芥蒂。我一向对学生一视同仁，只要找我问问题，从来大叩大鸣，小叩小鸣，不找我，我也不会追着学生盘问。

银河有社会学专业进修的程序，小波却苦了！匹大是有一个东亚语文学系，而其功能则是训练洋孩子学华语，文学部分相当单薄，小波已是具有一定水平的作家，在东亚系实在没有值得他修习的课程。匹大有项“独立学习”的功课，还有一项“个别指导学习”的课程，等于学生与老师之间一对一地“吃小灶”。小波遂于得到我的同意后，挂在我的名下注册上课。

我自己的研究专业是古代史及社会史，文学不是我的本行。只是研究社会史，本来就不能自我设限；再则我生性好奇，东抓一把、西找一把，确有杂乱之弊。小波每周三的下午上课，照章办事，应是两小时讨论，我们两人其实都不在乎规定，有时一拖就会谈一个下午。有时也会因事停一次，下周补足，再加上一个下午。我们讨论也不完全有教材，即使指定了阅读资料，一谈就跳到别的题目，又派他一些其他资料研读。总之，这是一堂相当自由的讨论课。欧洲大陆的大学，这种师生交谈的课程，其实是研究生上课的常态。美国大学上课，有大纲，有进程，有报告……一板一眼，反而呆板了。我在匹大任教三十余年，通常从众，照章行事，只有“吃小灶”的功课才有不拘形式的讨论。再加上小波的学习兴趣本不在史学，也不在社会学，于是我们的对谈无所设限，任其所之。小波的朋友大约都知道，他坐姿松松散散，我也一直有坐不直的毛病，师生二人东倒西歪，倒也自由自在。

我们的话题，一部分是他的作品，通常我阅读他已出版的文章，询问撰文背景。在这一节骨眼上，他陆陆续续回忆一些“下放”的经历，工作的环境……凡此对我了解中国内地的情形大有帮助！他娓娓道来，不温不火，但是我还是能感觉到他内心的激越。其实，我自己的感受也是波涛起伏，五味杂陈，不能自已！历史的巨变，真必须吞噬自己的儿女吗？

我们也讨论他的文字。第一次检讨时，我特别提醒他，文字是矿砂，是铁坯，是绸料，是利剑，全看有没有炼字的淬炼功夫。我想，这一番话，他是听进去了！他后期的文字精当洗练，确是花了工夫推敲过。

另一部分谈论的主题则是中国文化的转变脉络，尤其近代一百多年的变化，我记得曾经建议他阅读20世纪30年代及抗战时期的文学作品。他也介绍内地20世纪50年代以后数十年文学界的大致情形。我因之得益不少。

他对于传统文学中的传奇相当熟悉，我只是帮他理清从南北朝志怪小说、唐代佛教故事到宋明街坊民间说唱脚本及三言二拍这一系列的长期演变，现在回想，小波是文学的创作者，不是历史学家，这些过去的史料其实都是触发灵感的素材。编排成串，还是罗列眼前，其实未必有什么大差别。我以自己专业的思考方式，凡事都要查考来龙去脉，也许反而将活泼的灵感泉源弄成繁琐的谱系，于创作灵感竟可能有负面的作用。

我们在讨论近代中国文化的演变时，不可避免地会牵涉中国文化与其他文化的对比，也会推敲一些重要观念的涵义，这些观念，例如自由、民主、民族、人权……又都与生活息息相关。小波对于这一系列观念，有他自己的一套看法，我则将这些观念在西方文明中的形成背景、演变过程及不同时空条件引发的阐释，尽我能力之所及一一道来，希望能有所厘清。然而，这些观念自从引入中国以来，常有模糊不清的缺陷，深入讨论这些问题的中文著作本来就不多，西文专著往往又有繁琐的毛病，我自己在思想史领域的功力十分浅薄，小波也不可能在短时期内深入探究。于是，这一系列讨论的议题，虽然我们两人都体验到其中的重要性，恐怕难免落入浮光掠影的老毛病！重要的是我们都将这些观念当作安身立命的根本，终生执守如一。

我与王小波的交往，只是以研究室中的对答为主，他的日常生活细节我所知不多。

二十年了，我不时怀念王小波，也珍惜我们之间的这一段缘。四十年的教学生涯中，我教过专业上有了成就的学生，总是彼此启沃，帮助了我学术生命的不断更新。王小波不在我的专业领域之内，他却是一位情深义重、好奇心切、求知若渴、领悟力强的青年人。我也难得有一位学生不受专业课题的拘束，东提一问，西提一问，从四面八方“突袭”。我因此十分感激他的刺戟，也十分怀念那些问答中埋伏的机会与对人间的深情。

从知识到智慧

从知识到智慧的追寻

通识教育的目的安在？今日学科的分工十分细致，累积知识的深度与广度更是可观。皓首穷经，在一个学术科目的领域内探索已是不易，更何能成为一个跨越学科的“通人”。中国传统上所谓博雅君子，西方传统所谓文艺复兴人物，都是在学科分工不多、知识累积未厚的背景下，可以有这样的通人，但今日已经不可能。再说，过去所谓“一物不知，君子所耻”，今天有百科全书一类的工具及计算机检索的设备，一叩键盘即有具体的信息，哪位君子能有这样功力？

我的引言，以知识与智能并列，目的只在凸显探索具体知识之外，或者另有途径通往另一天地。智慧，其境界之高超，我哪里有此胆量与能力提出这样一个议题？我只是不揣狂妄，不辞冒昧，尝试提出另一个可以注视的方向，请大家指正。

我心中指涉的通识，不在找到累积知识的法力，也不在探索通向智慧的快捷方式，我想提出，求知本身有其跋涉的旅程，这一旅程本身可能跨越学科界限，在各项学科与各项课题之间有一些共通的经验。如果学者们将这些经验提出来，大家则不仅可以有共同的语言与逻辑，也可以为青年学生提供一些思考方向，从专业的范围探首方外，领悟到若干为学与求知的共同之处。

举例来说，任何探索知识的努力，大致都必须由观察素材开始，累积到相当数量，再加以解释。这三个步骤彼此叠合，交叉进行，纠缠不断。同时，在这三个步骤进行中，探索知识的学者心中又总有一定的议题，并由这一议题先作愿望假设，然后考核已得的解释，验证自己的假设。借用胡适之先生简约他为学的经验，大致是“大胆假设，小心求证”一语。这八字真言，描述的为学历程，艰难却是不下于唐僧取经的八十一难。学术界的同人大致都有过亲身的体会！

观察研究的素材，必须先搜集这些素材。这两项难以分割的工作，难处不仅在于“动手动脚找材料”（傅孟真先生的遗训），更宜防范之处，在于自己警觉地搜集与观察时不知不觉夹带而至的偏见与错误。以史学领域为例，同样一条史料，不同的人会有不同的领会，由此而作取舍的决定，也由此而对于史料有不同的评估。即使在数理科学与生物科学的实验室中，尽管实验过程十分严谨，然而量度数据的方法与工具仍会相当程度地影响数据价值。对于这些偏差与缺失，诚实的学者，既会有无可奈何的苦衷，也会有谨小慎微的警觉。

对于研究素材的解释，史学研究者当然受提出的假设制约。验证假设，即已定了问题，我们对于问题可以有诚实的答案，或是或非由素材呈现的现象决定。已有了规定的问题，我们即不易再在此之外发现新问题。然而，如果研究者自己心中常留有一些空间，容纳素材呈现的现象，指示原有问题以外的发展方向，则往往又有峰回路转、豁然开朗的境界。要留下这样一个空间，为学者必须心中不存偏执。

解释素材，往往受制于这一学科当时的议题（Paradigm），而议题之所在又往往反映前个时代学术发展的过程，学术界世代之间的累积绳绳不断，我们的研究工作无不是在前人工作的基础上再加上一砖一瓦，或者是在前人走过冤枉路之后后起者才一步一步踏上坦途。为此，我们对于知识累积的过程，必须有一番感恩的心情。人类求知的方向与途径却也不能一成不变。外在环境改变了（例如社会的组织与结构不同了），即有人提出新的议题。旧学科内在的情况改变了（例如研究工作有了新的工具了），也会有人提出新的议题。同样的，如因学科的内在逻辑有了改变，也会逼迫研究者改变议题。凡此议题的变换，借托马斯·库恩的话，不断引发科学革命。人类历史上，探索知识的工作经常变换方向，不同文化之间探索知识的重点及方向也往往各有特色。凡此议题的转换，正是人类心智活动多姿多彩之处。求知不宜自设樊篱，自限脚步，胸襟开阔当是防止学术僵化的要件。

无论对于自然界的现象还是对于人世间的事物，人类无不在寻求解释。可能由于人类有喜爱规律与秩序的倾向，并且我们通常盼望这些解释简单而有力，足以说明许多散乱的现象。这一倾向，也许是美学的表现。人类知识领域之中，数学大约最足以代表这一心智活动的倾向了。然而，其他学科寻找系统性的解释，何尝不是在尝试找到以简驭繁的说明与解释？

于是，我们探索知识的心智活动也相当于一趟长程的跋涉。在旅途上，不同的行人有不同的目的地，可是，一路行来山光水色令人应接不暇。这一个过程，即是值得撷取的经验。在任何研究过程中，因为易于为自己的偏见所蒙蔽，在面对歧途四出时，我们必须常存警惕，保持敏锐的感觉。因为求知的工作是一代接一代的接力长跑，我们对前人留下的基础应有感激之心，同时又不宜墨守成规而应有开阔的襟怀，在山重水复的困境中，随时准备改弦易辙，另开一条新路。在一团乱丝里，如果居然理出线索，能将许多不同的现象化为简洁的解释，我们也无妨有几分愉悦而欣赏单纯的美感，以补偿一路跋涉的辛苦劳累。

若能将这些探索知识的旅途所得融入我们的性格，也许就是养成智慧的指路牌。至于我们能否真得到智慧，那就依仗我们自己的悟性与机缘了。智慧正如青鸟，抓住就死了，放开则足以使它随意飞翔。寻找青鸟的旅程，正如山阴道上随处有可以赏心悦目的佳处，全看我们有没有欣赏的心情！求知的经验，其实可以比求得的知识更有意义！

1990年11月27日

知识分子的宗教

许多受过现代科学训练的人对宗教逐渐采取存疑的态度，许多宗教信徒也为此认为那些没有宗教信仰的人缺乏生活的目标和准则。前者以为宗教建筑于一片神话和教条上，没有经过纯理性的批判和思考。后者却又以为人类行为的准则及宇宙的运行方式，都必须见诸神的昭示或仙佛的意志，他们之中，不少人甚至以为科学家讨论的宇宙秩序也只是神的存在的证明。

作为一个现代人文学科的学生，我必须对宗教下一个定义。宗教并不是仅具有教义，拥有信徒的组织；宗教更应是一种人生态度。因此，我愿意把宗教两字改为宗教精神。宗教精神的意念就包含了哲学以外更有热诚的信念。

普通的宗教信徒也具有热诚，但是其来源往往起于希冀，起于恐惧，起于冲动。现世的利害及他世的遭遇支配了他的选择。换句话说，维持信心的动机往往免不了是欲望和需求。《墨子》中记载的一个愚夫就为了“使我无故得百束布”而告祝神明。大轰炸中，处处有人低首祷告，不管念的是哪一个宗教的神名，祷告者热切期望神佑仍是为了今生肉体的安全。甚至，天堂的构想，救恩的允许，无非反射生活舒适与安全的欲望。这一切，都有幻灭的可能；一旦信徒想望的东西永远不来，他就可能放弃宗教了。

缺乏任何信仰，整天只为了饮食男女而生活，人生也的确太没意思，而且有些人难免放僻邪侈，无所不为。道德的约束和法律的制裁，在实际施行时也是很有限度的，更何况这两者只具消极抵制的作用，未必有积极增加生活情趣的作用。

一个具有宗教精神且心智成熟的人，必须能不为形役，不为物役，却有一个安身立命的南针，把嗔欲贪念及恐惧都疏导到一个人生目标，使每天的生活都具有某种意义。

这一个境界，大约未必能由聆听传教得来，甚至也不见得能由思索经典得来。正如威廉·詹姆斯所说，宗教应该是“个人独处时的感觉、行为与经验，体认他自己与他以为神圣的对象之间的联系”。[1] 他的话和 A. N. 怀特海的定义颇有互相发明之处，后者认为：“依存于个人自身和个人以为是永久的属性，（宗教）是个人内在生活的艺术和理论。”[2] 两者都着重在个人

1 William James, *The Varieties of Religious Experience*, New York: The Modern Library, 1902, p.31.

2 Alfred North Whitehead, *Religion in the Making*, New York: Mcmillan, 1926, p.16.

自己的体念和个人认可的价值。

先看一个读书人可能获得的个人经验，也就是说个人自己的体念。凡是认真的研究人员，大约都知道广博的兴趣是做研究的第一推动力，选定一个题目做去，往往为了好奇心，为了要解答一团疑问的冲动。好奇的追寻绝不根源于任何生理的需要，而是纯粹的心智活动。而且，好奇可以继续发展，由一个问题推到另一个问题，始终在追索。若是有人以为追索应该有尽头，他也许会因为一生永远不得解答而沮丧，而嗒然中废。若是他一直就知道这是一个无尽无止的旅程，他反倒会为了“追寻”本身而发展出一种热诚。因为追寻是一种挑战，人在应付这个挑战时，却能精神奋发。喜好悠闲的人也许并不欣赏无休无止的追寻，但是悠闲有时会造成无聊，大多数的人还是宁可忙碌的。忙碌须要有目标，知识的追寻正可以作为这样一个目标。

做研究工作的人也习惯于尽量求客观，尽量把一己的爱好和偏见排除。由这种习惯更进一步，我们未尝不能培养超然自我之外的认知能力。我们也许可以更由此得到于自身立场之外反观自己的功夫。不仅由此可以有行为的反省，而且更可以发现许多从别一角度方能见到的意义。超越自己，本来就是一种宗教情绪，道家的羽解，佛家的涅槃，都未始不是想从这个躯壳中脱身而出；由研究的习惯，相类的经验似乎也是可能获得的。

一位真正的研究人员不仅要追寻问题，而且他追寻的问题本身又必须具有某种意义。他大致对自己所从事的研究范围有一个通盘的认识，同时有几个与通盘结构密接相连的假设，他的一切研究都是为了考验这几个假设以及为了修正这几个假设。对自己研究范围的通盘认识大致或多或少会影响一己的人生哲学。一位生物学家对于生命的了解，会影响到他对人类生死的态度；一位天文学家对宇宙结构的认识，也极可能影响到他的价值观念。社会科学家和人文学科的工作者，由于对象就是人类本身，其认识之影响于处世态度更不待言。这种系统化的认识，正是一己对于知识统一的基础。而统一的知识，无论如何，可以使一个人不致东拉西扯，杂乱无章。理性的思考有赖于系统的知识，有意义的人生观也有赖于完整的知识系统。

追寻知识的热诚、诚实及超越自身的习惯以及完整的人生观，这三者都是研究人员在实际工作中必然会发展的几个属性，而这些属性正与具宗教精神者须经历的若干经验相吻合。但是，我们仍旧需要有一些我们认为有永久价值的事物。对于一名知识分子，知识本身应该是具有永久价值的。

知识中的各部分时时须经过修正，使假定一次又一次地接近真实。然而，人类可以由求知而逐渐改进自己，这个信念是值得永久保持的。古代中国的名家及古希腊的诡辩士，都为了发展知识的相对性给世人造成一个很坏的印象：知识是不可期的，以有涯之生追寻无涯之知，结果只有“殆已”。近世的科学基础建立在知识的可得性上，才使得学者们能孜孜矻矻，一寸一寸地求进步。

广义的知识应当包括了解。佛陀在觉悟之后，以救世为职事，这是大智者转化为大仁者的过程。中国社会中所谓长者，往往是些世事通明、人情练达的人物。这种长者，常常真能懂得别人，懂得道理，举止之间真有一副蔼然的心情。此无他，一个真正有知识的人，了解人类的缺点，时时准备谅解别人的错误，也时时准备欣赏和赞许别人的长处。唯仁者能爱人，因为仁者能宽恕，宽恕起源于了解。

知识也可以使人成为勇者。无欲则刚，然而“无欲”并不由克制欲望而来，任何的克制都不过是短暂的解决方法。知识则真能把“欲”化解为不值一顾的东西。财富可以收购某些人，但是收购不了知道财富无常的人。生命的威胁对于许多人有一定的作用，但绝不能动摇对于生命已经有深刻认识的人。他知道了生死的界限及生命的意义，面对死神，他只是泰然地微笑。苏格拉底平静地服下毒药，正是智者转变为勇者的佳例。这是从容的勇气，不是暴虎冯河，也不是凭借冲动和狂热的勇气。孔子在死前，据说曾负杖逍遥；他的死没有什么戏剧性，然而正是“生顺死归”的平静态度为常人所难以企及。

一个真正的知识分子，为了他寻求的真理，可以冒天下之大不韪而不行吾心之所不好。这原是一种从职业中发展出来的道德，然而转移于处世，也可以使人具有凛然不可犯的气概。其坚定和持之有故，未必是一般狂热的殉教者能赶得上的。

知识分子应该可以排除许多偏见。用理性分析，他会发现许多被人推崇为权威的信仰，只是一些无根的呓语；甚至许多一向被人认为神圣的制度,也只是一堆人为的造作。种族、肤色、国界、阶级或宗教，都曾使无数人自愿地或非自愿地丧失了生命；细加推敲，我们可能都感到茫然，不懂那些界限究竟存在了多久，也不懂那些界限的划界标准。我们因此反而可以更接近不同集团的人，对别人了解得更清楚些。

智者不惑，仁者不忧，勇者不惧。然而仁者与勇者的境界可以由不惑出发。一旦将偏见、偏心、欲望、野心和恐惧、嗔怨都能看透了，清澈的灵台将无须忧，也无须惧。这是王充所谓去“蔽”的过程。

灵台清澈，也就是光风霁月的襟怀，人可以敞开心胸，接受宇宙间一切美好的事物。恓恓惶惶，整日营营，这种人很少有心情能够在山路上稍微驻足，欣赏一株小草的秀姿，也很少有心情能够由原泉混混而感觉到一些变化的消息。半亩方塘的云影和绿满窗前的生意，都代表着一种宗教的精神，一种与自然界通声气的感觉，甚至可以说是一种把自身融化在自然界之内的宗教经验。

回到人世，一个心胸坦荡的人不致再受许多褊狭情绪的干扰，他也许可以更自然地领会人与人之间的善意，更领会微笑的意义。《庄子》中所谓相视而笑，莫逆于心，大约即是这一番境界。许多诗人写下了震动心弦的作品，与原作者真能引起共鸣的人，也许是另一个有敏感感受力的人；但是了解诗人，默默地同情诗人的读者，未必是这种感情强烈的人，倒还可能是参悟透彻的智者。对于别人的悲欢离合，这种人也同样有默默的同情，因为这种人能够重视人与人之间的感情，也准备原谅人类感情中的弱点。这个境界已可称为圣者，例如受尽折磨后的约翰·克利斯朵夫。

然而，这种人不是多愁善感的登楼少年，这种人是正面认可人生价值的人。他必须先肯定人类中每一分子的一生都是可贵的。排除了许多种族与国家间的偏见和误解之后，他大约很容易就会认识，人类的今天是各时代、各地区、各种族、许多许多各式各样的个人的联合贡献、共同业绩，人造就了自己的生存环境，也造就了人自己。人的价值因此而不容否认。人类既是许多单一个人的总称，通称名词“人”的价值当然不能脱离其中各个成员的价值而具有意义。因此，采取这种观点的人将不能接受把人类分成不同价值诸群的作风。弁髦任何个人，就等于侮辱整个人类，而人类全体的价值是必须受到肯定的。世界各主要宗教中，颇有蔑视人的价值者。但是重视真正知识及理解力的知识分子，由于知识本身就是人类的业绩，大约自然而然就会肯定人的价值。

一个知识分子，有由职业性习惯中获得的训练，因此可以发展出一些接近宗教的经验；再加上知识本身可能发展为具有永久价值的对象，而累积知识的人类也具有永久的价值。经验与价值两者的配合，知识分子很可以各自建立一套宗教，一套属于他自己的宗教。天心月圆，华枝春满，以及会心一笑，原都可以为宗教情绪作见证。外铄的经验和仪节，其实倒未必有用的。

人文与科学之间

半个世纪前，C. P. 斯诺《两种文化》（*The Two Cultures*）一书，指出人文学科与科学之间本来有相当不同的本质，而且彼此逐渐疏远，已有无法沟通之势。五十年后，我们回头重新审视，却发现两者之间的差异毕竟不是如此深刻。

半个世纪前，数理与生命科学都已颇与上一个世纪的情形不同——观察更为细致，理论更为周密。然而，科学家仍继承上一个世纪的乐观，对现代科学的未来抱持积极态度，认为绝对真理仍是可以企及的。相对于科学而言，五十年前的世界刚从第二次世界大战的灾难中脱身而出。战时的种种，包括人与人之间的偏见、歧视与残暴，宛如一场噩梦！而战后的世界，扰攘未已，人人仍未得宁居。人文学科的学者及文学与艺术的创作者，大都对人类世界及人性已不再能有乐观的想法，对于人类的未来更常存怀疑。有不少人，甚至对世界抱持严重的悲观，认为这个世界其实是荒谬的存在，许多过去视为当然的价值，其实也不是绝对的。于是，人文与科学两大知识领域竟不能沟通，而且，两者之间也安于隔离，甚至不寻求沟通。

今天，这一隔膜似乎变薄了。相伴科学而发展的技术已渐渐深入一般人的世界，科学似乎不再是实验室中一些学者的高深研究。平常人也已深切地感受到，过去基础研究的知识，其实对一般人的生活有至深至巨的影响。例如：高深物理研究，一旦转入利用核能的技术可以产生核弹的灾难，然而，驾驭得当的核能又可为人类提供几乎无穷的能源。又如：大量化学制品投入农业，可以增加农作产量，减少病虫害，为人类造福，然而，所谓绿色革命的佳音，不旋踵即为其破坏生态环境而为人诟病。人文学界对于这些问题比较敏感，遂从哲学、文学、史学各个角度，开始仔细审察数理与生命学科在人类世界的角色。

科学研究是否有其纯粹理性的自主权？

科学家之中，也有些人有同样的敏感，警觉于科学研究是否充分地有其纯粹理性的自主权。有人从知识社会学的角度审察科学家的作为及其思想渊源。于是，表面上看来是纯粹独立的科学研究，其实往往不能避免其变化与社会的制约。

例如：牛顿的绝对真理及其自然律的观念，是现代科学的主要源头；但是牛顿这样的宇宙观，却又与其基督教神学的真神及神律有密切的关系。又如：达尔文的进化论，当然是现代生命科学的重要基石，但是，社会进化论者将生物进化论的理论转化为资本主义市场经济的理论基础；国与国之间，人与人之间，也一一都经历弱肉强食的残酷竞争。甚至，希特勒曾假借科学理论，进行其灭种灭族的罪行！

科学家在最近半个世纪以来，在研究过程中，发展了相当程度的自我反省精神。库恩的研究典范主题（Paradigm）理论，从科学发展史的研究指陈一代又一代的科学研究经常受当时一些主题的约束。在主题转变时，科学研究的思考方式甚至表达思维的语言，也跟着转变了。同时，主题的转变，又同社会与文化环境有其相应的关系。于是，科学的研究其实不是充分自主的。

同样的反省，也见于社会学科的园地。最近半个世纪的社会及人文学科，包括哲学与史学，深受韦伯（Max Weber）、马克思（Karl Marx）及涂尔干（Emile Durkheim）诸人的影响。这些人从不同的角度，发展了不同的理论；然而他们的共通之处，则是指陈了人类对自身及人类社会的了解与阐释，往往受了各自文化背景与社会地位的影响。例如：韦伯认为，人的经济行为受其宗教理念的制约；马克思认为人类的思想及其行为，受其社会地位及生产力与生产关系的制约。此观念削弱了欧洲文化启蒙时代对于“理性”的信念。

理性不再是绝对的，则相对的理性又如何能是万世永恒？

这一严峻的怀疑，伴随着第二次世界大战后逐渐出现的文化系统论而同步展开。由欧洲历史发展的“现代世界”，植基于其时代以来的“理性”信念。战后世界各地的接触较前频繁，许多欧美地区以外的文化，例如中国的儒家与道家、印度的印度教及源自印度的佛教，都与犹太教、基督教、伊斯兰教的单一真神信仰不同。诸种文化的接触与冲击，使犹太教、基督教、伊斯兰教系统的宇宙观，不再被视为当然。今天“现代化”已不再具有三十年前的说服力，“后现代”的种种观念与理论，其实是对于“现代”两字所代表意义的批判与反诘。这一浪潮的冲击力量十分巨大，不仅在文学与艺术的创作方面有其影响，人文与社会学科的研究也因此对过去的理论与研究方法作深切的反思。相对主义已经大张旗鼓，将五十年前的理性主义压得不能翻身。

理性与客观其实都有其局限性

在心理与生物科学的园地也有重要的变化。爱因斯坦的相对论，为牛顿的力学世界提出了另一思考方式，物质与能量在不断转接，不再有一个实在的物质宇宙。海森堡（W. Heisenberg）的测不准理论，考虑到观察与量度所造成的因素，我们是否能够做到真正不误的考察？最近混沌理论（Chaos Theory）指陈了分形之无限，则无限之中我们又如何能够以有限的管窥推衍无限的意义？在信息科学渐渐发达的工程中，科学家尝试建立人工智能，而模糊逻辑（Fuzzy Logic）的出现则指陈了人类思维中并不理性的部分。

凡此发展，都严重地削弱了一些大家视为当然的假定，理性与客观其实都有其局限性。现代科学自从西欧启蒙时代以来，这些行为有了长远的发展。科学家曾经有相当的信心，以为掌握了锁匙，终有开启宇宙大秘密的一日。今天的科学家较之五十年前已大为谦逊，他们逐渐了解到，实验室并不能与外面的世界隔绝而自主，理性也如青鸟，似乎在又捉摸不到。

数理科学的方法学已进入人文研究领域，许多人文与社会学科正在普遍地使用量化方法，将个体的殊相冲销，并注意到群性的共相（也就是陈天机教授所说的，因个体集合而出现的群体特性）。量化方法已普遍应用于社会学、经济学、人类学甚至文学的内容分析。一些人文社会研究的宏观理论，不少是从群体线性上发展的研究。量化方法将数学带进了人类活动的研究中，也在科学与人文之间的鸿沟上架了一座桥梁。

人文与科学之间的樊篱必须拆除

相对地说，人文与社会研究的园地内，人文与科学两个文化之间的樊篱必须拆除。我们必须设法懂得科学文化的内情，才能使这个已在主宰我们生活的巨大力量不再为我们制造不可知的灾害。将来的世界，文化既是多元，而文化体系与社会体系中的诸部分又会有更多的互依与纠缠。人类既生活内容丰富，个人却又不免有无可奈何的无力感。每个人都在蒙受科技文明发展的影响，人人不能再自外于科技文明，不再寻求对科技文明的了解。

有些学者，尝试跨越人文与科学之间的鸿沟，以了解不同学科的语言观念。举例言之，最近美国麻省理工学院的经济学教授瑟罗（Lester Thurow）在《资本主义的未来》一书中，一方面提出了知识与科技结合的人工智能将是人类文明下一步发展的重要力量。另一方面，他借用了地质学的“板块”构造观念，形容五种力量（或因素）彼此之间的交互作用，五块板块之一即是上述的人工智能！同时，他又借用生物学上的断裂后的均衡，来形容一切重新组合之后的崭新世界。正如恐龙主宰的世界，在经历了几乎完全的重击之后，则成为另一个以哺乳类主宰的均衡系统。

另一方面，科学家也正在从人文的角度，尝试说明数理科学的内容。杨振宁先生在去年发表一篇专论《美与物理学》（《二十一世纪》，1997 年 4 月号），他比较两位物理学家狄拉克（P. Dirac）与海森堡的研究风格，将前者的简洁清晰比作“秋水文章不染尘”，而且借用唐代高适的诗句“性灵出万象，风骨超常伦”中“出”与“性灵”来形容狄拉克直指奥秘的灵感。杨先生的文章，甚似中国文学批评传统中借喻的手法，真是将文学的欣赏引进了科学。杨先生又指出，狄拉克的灵感来自他对于数学美的直觉欣赏，海森堡的灵感则来自他对实验结果与唯象理论的认识。他更指出数学与物理的关系是在茎处重叠的两片叶片。重叠的地方同时是二者之根，二者之源。最后，杨先生借用诗人布莱克（W. Blake）的诗句（陈之藩先生译句），概括了物理学的浓缩性与包罗万象的特色：

一粒沙里有一个世界，
一朵花里有一个天堂；
把无穷无尽握在手掌，
永恒宁非是刹那时光。

这一比喻，其实是佛教须弥芥子、永恒刹那的翻版。杨先生对于物理学的欣赏，已由数学进入哲学。我们也未尝不能由此延伸，将数学与哲学也比喻为相叠的叶片，有其同根同源之处。人文与科学之间又何尝不是如此？两者都是人类心智中分离而又叠合的两个园地。

我们注意科学各部门间的对话，也在尝试使不同学科中已经发展的一些观念彼此对比，找出跨越学科的若干观念。我们的目的，只在提示同学们，学科的界限其实是暂设的，寻求知识的过程不过在设法了解自己及观察四周的世界；许多学术的术语，也不过是我们为了方便观察而设计的视角而已。

我们为什么要读历史

最近有一位很有教养的友人告诉我，他从中学开始就讨厌历史，不知为什么要记住那些年代，要了解那些遥远往古的史事。这位友人的疑问其实也困惑了许多人。历史这一门学科，对于一般人言之，只是考试时必须过的一道关卡。对于另一些人，历史只是掌故与故事，可以作为谈资。甚至熟知以史为鉴的知识分子，也往往未必能明白“以史为鉴”一词的具体意义。因为过去与现在毕竟有太多的差异，如何以过去为鉴仍是相当模糊的观念。

撇开自然历史不谈，人类的历史是人类过去经历的整体。我们日常语言中所称的史事，其实都不过是这个整体历史中的一些枝节片段。枝节与片段并不能孤立，在时序上，每一个片段都有前面无数的因，后面无穷的果。在空间上，每一枝节也有旁延的牵绊与关联，很难将一件史事完全与其他相关的事件切开。正由于人类的整体经历如此复杂，始有历史这样一个学科，致力于厘清错综的时空关系。同时，也正因为历史整体的不可分割性，如何分割可以处理的史事单位成为永远聚讼的难题。由不同的角度看问题，横看成岭侧成峰，一件史事必然呈现不同的面貌。于是，即使已经整理得相当清楚的某一史事，前人认为已清楚的史事，由于讨论的角度已改变，又必须由另一史学工作者加以新的解释。

不偏不倚重建史事

因此史学工作者永远面临两难的情势：一方面他必须尽可能就手头能掌握的资料（所谓史料）整理出一些头绪；另一方面，他也明白，他既不能在时空两界作无穷的伸展以求周全，也不能预知下一个史学工作者将会从哪一个角度来再度审查这一件史事的范围及变化过程。史学工作者至多只能做到，到目前史料所及的范围内，以自己最大的努力诚实地揭去误解与偏见，尽可能从自己提问题的角度不偏不倚地重建史事发展的轮廓。他的工作，是留待未来的史学工作者在这一基础上做更进一步的重建，也留待未来无数代的史学工作者，各就其时代当问的问题提出一套又一套的阐释。在史学的范畴内，没有永远不能更改的定论，更没有已经完成的工作，这是史学工作者悲观的命运。但是，史学永远有推陈出新的机会，则又是乐观的命运了。

由于每一时代都有不同的历史焦点，史料的定义也因此不断地扩大内容。在古代，也许只有档案是史料，以记录典章制度及政治与宗教的大事。在今天，考古的实物、民间的传说、医药与疾病的记录、文学与艺术的主题与风格，无不可以取来作为史料，以观察古人的心态与生活。至于人口资料、户口记录、土地契约、商务合同之类，无非档案的延长，理所当然地被列为史料。从这些扩大的史料范围而言，史事的项目也相应扩大。今日史学的内容，已不限于国家大事，更不是只注意到社会上层，史学研究的项目包括社会各阶层、生活各方面。例如疾病对某一时空的历史产生的影响如何。又如，某种群众的心态如何形之于当世的风气。凡此种种新的历史焦点，不幸还未能为一般人所了解。因此史学工作者当有责任，向社会解释自己专业的确实内容，社会大众也可分享专业研究的成果。

知道自己，才能以史为鉴

历史的功能，自然不能只为了好奇的谈资，也不能只为了参考前例故实。从狭义的功能说，每一类资料，经过整理分析，便可为社会科学相关的一些学科提供有时序深度的素材，使社会学、经济学、政治学、法律学等不致只从当世人群搜集研究的基本资料，庶几构建更周密的理论。从广义的角度来说，历史固然不会如重放旧电影一般重现，从人类在历史上累积的经历中，人类还是可以提撷对自身整体更清晰的了解，从而更有自知之明。尤其“知道自己”这一点，才是“以史为鉴”的真义。作为个人，没有人在患健忘症之后，还能清楚理性地处理日常事务。而作为整体的人群，却往往以为只是活在今天，何必知道过去。历史的知识，即是治疗集体健忘症的药方。举一个例子，日本人自诩为世界上最纯种的民族。但是，如果知道了过去至少有过五次移民潮从大陆移入日本，“纯种”之说即成为神话。又如，中国人习惯自称炎黄子孙，甚至只奉黄帝为始祖。但是，如果知道中国由新石器时代开始，即不断有民族的融合与文化的扩张与交换，炎黄后裔的说法即属自设太狭窄的限制了。又如，如果大家记得，历史上汉族曾经不断移民来台，则将“台湾人”的定义由 1949 年为划分的界限，也未必有可信的理由。

一位有过严格训练的史学工作者，限于个人的精力，势须选取劳务分工后的某一领域，以为自己工作的园地。他可能在整理史料方面尽力，也可能致力于重建某一系列的史事；他可能是某一断代的专家，也可能是某一专题的专家。然而，即使人数不会多，总还有一些史学工作者选择了综合性的工作，尝试提出宏观的解释，这是“史识”的运用。然而史识并不是综合者的专利，不论一位史学工作者选择哪一项专业，他有意无意之间总会有一定的“史识”，作为他取舍史料、界定史事及解释历史的依据。不幸许多史学工作者并不严格检查自己的

“史识”，遂致历史学界本身往往缺少自觉性的合作。因此这是史学工作者应当时时警惕的缺陷，而不能只是责备社会大众误解历史。

另一类考古学

中国考古学在抗日战争前奠定了根基，在最近半个世纪以来有了长足的发展。现在，经过中国考古学家的努力，已在世界学术界取得一定的地位。任何发展都有其过程，中国考古学已走过高原期，正在准备下一个阶段的进展。过去几十年来的成就，辨认个别文化特质、文化分层及分期等都是工作的重点，而且也为中国地区的人类历史提供了重要的信息。这些成就，基本上都是在遗址发掘工作上累积了丰厚的资料，并发展了细致的方法学。尤其后者，中国的田野发掘方法，层位与类型观察，在世界考古学中占了重要地位。我们必须向中国的考古学家致敬。

现在，因为遗址数量多了，累积的资料多了，从对个别遗址的了解进展到寻求对区域性文化（亦即大型文化群）的了解。

更进一步，最近十几年来，经过苏秉琦先生的领导，文化的区系类型不仅已是大家注视的焦点，而且更进一步注意到各个区域文化之间的交流互动与分合。另一方面，正如张忠培先生在香港时屡次对我的提示：古物和遗址都是人创造的事物，这些事物后面，还有当时的“人”。见“物”而思“人”，正是考古学与历史学、民族学重新结合的重要观念。以上两项认识，当是中国考古学攀登另一高峰的准备。

为此，我建议，我们对于考古学上“文化”一词的理解，借用法国年鉴学派的史学观念，认作当时当地人群的生活方式（genre de vie）。这一个名词，指涉的内容不仅是人类手创的事物，也兼及人类生活凭借的自然环境、人群的组织方式以及群体与群体之间的互动关系。[1] 从这一个观念上思考考古学的问题，将是对一个地区的古代人类生活作整体性的探讨，其涉及的范围当是大于个别的遗址内容，其考察的密集度又当小于传统意义上的“文化”一词之定义（例如仰韶文化、龙山文化）。这一个大小两大范围之间的中间层次，可以界定为一个地区，相当于区系类型观念中比较次一级的地区。

至于有关生活方式的问题，则包括当时当地的生态环境、生活资源的种类、人类取得这些资源的方式、聚落的形态、聚落之间的关系、人口与生活条件之间的对应方式等项目。人

1 A. Buttiner, “On People, Paradigms, and Progress in Geography”, in D. R. Stoddart, ed., *Geography, Ideology, and Social Concern*, Oxford: Basil Blackwell, 1981, pp.81-98.

群的组织方式，是中国考古学上时常要问的课题。最近，国家的起源与文明出现，均是考古学界讨论的重要主题。那么，从地区的简单人群组织聚合为复杂社会，这一过程，又与上述许多项目的发展与变化息息相关。我们正在询问与探索的主题，已经逼人而来，我们已不能单纯地让研究资料自然累积，以取得可能的解答。中国考古发掘的遗址为数极多。中国新石器文化遗址数量之大，举世无出其右。但是，中国疆域辽阔，古代文化源流复杂；这一个格局之宏大，也是举世罕见其匹。众多的遗址，在这一个庞大的棋盘上，还只是许多散见的“点”。无论“点”的内容多么丰富，个别的“点”终究不足以提供全面的讯息。另一种考古学的研究方法——区域性的考察，当可与遗址发掘相辅相成。前者是广度，后者是深度。深入的发掘，可以借助广度的考察，以取得“面”上的定位；广度的考察，可以倚仗重点的发掘确认其内容，建立时间上纵深的发展系列。两相配合，应对于若干重要的问题有较为周全的研究资料。

区域性的考察作为考古学的研究方法，当是中东两河地区考古、美国西南部考古及中美洲考古三处分别发展的。芝加哥大学布雷德伍德（Braidwood）早在 20 世纪 30 年代，即发展了区域考察的观念，并对安提俄克（Antioch）地区的土墩尝试讨论其分布的形态。[1] 第二次世界大战以后，欧洲考古学家雅克布森 (Jacobsen) 加入芝加哥大学的东方研究所，即与亚当斯 (Adams) 对两河流域的农业发展进行了广泛的考察。他们的研究，针对在冲积平原能否有发展农业的条件，因此注意平原上的积咸问题。由这一考察，然后才注意到野生小麦的“表现”分布于冲积平原之外的高地，解决了麦类农作的起源问题。[2] 麦雅当斯成为近代考古学大家，其著作《城市的中心地》(*Heartland of Cities*) 是区域考察的经典。[3]

美国西南考古方面，二次大战之后，韦利 (Willey) 在秘鲁的维鲁河谷 (Vira Valley) 进行了空中测量，涵盖遗址超过三百余处。[4] 墨西哥地区的考古颇多是区域考察与遗址发掘互相配合的。例如，墨西哥低地的考古，区域考察针对着四项主题：一是农业发展的过程，一是聚落的形态，一是人口的结构，一是文化演化的过程。此中，前三项都与生态情况有关，最后一项则可说是前三项的综合结果。因此，墨西哥低地的

---

1 R. J. Braidwood, *Monds of the Plain of Antioch: An Archaeological Survey*, Chicago: University of Chicago Press,1938.

2 T. Jacobsen & R. M. Adams,“Salt and Silt in Ancient Mesopotamian Agriculture,” *Science*, 1958(128), pp.1251-1258.

3 R. M. Adams, *Heartland of Cities*, Chicago: University of Chicago Press, 1981 ; R. M. Adams & H. J. Nissen, *The Uruk Countryside*,Chicago: University of Chicago Press, 1972.

4 G. R. Willey, “Prehistoric Settlement Patterns in the Vira Valley, Peru”, *Bureau of American Ethnological Bulletin*,Washington, D. C.: Smithsonian Institute, 1953(155).

考古计划十分注意搜集与研究生态的资料。[1]

在美国西南地区，二十余年前有一个西南人类学研究群，在西南地区进行多方面的综合研究。他们揭示出的问题，包含遗址所在地资源、遗址的形态。当地人群尽可能取用近处资源，若必须与周边人群有所交换，则成本几何？由这些项目看来，该研究群是着眼于小区及社群的自给自足程度。于是，人口结构与人口变动都是重要的变量。聚落所在地条件，例如地点、周边环境，也都是重要变量。资源与聚落分布，遂是互应的变数。[2]

以上三个地区的区域考察，各有其历史背景及研究理念，但几乎都注意到获取资源与聚落分布的关系，也由聚合之间的关系研探复杂社会的形成与发展。这一研究方向，已是近代考古学的重要部门。苏秉琦先生认为，文化之间的交流与融合，也可与这一研究方向彼此启发。为此，中国考古学的未来发展，可能也必要在宏观方面多做一些“找问题”的设计。中国学术研究的习惯，由 20 世纪 30 年代开始，大致以史料学派为主，重归纳而不多问问题。现在，资料的累积已到了不易驾驭的数量。若是我们不从“问题”上寻找方向，资料的增长也仍旧不会帮助我们，不会使我们对古代文化的生住衰灭有更多的了解。

---

1 W. T. Sanders, W. T. Parsons & J. R. Stanley, The Basin of Mexico,New York: Academtic, 1979.

2 R. C. Euler & G. J. Gurmerman, eds., Investigation of the Southwestern Anthropological Research Group Proceedings of *1976* Conference, Flagstaff: Museum of Northern Arizona, 1978.

我不是考古学家。从古代文化研究的立场，我盼望考古学家提供不见于文献史料的资料，使我们对古人生活有比较清晰的印象。

我希望考古学家找到更多的生态资料。从地质学与气候学，可以得到不少有用的资料。这两门学科的研究范围，正是年鉴学派所称的“长程的变化”。年鉴学派认为，政治史是历史长流表面的水纹，社会与文化的变化是人类历史的中程现象，而地理与地质的变化则是长程的现象，变动虽然缓慢但是影响深远。可是，地质学与气候学上，大地区的长程资料，于宏观的历史有其重要的意义，却并不容易联系一时一地的文化变迁。人类历史上的许多重要里程碑，还必须与当时当地的情形有直接的关系。举一个例子，前面谈到的麦类农作的起源问题，两河流域是人类发展文明的一个重要地区。过去,大家一直以为肥腴的冲积平原应是农业出现的摇篮。但是，在考古学家考察了两河平原与四周山地，发现麦类的近亲植物分布于平原以外的山坡地带，而最早的定居聚落也在山坡地带出现。这一生态考古学的发现，改写了人类的文化的起源理论。从同一现象讨论，中国地区稻作农业的起源，考古学上的据点已有不少。如何解决这个稻作起源问题，似乎可从大规模考察稻类近亲的分布与稻类的生态双方下手，当可使已有的考古资料呈现清晰的意义。中国考古学报告，已包括了不少生态资料。孢子与土壤采样，都经常见于发掘报告。考古学家何尝不可进行大范围的考察？

生态改变与生活方式的改变有密切关系。考古学家可从各种地区性考察的资料与发掘遗址取得线索。以希腊半岛南端阿戈里德（Argolid）地方弗兰克西（Franchthi）洞穴的考古情形为例，证明生态资料的用处。此处是希腊延续时间最久的遗址，在距今一万余年到五千余年之间都有人类活动的遗存。但是，除了这处遗址之外，南安哥奈地区甚少其他遗址，而在弗兰克西发掘的范围也相当小，只有一百米的聚落遗址曾经过发掘。从贝类的堆积分析，海水不断上涨，海岸线曾有改变。不过，单从贝类堆积层（贝冢）看不出文化演变的情形。但是，动植物遗存的资料却相当有趣。动物方面，在距今七千年前，红鹿占 70%，野猪占 30%。距今七千年前，开始时羊类占了 90%，此后又逐渐降低为 70%，而猪与牛却渐成重要的肉食来源。在植物遗存方面，距今七千年前至五千年前，栽培小麦与二列大麦却逐渐出现，代替了此前收集的野生大麦与燕麦。这一转变的同时，洞穴外面的不远处也出现了石墙。这些现象,又与新石器时代的陶器出现相当一致。于是，发掘的资料虽少，配合地区性的考察，这一地区的古代人类活动已可重建：在距今五千年前，当地人类的生活方式已由收集食物转变为农业生产，海贝与野生动植物只是补充之用。[1]

1 M. R. Deith & J. C. Shackleton, "The Contribution of Shells to Site Interpretation: Approaches to Shell Material from Franchthi Cave", in J. L. Bintliff, D. A. Davidson & E. G. Grant eds., *Conceptual Issues in Environmental Archaeology*, Edinburgh: Edinburgh University Press, 1988, pp.49-58.

近来，“中研院”史语所的王明珂由生态改变的角度，讨论青海河湟地区的游牧化。他从齐家文化畜养猪只的生活方式转变为辛店文化与卡约文化的畜养羊与牛马，指出前者的经济中，猪与农业生活中的人争夺同样的食物资源，而羊的食物与人类食物来源全无冲突。高地生态，不宜发展农耕，却可发展牛羊的牧业。[1] 王明珂的资料都取自遗址的发掘报告，而他对当地生态的理解则得之探访与考察。如果王明珂能有机会进行地区性的考古考察，收集生态资料，他的论断可能更为周全，更有说服力。我相信，地区性考察可能为我们提供不少线索，说明不少类似的问题。

讨论人类生活方式，考古学找出衡量一个社群一年所需收集的生活资源，以维持起码的生计。张光直先生早期的研究，成为这一观念的先驱。他对北极圈人类社群收集食物的活动范围，界定出“一年度维生区域”（annual subsistence region）。[2] 不同地区文化的研究者，不约而同地提出类似观念。现在这一观念大致可以归纳为：一个社群为了谋求生计，在其居住聚落的周围进行一定的活动，无论是采集、渔猎、种植或畜牧，都会有一定的活动范围。在这一个活动圈内这一社群取得其生活所需的资源，而这一空间范围即相当于这一社群的领域。考古学上，现在用资源领域（spatial catchment）分析

1 王明珂：《华夏边缘》，允晨文化，1997 年，99—107 页。

2 K. C. Chang, “A Typology of Settlement and Community Pattern in Some Circumpolar Societies”, *Arctic Anthropology,* 1962 (1), pp.28-41.

这一空间内的资源性质、生态条件、获取资源的方式以及领域的界限，即是所谓“聚落领域分析”（Site Territorial Analysis，简称 STA）。现在，这一观念已普遍见于考古学的研究，而且有一套相当标准化的量化方法，以界定领域的范围。[1]

这一经济人类学的观念，可以延伸到两个方向：一是小区活动的整体观察，整合生态、劳动、分配等，都以小区为中心，以取得生活资源为目的——这是内延的功能分析；另一方向，小区与小区之间，会有合作、冲突、交流、融合、扩展等，则涉及以小区为单元的互动——这是外延的系统分析。两者都可由空间观念与生态观念做地理学的研究，也都可由组织与系统的功能分析探讨社群发展为复杂社会的过程。事实上，考古学家已在不同的角度，分别应用这种聚落形态与聚落系统的观念，分析各种经济形态与不同程度的复杂组织。上节引用《环境考古学的概念问题》（*Conceptual Issues in Environmental Archaeology*）一书中，有三分之二的章节，是围绕着这一套小区分析观念的研讨。[2]

一个小区分析，牵涉的空间范围相当广泛，注意的研究资料又分散在不同的方面——例如土壤、植被、地形地貌等，

---

1 G. N. Bailey & I. Davidson, "Site Exploitation Territories and Topography: Two Case Studies from Paleolithic Spain", *Journal of Archeological Science,* 1983(10), pp.87-115；D. C. Roger, "The Method and Theory of Site Catchment Analysis: A Review", in M. G. Schiffer ed., *Advances in Archaeological Method and Theory*, New York: Academic Press, 1979(2), pp.119-140.

2 J. L. Bintliff, D. A. Davidson & E. G. Grant, *Conceptual Issues in Environmental Archaeology*, Edinburgh: Edinburgh University Press, 1988.

借以界定小区领域的范围及其可以取得的生活资源种类与资源性质。这些资料的收集，涵盖面极为分散，在一定范围内发掘遗址，未必能够提供足够的资料与讯息。为此，有系统地广泛收集资料，是另一种考古的方法，应与深度考古发掘有互补之效。

一个聚落小区作为中心的领域，依照其经济生活的形态而有不同的面积。大致言之，采集渔猎的生活领域范围相当广大。农耕生活的所需领域，则直接与土地使用的方式相关；精耕的农耕，其聚落领域比较小，而粗放农耕的领域则较大。有一些考古学家，用步行两小时的半径作为领域所及的范围。这是过分机械的量化，不足为训。人口增加，小区密集，两个聚落获取资源的领域，也因此只能取其中线以为界定。这是在文献阙如的情况下勉强找到的方法。领域分析方法学上的 Thiessen 多边形，即是一种理论性的界别方法，这是使用几何理论的划分领域。然而，正因有了“应然”与“实然”（假设与实际之间的差异），研究者才可以寻索为何有此差异的变量项目。[1]

若生态条件（包括气候、地形、植被、动物等项）都有了确切的资料，以一个人步行两小时的路程，或某一距离（例如五公里）作为半径，这一个生活资源领域内，所有可用的资源

1 H. C. Mytum, “On-site and Off-site Evidence for Changes in Subsistence Economy: Iron-age and Roman-British West Wales”, *Conceptual Issues in Environmental Archaeology*, p.72；J. L. Bintliff, “Site Patterning: Separating Environmental Culture and Preservation Factors”, ibid, pp.129-144.

有多大的潜力，可以养活多少人口，即是这一个中心聚落的人口极限。在高寒地带,同样面积的生活资源不如温湿地带丰富。在崎岖山地，同一步行时间内，一个人能达到的距离不如平地，其生活资源领域的面积也就小于后者，其养育的人口数字当然也就少些。不过，至少在史前的生活方式中，大致一个生活资源领域的资源不可能充分使用；理论可以设定的人口数字，只是可能达到的上限，真实数字必定小于这一上限。因此，这种人口的估计仅是一个聚落小区人口的约略限度。

小区人口数字也与生产方式有对应关系。资源丰沛时，劳动效率不是问题，不论渔猎耕牧，人人都可以在人口上限的范围内活下去。在资源到达临界点时，生产功效较大的劳动方式（例如园圃耕作），即可以供养较多人口；而生产功效较低或较不稳定的劳动方式（例如狩猎），则只能维持较少的人口。应用到中国考古学上，我们不妨选择几个比较完整的聚落遗址，以附近生态环境估计资源领域的范围，约略算出聚落人口的可能上限，亦与发掘所见的聚落规模核对比较。有了若干实际数字与假设数字的差距，即不难设计一些计算的模式。当然，这种模式都有时空的局限性。只是有了一些基本模式，则调节校正可以有所依据了。

个别的聚落形态之外，我们又须讨论地区性的聚落系统，亦即聚落与聚落之间的关系。在聚落松散地分布在广大地区时，聚落是相对独立的，彼此之间可以互不相扰也不相依靠。旧石器时代的人群，大约即不必组合为聚落，更谈不上聚落之间有何关系。人口增加，聚落分布的密度也随之增加，聚落与聚落之间开放的空间渐小，生活资源领域日益密接，甚至会彼此重叠。强凌弱，众暴寡，经过斗争冲突，聚落之间有了上下统属的关系。另一种可能，聚落之间生态条件决定了不同的生产形态，聚落之间有了分工以及为此而发生的交换与贸易，聚落之间也有了互相依赖的关系。这两种可能，使聚落与聚落结合为复杂的系统。经过斗争与冲突，聚落系统出现了层级。经过交换与贸易，聚落系统有了串联与并联关系。无论哪一种方式，聚落系统是一种复杂的社会网络。这一复杂性群体系统，终于会导致权力与财富的集中与不均匀的重新分配，也就促使阶级的分化与国家权力的出现。这一过程，即是人类政治组织的复杂化，许多符号与仪式，例如文字与信仰都将相应产生，以维持这一复杂系统的运作。

上文曾说过 Thiessen 多边形的资源领域形式。从几何学的可能性而言，最密接的空间间隔关系，当是六角形的蜂巢式图案。地理学上的“中地”（Central place）已是人类学家熟悉的模式。[1] 施坚雅（William Skinner）曾应用这一模式研究中国的市场网络。[2] 这一模式属于市场网络，但是其空间安排的格局，也可适用于 Thiessen 多边形的排列。如果将资源输

---

1 W. Christaller, *Central Place in Southern Germany,* translated by C. W. Barkin, Englewood Cliffs: Preutice-Hall, 1966.

2 G. W. Skinner, "Marketing and Social Structure in Rural China" Part I, *Journal of Asian Studies,* 1964 (24), pp.3-43 ; Part II, *Journal of Asian Studies,* 1965 (24), pp.195-228.

送看作市场网络一样的集散作用，则政治权力经过收纳贡赋也可用中地理论的模式来说明政治权力的层级关系。史德潘力（Steponaitis）即以这样的模式，说明墨西哥谷地（Valley of Mexico）在形成中期（约公元前 800—前 500 年）、晚期（约公元前 500—前 200 年）及末期（约公元前 200—公元 1 年）的政治层级系统。在中期时，核心村落大致保持政治的自主权；虽然核心村落对于散村有相当的控制，但控制力不够强，还不能使后者将剩余资源奉献给前者；这一系统，只是单层的平行聚落。在后期时，村落自主性消失，出现了三层的层级关系。村落受制于当地的中心（local center），当地中心又受制于地区的中心（regional center），贡献由下而上，地区中心掌握的资源三倍于当地中心；同时，约有 16% 的人口不事生产，由生产人口供养。到了末期时，墨西哥有了四层的层级系统，最上一级已不在研究主题的地区内。这些不同层级的中心，在考古学上，可从礼仪建筑与文物质量看出其明显的差距。[1]

这种演化的过程，从聚落到国家（或接近国家层级的复杂政治体），当可作为思考中国考古学上一些重要课题的参考工具。我在去年访问良渚遗址，返港后撰文讨论良渚文化的兴衰，也是由层级系统的观点，设法重建良渚文化的复杂系统。[2]

---

1 U. D. Steponaitis, "Settlement Hierarchies and Political Complexity in Non-Market Societies: The Formative Period of the Valley of Mexico", *American Anthropologist*, 1981(83), pp.320-363.

2 许倬云：《良渚文化到哪里去了》，《新史学》，1997 年第 1 期，135—158 页。

我相信，别处的考古资料也可用类似的观点组织，以重建以空间关系说明的层级系统。

最后，我们必须注意，本文的讨论围绕在以空间关系为主题的地区研究。受苏秉琦先生的观念启发，我才能有此想法。这一思考的方式，可以是演化的（evolutionary），也可以是传播的理论。其实，多线平行的进化论即已容纳了传播的扩散效应及相应而起的跃进效应。某个资源领域与另一资源领域相接触，经过交流而致融合，其间互相的影响会改变演化阶级的发展速度及发展的方向。在一个领域的文化与另一领域的文化相融合时，新的文化综合体已不是原来任何一方的生活方式，而是另一生活方式。其中有若干领域的文化会急剧转变，经由涵化程序转变了发展的方向。这一发展过程的复杂程度，与其当时情况的组织复杂性也有互应作用：越是复杂的系统，其系统平行的发展方式也越有多样的可能，经历的过程也有越多的曲折。[1] 人类历史之演化的程序，其实从未有直线的进行过程。人类的群体，不断在组成、接触、重组，于是社群与小区都不过是长程演变中的一个阶段。地区性的考察只是对于这些暂时出现的阶段，从空间与生态两方面，寻求其当时当地的情况而已。地区性的考察，只是一个处理问题与处理资料的方法。这一方法，有其特定的功能，也必须与遗址发

1 W. T. Sanders & D. Webster, "Unilinealism, Multilinealism, and the Evolution of Complex Societies", in C. L. Redman eds., *Social Archaeology: Beyond Subsistence and Dating,* New York: Academic, 1978, pp.249-280.

掘的深度研究相辅而行，才能使我们有两只考古学的眼睛。

若干类学科的观念

本文的目的，在于寻找一些跨越学科界限的观念，也许正是这些观念，代表我们针对诸种不同问题的思考线索。本文将由历史学入手，抽离若干观念并一觇这些观念是否也在其他学科中出现。如果确有一些观念可以作为贯穿学科的“通识”，则我们对于特定范畴的知识资料，当可视之为寻求一般知识的切入点。于是，任何特定学科都可视同进入同厅堂的门户；纵使入口处千门万户，我们其实都在步入同一智慧之殿。

以下是若干套在历史研究中经常出现的问题，所谓一套，无论对偶，抑是背反，二者总是相联属的观念。

部分—全体

人类的活动，虽以个别的个人为基本单位，但是，由于人类是群居生物，群体在历史上往往更为人注目。无论是家、族、部落、国家，还是全人类的共同社会，一个群体不仅有同时期的成员组，也在时间轴上继往开来，有其延续的意义。对于当时个体而言，群体是真实的存在。对于群体而言，没有个别的个体，群体既无组成的成分，也无法避免时间轴上的断裂。因此，群体与个体是相依的定义。同时，不同范围的群体有大有小，小型的次级群体可以组合为大型的复合群体。前者遂是后者的成分，两者之间也有个体与群体的相依关系。于是，个体亦即部分与全体，由此构成的群体其相依存在的定义即是相对的，可以有不同的层级。

这种部分与全体的关系，不仅在人类社群中有，也可在其他学科的讨论中有，例如生物科学的细胞与生命体，物理的原子与分子。

同质—异质

物以类聚，人以群分。人类的活动，有同质团体的聚合，有异质团体间的共存互利，或冲突斗争。一个大型的复杂社会，可以有同质团体内的层级，如上一节所说，例如管理系统内，成员应是同质的专业人士，而又按照职权有其等级差序。同时，这一管理系统又有不同的部门，各司其事，在职务上各具异质。在同一小区内，成员有其共存的同构型（例如，都是国民，或市民），但是成员之中，有不同行业与特长，不同年龄与性别，彼此之间互补相成。人类历史上，没有真正单纯的同质团体，而异质成员也必有某种相同属性，方能聚合为共同体。

这一现象，见于人类组成团体的方式，然而也见于自然科学，例如同核子内部的诸种粒子，各有其特性而相互作用。又如一个生物体（例如一个动物），同体之内是其同质，但内脏肢体等各部分的细胞又都有其独特性质。

结构—功能

人类的社会，若以政府为例，其合成的形态是若干部分的组成，有部会司局各司其事。这是政府组织法上列举的制度。同时，各个单位互相之间的运作，有其合作，也有其制衡。例如法国与美国政府的三权分立是一种形态；政党政治以政府结构以外的力量操纵其间，则是政府运作功能的另一形态。又如同一团体（例如一家大企业），组织法可以累年不变，而由于各单位领导人彼此因应的平衡，而在不同时代有其不同的运作模式。这一现象是研究朝代历史最常呈现的课题。在生物体内，某一生物的基本组织方式，在成熟之后长期不必有所改变；但同一生物各部肢体及各种感官之间的配合，仍可能因情况而时有变动。以机械体的结构而言，一部机器（例如汽车）出厂以后，结构维持不变，但各部分机件因耗损程度不同未必同步进行，遂产生牵制干涉的效应。结构与功能是两种不同的切入方向，研究人员针对同一研究对象，可以因为角度不同而得到完全不同的结构。

中央—边陲

在人类历史上，社群由小而大，其扩张过程，不论是聚合抑是吞灭消化，往往有一个核心，以其一时的优势成长速度超过侪类。于是前此的邻近社群即为这一优势核心所吸收。中国历史上的“中原现象”即是一例。这一“中原”遂成为继长增高的主要成分，而将其四周视为边陲。但是，如有两个群体互相对抗，最终却又因为交互作用而融合时，两者之间相接的边陲，则又因其兼具两者属性的特殊地位，可能发展为新群体的核心。另一可能出现的形态，原有的中央核心因为资源已被消耗，却由某一边陲以其丰富的资源发展为新的核心，取代了原有的中央核心。凡此例证，在人类历史上不胜枚举。推而广之，以外科手术言，切除某一器官的一部分，改造一部分取代其功能，已是医科常事。化学上化合物及合金都是由两种或更多的物质合成，而具有全然不同的特性。

发展—稳定

人类历史，经常在变动之中，而人人又盼望安居乐业。这两项几乎相背的愿望，自古以来支配人生。于是国家求开拓，企业求发展。变动太甚，又不得安宁。成吉思汗时蒙古的扩张，如疾风骤雨，但是蒙古没有凝聚为持久的国家，即因为其扩张过程一发而不能休止，未有稳定的机会。近世资本主义市场经济下的文化，则注意于安定。凡此诸例，数见不鲜。甚至我等人生经验，过了意气风发的青年，一入哀乐中年，也人人渐渐祈求有和风中的晚晴。这种情形，既可能随着时间演变，在一个发展过程中有动静的不同愿望，也可能因人而异于开展及收敛之间各得其宜。施之于生物园地，成长有不同的阶段，成熟也是稳定的状态，过此则又是缓慢地渐趋死亡。若以不同属性的物质言之，活动性甚强的氢分子不会有安定，而稳定性甚高的炭结晶（钻石）则不能有所开展。

自变—应变

变化之先，有起于自力，也有产于外在的刺激或环境的改变。人类历史中，国家兴亡，文化起落，往往是外因内缘的种种配合制度的败坏。纪律之松弛，是朝代衰弱崩解的自变；外族的侵逼，甚至天灾疾疫，则是外在的因素。一连串的变化，正如骨牌效应续起的反应，可能多倍数地扩大原来的效果。变化相寻，如环不断，这是史学工作者永远觅解的工作。因此，在西方史上，自从吉本以来，罗马帝国的崩解是一代又一代史学家争辩不完的公案。在中国历史上，《过秦论》以后，汉代学者从未放下这个秦代覆亡的话题。同样的，在生物医学的园地，衰老与疾病，病变与感染，也总是相随着讨论。物质材料的分解（例如金属的衰疲）与外力打击变折，都能使这一材料构建的物品败坏而不能使用。材料因应外力，也会使材料无力自己调节，例如持续在加压，也足以使最有弹力的材料弯曲不能复伸。

剧变—渐变

历史上的革命是剧变，改革是渐变，而衰老也是渐变。革命前与革命后的社会状态，可能截然不同，就如两个世界。革命可能转出巨大能量，缔造一个新的秩序，而同时革命也具有极大的破坏力，足以造成不能弥补的败伤。改革则如上节所说的持久变化，变化的幅度小，时间漫长，最后也能导致全新状态。这两种现象，在历史上均有不少实例，前者如法国大革命、中国近世的几次革命。后者如英国政治制度的不断变化及中国近十余年的变化。在自然科学中，剧烈的氧化是燃烧，又如快速的原子分解或聚合，也能释放巨大的能量。缓慢的氧化，则见之于金属的氧化、木质的朽败。在生理学上，渐变是新陈代谢，剧变是诸种病变。生物的演化诸例中，渐变是不断的适应，剧变是突变（mutation）。

可能性—必然性

这个课题，是从前面三节延伸而来。有些变化有其必然不可免的后果，但更多的情形则是变化导致的后果，有若干不同的可能后果。人类历史本由人对于诸种变化的因应，因应之方稍有差异，则失之毫厘，差之千里。这也是人类之所以有自由意志，也是自由意志之所以能改变历史的原因。往深一层推敲，我们之所谓“自由意志”，可能终究是另外一长系列的因与缘，合成一个决定。然而，我们还不能穷尽对于因缘系列的探讨。于是，在历史学的范围内，“必然性”实难以确定，我们至多在若干“可能性”之一已经发生后进行逆推，以寻求最为可能的因缘系列。同理，在自然科学的园地，变化也循时间轴进行，既有了变化的过程，则也是“历史性”的发展。每一个发展的个例，应当也是独特的。研究者可以在设定的条件下对其变化有所控制，这是人文与社会学科的研究者不能获得的方便。然而，研究者本身是“人”，也一样面临假设“自由意志”的吊诡，则观察所得，究是“可能”，抑是“必然”，也一样有置疑之处。

叙述—解释

史学工作者经常面对这一难题，我们不能在叙述与解释之间有明白的区隔。史学论文往往是夹叙夹议，陈述史事发生的过程，必然隐含了对史事的选择与排列。这就不是叙述而是解释了。解释又与判断不易区隔：在因缘系列，无尽的长链中选择哪几条线索，截取哪几个环节，几乎都是史学工作者一心的裁断。孔子所谓笔则笔，削则削，游夏不能置一辞。其实这种情景不仅见于有意的褒贬，也一样见于史实的敷陈。然而，这一难题又岂是史学家独有？任何研究人员，不论哪一学科的学者，谁能摆脱这一困难？为此，我们只有无奈地时时警惕，因为我们的心智活动其实非常有限。只有我们自己知道欠缺时，我们才可能少一些武断。

以上九项观念，可能是所有学科的同人都曾面临的情形。今天学科与学科之间，因为学科的专精分化，已不易有沟通与对话。在上述观念的基础上，我们也许可以设计有共识的通识课程。

卑之无甚高论，只是抛砖引玉，提出一些话题，企盼同人指教。

研究与教学者的职业规范

前　言

我给各位的十个项目，五点五点对列，前面五点是我个人的经验，后面五点是对自己的鞭策，我为何将研究与教学分两边来讲？在大学的研究课程中，每一个人都是研究者，研究院工作的人可说他的全部时间都在研究，美国的研究大学是四分之三的时间研究，四分之一的时间教学。教学和研究的时间是不能分开的。主要是我教学的资料要从研究里拿来，从研究里边我们成长，从教学里边我们转输。我们正在研究转输的交接点，因此，这两点项目是不可分的。

一、研究工作者的职业规范

所谓研究工作者的职业规范是我个人的一些感受，因为从孔子开始，每一位专业的教研工作者差不多都是这么几个意见。我在台湾大学当学生时，台大校长是傅孟真傅斯年先生，他给我们的校训是“敦品励学，爱国爱人”。这“敦品励学”四个字就是他从研究经验里取得的品与学。“敦品励学”的“品”与“学”是一起来的，不是信仰讨论，也不是教条式的道德要件。每一位研究者在研究过程里边不知不觉就会培养一些专业性的伦理道德，并由此转换成普遍性的伦理道德来支配自己一生的行为。

诚实不欺

孔子说，吾谁欺？欺天乎？我骗谁？可以欺天吗？天不是上帝，不是神道，欺天是欺骗你自己的良知，你可以骗所有人，但不能骗自己。即使是最会说谎的人，他也骗不了自己的良心。我为什么要说做研究的人都能体会“吾谁欺？欺天乎？”一个研究结论及一个引发讨论的过程本身都是要求严密的推敲，有了资料，还需要有种种的条件来支持这个论点。命题本身还要加上种种限制，在“这种情况下不变”，在“那种情况下不变”，才可以作为一种假设。写书的时候，一定会有许多的界定，我们无时不在为自己加上一些限制。我们不能只从自己的证据本身找出空的结论来：那是信仰。我们也不能在资料中一厢情愿地引出你想说的话来，更不能为了骗人假造出一大堆资料。美国最近发生了职业伦理上普遍的困境，基本原因都与谋利有关。譬如说药品的发明与上市之间，制造出来的药物要拿到医院里作临床测试，要取得足够的数据。有些人为了牟取物质上的一些利益，竟伪造有关专利的统计数字。作伪者是否知道这是作伪？他知道，任何说谎的人等到深夜扪心自问那几个数据的时候，也许他只想起了成绩，忘了别的，但是那事件永远在刺他、扎他，把他揉醒。所以，诚实是研究者必要的一个道德，如果没有证据而强造事实，就是欺骗。学历史这行的帮规，就是有几分证据说几分话。研究工作者必须不说谎，在证据底下说话。

谦顺容异

研究依据的证据时时刻刻可能必须核对另外一批证据，也必须考虑另外一种学说，另外一些不同的甚至相背的意见。有许多同人，研究了一辈子，十分好强，说“我做的绝对没有错”，“我做的实验绝对对，我写的文章一字不能变”。人有这种想法，他一定做不好学问。我们必须谦虚地去看看反对者说的有几分真实几分错误，等到验证的时候，可能会发现自己真有几分做错了。或者话说过头了，或者没有说清楚，或者表达得不明白，以致招致误会。有人责备你，一定是你有某些问题，人家才会责备你。最好的朋友、最好的老师是批评你的人，责备你的人。你自己必须要有谦顺态度，有雅量容许别人的意见和态度，才能够发现自己的毛病在哪里。做学问像是磨刀：在软石头上磨刀，石头磨坏了，刀没有利；在硬石头上磨刀，越磨越利。所以最强的对手，最凶狠的批评者，才是你最好的朋友。研究者应有这样的胸襟与气度。但非常不幸，在今天，“利心”之外，“名心”太重的人，在这一方面往往有所不足。他太坚持自己的对。我年岁越老，越是感觉到，过去写的东西要重新写一遍。但是，为了诚实起见，我绝不拿 1980 年写的东西当作 1990 年的东西，我会让 1980 年写的东西留在记录上。留在记录上让自己看着汗颜，让人家晓得：这个人一辈子都在修正他的意见，这个人不是一开始就能观察问题分析问题的，他是一步步在找结语，一步步在改，一步步在修正。所以我的书，就是要存其本来面目，“以志少过也”，以纪念我少时的过失，这个不是有意造作，这是给自己一个警惕，把当年的错误印在白纸上给自己看。

戒慎恐惧

有了前面的两个条件，我们才明白，一个意见是核对许多不同意见的结果。但是为什么要戒慎恐惧呢？有时候你看见别人引你的文字，第一个人引的时候，扭曲二十度，第二个人引的时候，从第一个人的引用中再扭曲十五度，等到第七个人、第八个人引的时候已经不是你的意思了。你自己都会问：“我几时说过这些话？”但是，最终的责任仍是你。你没把话说清楚嘛，才引发后面这一串东西。为什么说危险，单单在学术文章中说错几句话，好像没有什么了不起，反正可以改嘛，将来我可以更正自己的错误。但是落笔的时候就要想到未来的后果，不要误导他人。因此，人须时有戒慎恐惧。大而言之，可能伤害了整个人类。小而言之，则是你伤害了一个引你文章的人的论点。他可能歪打正着，而最大的可能是歪打歪着。歪打正着是运气好，歪打歪着就是你造成的坏影响。所以戒慎恐惧就是我们落笔落墨、作报告都要特别谨慎，避免留下坏影响。研究者必须慎思明辨。

慎思明辨

慎思是谨慎地思考我们要写下的东西，找证据，找资料。但是，找资料是为了证实或否定，验证自己已有的想法。验证的过程是找到证据，看看是否可以验证这一问题。找资料以前必须要有慎思的过程：这个假设的验证是不是切实，是不是明辨呢？资料收集来了，有太多的资料到手上来了，哪些资料可用，哪些资料不能用？你要舍得丢，舍得改变自己原有的想法。大多数的新科博士不舍得丢材料。例如有人收集了两年资料可以写八百页，也许这八百页有七百页是没有用的，只有一百页可以用。但不少人绝对舍不得丢。没错，他写作很辛苦，等到几年后才晓得他写的大多是没有用的。要辨别资料的价值，辨别资料的真伪，辨别资料引申出来的意义。真资料伪资料放在一起，是一个鱼龙混杂的东西。一个锅里，有糠也有米。这样煮出来的饭不会好吃。当然，慎思明辨原来是中国道德教育的内容，我们把它用在研究方法上，在方法上养成习惯。这种习惯一样可以转接在日常生活的行为上，成为自我约束的规范。

自强不息

自强不息又是什么呢？我们常说人上有人，天外有天。达到一个程度，在上面在外面还有一个天地。我当年读书的时候在芝加哥曾向一位学者请教，我和他谈话的时候，有一次他问我“知道”跟“不知道”之间的关系是怎样的。那时候我已经快写完我的论文，我们一起喝咖啡，我举了一个譬喻，向他请教：气球里边充气的部分是已知，气球外面碰到的面积是未知；已知越大，外面碰到的未知越大，永远是用已知推向更多的未知，求知的道路永无尽头。学问这一领域里，没有亚历山大大帝。亚历山大大帝挥师到印度河畔时说：“世界到了尽头，没有我可以征服的地方了。”其实，东边还有东边。印度的东边还有印度次大陆，印度次大陆旁边还有中国，越过一个太平洋还可以到达美洲。知识界就不能说我爬喜马拉雅山，已经到顶了。研究者没有到顶的满足。高一点的地方有悲凉，高一点的地方有寂寞。越往上面追寻的时候，你越觉得悲凉；因为你的伙伴变少了，但要去了解的还有更多的未知，这种追寻，有生之年无法完成。庄子说，知识是无涯的，但生命是有限的。生命有涯，知也无涯。《秋水篇》里河伯在黄河发大水的时候，踌躇满志，等到了东海，他嗒然若丧。有了这种心情，研究者才能自强不息，永远地追寻下去。追寻不是为拿学位，因为学位拿过一次就够了。不要为荣誉，不要为升级，要不断鞭策自己，往未知的疆域里一步步地走更多的路，一步步去寻找。可能下一步往往是最重要的一步。也许有人就问了，那又何苦呢？还不如知足就算了。知足可以，就得改行。在研究者的行当里边，内在推动的力量太强太强，这不是我们可以停止的。

这五点，都是从方法研究上面得到的一种感受。以上五点，哪一点是限于读书用的呢？这五点，项项是做人的道理，是处世的原则，做学问就是修行。因此禅宗的和尚，砍柴、担水都是修行。我们的砍柴、担水则是孜孜不倦地做些小研究，永远在修正自己，永远在成长。

傅孟真先生说敦品励学，这两个功夫是在一起的，敦品就是励学，励学就是敦品。我们了解，傅先生是五四时代的人物。今天有人说：五四时代的人物是学问专业化的人物，将学问和修养分开，学问和道德分开。这是误解，其实，那是说，你不要拿个人的信仰当作你要说明的学说。譬如说，进化论本来只是一种假设。但美国有一派学说是反进化论的，他也拿许多他们认为是科学证据的东西来证明《圣经》反对进化论。这就是他以自己的宗教信仰投射到学术工作之上：他的学术工作是在证明他的个人信仰，这才是五四人物想要分开的两项。傅孟真先生不想分开学问与修行，却是在求学问里面学到一些做人的态度。最后，以这个做人的态度内化为行为的指标，作为鞭策自己的准绳。我从台湾大学毕业几十年了，但傅孟真先生当年跟我们说的话我还记得。今天，我慎重地向大家再复述这些话，希望大家也共享。

二、教学工作者的行为规范

现在谈第二部分，教学工作者的行为规范。每个教书的人都要将自己研究学习的东西，这个手拿进来，另外一个手送出去，在自己的脑子里做一番筛检做一番整理，借书本与讲演让学生从我们这里得到系统性的知识，我认为这是教书者的责任。知识是死的，教育是活的，如果知识只是一套固定的资料，不如买一部百科全书给学生，有问题去查就是了。百科全书是结合几万人的心智写出来的。现在有计算机更好，计算机累积了电子信息，既容易减缩，又容易修改。最近，我替 Microsoft 写了一些历史，存放在一个计算机百科全书里。这种方法的好处是每一位作者可以随时按电钮重新写一段，甚至不妨天天改。虽然我不会天天改，但也许一年两年改一次。像《大英百科全书》，我以前也参加编写，1970 年印的到现在还不让我修改，因为那一套书还没有卖完。

我们要给学生的不是一个死的知识，不是灌输资料、灌输知识，我们要给学生的是驾驭知识的能力、判断知识的能力以及内化知识最后因知识而成长的能力，这个是我们真正的责任。担水砍柴是基本的修养功夫。先父是清代江南水师毕业的，到最后他做到民国海军的将领。当时每一个水师学堂的学生都要从甲板上打锈开始。水师学校的学生，上了船做的第一件工作是做普通的水手。每天要做的事情就是打锈，海水侵蚀甲板的锈。天天打锈，不打锈甲板就烂穿了。你只有从打锈中才懂得风，懂得浪，懂得船的动摇，懂得你和船一体行动的感觉。从知识转化成智能，就是这个道理。

厚植学力

教书不教一套死板的知识。假如要做老师，第一就是对自己要有要求：我的学力够不够？我有没有能力教这一门书？没有能力的话，我可不可以跟我的院长、系主任说我这一门课可以教，但是允许我有一定的范围。超越这范围的我不能教。所以我发出的教课大纲，只在我的能力之内。但是，我们不能永远到此停止。我们要不断地厚植自己的力量，这是与上面说的自强不息联系在一起的。我们永远要厚植学生的学力，使得大家有十分的力量就去做十分的事情，因为我们不能对学生说用十分的力量去做二十分的事，以致到了最后是在课堂上胡说八道。胡说八道最大的谬误在于学生看穿了你的胡说八道，居然也学会胡说八道。谬种流传是非常大的灾难。所以厚植学力是每个人自我期许中很重要的一条。

传道解惑

传道与解惑：这个“道”不仅是道学之“道”，也不仅是大道的“道”，这个“道”是研究的方法，求好的学问的方法，分析问题的方法。“道”就是我们找路的能力，辨别路的一种本领。胡适之先生讲，他最恨的人就是“绣得鸳鸯与君看，不把金针度予人”。我把这鸳鸯绣好给你看，但不告诉你这鸳鸯是怎么绣出来的。胡先生说我们不仅要绣得鸳鸯与君看，还要把金针度予人，把这针法也要传给人家。我这一辈子印象很深的一件事，在大学二年级，我的老师劳贞一先生教秦汉史，教了大约有半年的时间是在教玉门关是哪里。玉门关是在小方盘呢，还是不在小方盘？一个学期都在讨论这个问题。我们全班大概有二三十个同学，都烦死了。后来到了劳老师八十岁，老学生帮他做生日，我致谢词。我特别提起，那一门课我受了不少益处：老师为了讨论小方盘是不是在玉门关口，旁征博引，把史料交代给学生，史料的考证交代给学生，史料错误的订正也交代给学生。一个历史问题，他教了历史地理、史料学、语言学、文字学、考古学等知识。为了一个遗址，他讲授了不少方法。在这个讨论过程中，他把汉代的官制也告诉我们，包括汉朝的地理、边疆关系、匈奴与汉人的关系、边区的经济制度等。他是把金针给我们，不是让我们看鸳鸯而已。鸳鸯简单得很，“玉门关在小方盘”，一句话，他搞了半年啊！专搞这个东西，课堂里边的人越来越少，到最后，有时就我和他师生两个人对坐。我并不是说这是最好的教学法，我对这种教学法也是有批判的。劳老师教的方法，若我用去教中学就难安了，但所教的学生今后将担任研究院的研究员，这却是好的方法。这就是传道解惑的工作。

因材施教

因材施教和前面所说的谦顺容异是配合的。每一个学生有贤有智,有愚有不肖,每一个人都有他的长处,也有他的短处。所以在《论语》里，孔夫子对他的学生都有批评，除了对颜回没有批评，但是颜回不幸短命死矣。颜回若活长一点，说不定老师也批评他了。其他弟子，这个笨，那个粗心，他都有意见。但孔子教他们一点也没偏心，有问必答。《论语》中，学生往往问同样的问题,孔子的答案一定不一样。问“仁”问了许多遍,有长的答案,有短的答案。问“学”有许多次,没两次是一样的。问“政”也有很多次，答案也全不一样。他是按照每个人理解的深度、每个人的能力、每个人当时发问的情景与疑惑所在，在不同的地方做不同的教育。性子急的，孔子叫他慢一点；性子慢的，孔子催他快一点。《论语》是部了不起的书，这一类人生的智慧，都在实际生活里面为我们解惑。我们教学生也应当这样，不要说这个人笨，放弃算了，对笨的人，一定要多花些时间，让他弄懂。对聪明的人，要多花些时间让他不要自负。这些都是因材施教原则下要做的事情。

启发鼓励

对学生启发鼓励，而绝对不给学生背书。这句话，无论是官方或民间的教育改革者都会说，我们不要给学生填鸭式的教育。我们小时候都受过填鸭式教育。启发教育和因材施教是相连的，我们一定要帮助学生学到找知识线头的能力，把线头找出来，帮线头接上，使得学生不断有新的能源而不断成长。我们不是捏一个胚子，制式教育最大的错误就是在捏一个胚子。我们用一个尺度来衡量，用同一个箱子来装人，这是不对的。也许，你会对我说：规定是如此。但我们还是有自由度，我们面临的是一群活的学生啊！大的是研究生，小的是高中生。他们有自己的专长。你找出他的专长帮助他发挥，他就会成为有用之材。我这一辈相当幸运，在读台湾大学的时候，从内地来了一批老师，老师比学生人多。我读文科研究所的时候，四个学生，有二十几个老师。我读历史系的时候常常是一个人选一门课。我在美国芝加哥大学时也是常常读冷门课程。我有一门课是宗教学，那老师的教室在三楼。大家知道我爬楼梯是很不方便的，当年的本事是比现在好啦！可还是蛮累的。我爬到楼上去上课，他喜出望外，因为他三年碰不到一个学生。他循循善诱，我学了不少。每位老师都会找出我的长处与短处在哪里。人家问我你学的是哪一门道？我开玩笑地回答，我是百花错拳，什么家的门道我都学到一点点。老师启发非常重要，此外，就是学生自己成长。我绝对没有李远哲聪明，我比沈君山笨很多，我也绝对赶不上张系国。但我今天可以写东西，只要有资料，我就可以讨论，就是靠老师们启发，而不是老师们填鸭。

言教身教

当年李济之先生手上有四个学生，我们在考试时写考卷的方法绝对不一样。有一位同学用功勤，能记述，也心思细密，今天他已是大学者。他治学的长处是资料丰富，我的长处是做引申论述的研究。济之先生教我们时，两个人各因所长，也告诉我们短处在哪里。他告诉我，你的短处是忽略资料的精确性，你要永远记住这个问题。我们两个一辈子走的路不在一个研究方向上，但一辈子感激老师的教导。我们对自己的学生要教他不要欺瞒，不要躲避。别人教我要举重若轻，我却注意举轻若重。每一堂课，我是不敢马虎的，因为一马虎，学生将来也会马虎。讲堂不是比赛言辞风采，讲堂是最严肃的。若有人称赞我，说我口才好，那就糟糕了！人家说你好的时候，其实指出你是天花乱坠。要是另外有人告诉我说："我今天知道了一些东西，谢谢你。"那我就会高兴。

做事不要举重若轻，要举轻若重。所谓言教身教，不是口头训导学生守规矩，你做学问要踏实。自己的作风就是榜样。榜样从何而来呢？榜样就是你的教学、你的研究、你的著作。我们不能把学生当机器，他也不是死人。老师也不是教学机器，而是我在帮助他成长，他也在帮助我成长。这是人与人之间互相的尊敬。所以言教身教，不是做个大师榜样在那边，是让他晓得怎样念书，怎样教书。

三、总 结

我觉得学者的专业规范可以内化成下列几个部分：

四 毋

“四毋”是《论语》所说，毋固、毋我、毋意、毋必。毋固，不要固执自己的意见，不要说我的意见一定对。毋我，不要说唯我为主。毋意，不要揣度、不要猜测，要有真正的资料。毋必，不要把话说得那么肯定，不要说出一句话，就说这句话百分之百正确。我的意见只是我此时此刻，在现有的资料及经验上得到的一个想法而已，这是“四毋”的一个态度。在研究上有用，在教学上也有用，在做人上更有用。

三 戒

“三戒”是戒得、戒贪、戒满。“得”是获得利，获得名，我们不要有欲求。什么叫“贪”呢？贪财贪名都是贪，贪学问也是贪，做学问到贪的地步，不问学问的人生价值，不问学问本身的内在意义。若这样做学问，他是知识的痴。知识永远停在知识的层面，没有转化成智慧。“满”是贪的另外一面，自满的人总觉得自己最好，这三戒用在学问上和用在人生中一样的重要。

道问学与尊德性

大家知道：道问学与尊德性是儒家不断在讨论与争辩的问题。究竟我们在学习的路上是为了取得“道德”还是取得“智慧”呢？内化德性，使自己虽没有知识，但在进德上却是站得住的人。当然，这是永远有争议的话题。我刚刚花了五十分钟在和各位讲的，就是这一体的两面。“道问学”是真正的修行，才能求到一寸两寸的进步。学问与德性不是二分的，是合一的。方智与圆神呢？方，可以讲是有方有法的方，也可以讲是方方正正的方，方正就是有规有矩，是严肃的，这是求知识的一部分。求知识为一部分意象，要将方智转化为圆神。圆呢？内化了，没有棱角了，没有边界了，没有尽头了。方是有转折的。知识内化成人生的智能，这是神，才可以出神入化。知识、智能、人生的境界都属于你；人生的经验属于你，你也许就是一个完足的人。

我们要明白自己是幸运的，我们选择了这份职业，这让我们时时刻刻都可以磨炼自己，每一分钟都在琢磨、完成自己。有这么幸运的机会，我们就要善于把握自己，不要丢弃而要善用。

成长的意义

——答一位未见面的朋友

8月19日，在台湾举办了一个对伤残同人的讲演，由我向残障同人报告自己的经验。讲演会的后半段是自由发问及讨论。在许多提出的问题中，有一个很难回答的问题："什么是成长的意义？"

那天我回答了其他的问题，而对这一个特别重要的问题却只能放在一边。我当时的答复是："这个问题牵涉太广，不是一时能说得清的。"当时，我也不知道是在场的哪一位同人所提，事后也未能直接通讯讨论。可是，我心里已承诺了要给这位未谋面的朋友一个交代。八月底返侨居地，至今又已两个月，自己手头的工作也始终未能放下，今天是手头工作两个段落中间的一个小间隔，我想该是实现宿诺的时候了。希望那一位提问题的朋友可以由此明白我当时未能立刻回答的若干想法。

高矮胖瘦各得其宜

我以为人的成长当然并不仅在身量长大，那只是成长现象的一面而已。个人的成长当还有另外几个层面的意义：智性的成长、感情的成长及精神的成长。而在个人的成长之外，又当有社群的成长、文化的成长及人类全体的成长。不过在本文中，我只打算讨论个人的成长。

身量的长大是生理性的成长。这个成长的过程，是遗传基因及后天营养的决定，整个成长现象是不断进行的新陈代谢，成长的过程由幼至老，经历发展的各个阶段，完全成熟，最后又进入衰老期。成长的速度有个体的差异，但大致总相去不远，都在二十岁左右成长到体型完全发育，六十岁左右渐趋衰老。现在医疗照顾比以前好，只要生活正常，由衰老到死亡，中间还可有二三十年的岁月。

有些人因为先天的残缺或后天的伤害，成长过程会受干扰。若是控制成长的内分泌不足，这个人可能在长到一个阶段时不能再发育。若是骨骼受了伤害，成长的限度也会受影响。我的身材很矮，即是骨骼发育不良之故。但是，也有一些人因为基因的配合，可能长得矮小，却并非发育不良。矮小的人与矮小的人结婚生子，则子孙矮小的机率又更大了。这是基因遗传的现象。矮人并非成长停顿了，只是身量小些而已。生理性的成长，其过程通常不能由个人自己的意志力加以改变，长到其成长的极限之后，大致也不再能改变。世界上胖瘦高矮，各种各样的人都有，高人有高人的方便及不方便，矮人有矮人的方便与不方便。万物不齐，各得其宜，谁也不必以为有什么优劣之分，因此也就不必为矮小而自卑，或为过于高大而自伤。

知识与智慧的成长

成长的第二个层面是智性的成长。脑部成长，是生理成长的一部分。脑部发育成熟之后，如何发展脑力的潜能，就是智性的成长了。智性的成长中，又可分两部分来说：一是知识，一是智慧。我们一生始终在学习，学习得来的就是知识。知识是可以累积的，人脑是一个很精密的知识储蓄库，其储量极为庞大。像你我这样的平常人，一辈子学习，大约还未能用到这个大库面积的一个角落。有些人稍微懒些，早早就放弃了学习，只是自满于已获得的一点点知识；他的知识库将是极为贫乏的一小堆垃圾。知识须不断地更新，经过继续的学习，我们不但扩大自己储库的储存量，而且提高储存知识的质量。这个成长的过程，是开放性的，可以永远增长的。

人人随时随地在学习，并不限于在课堂上或看书才算学习。学了之后，尤须随时随地将学来的资料经过思考而转化为自己存库知识的一部分。有些人并不懒，只是容易自满。一旦有了自满的感觉，学习的门就关闭了。这种人的存库知识，将不再增加及更新。即使他原来积储的知识量多而质精，他也只剩“啃老本”的一条路了。知识的成长并无极限，因此一方面没有“完全成熟”的一天，另一方面也没有“发育不足”的欠缺。谁能走到哪一步，靠机缘，靠天分，也靠自己的毅力。依我愚见，毅力大约比天分与机缘更重要。人一之，己十之；人十之，己百之；工夫是不会白费的。

智性成长的第二部分是智慧的成长。所谓智慧，我简约为明辨慎思的能力。有了储积的知识，若不知如何应用，那么这些知识都只是货架上的陈列品，不能转化为对人生有意义的智力。如何组织知识，推衍知识的含意，从而转化为自己智性的一部分，全在于这个人是否掌握了理性思考的方法及以理性思考的习惯。理性思考大率不外组织知识及分析知识两项法宝。清明的理性，只有在排除偏见及固执之后，方克有之。毋固、毋我、毋意、毋必，庶几可以接近理性的思考。理性思考是自己勉强自己始能培养的习惯，因为偏与执往往会蒙蔽清明。

我们日常所谓“见识”，往往以为有见识的人具有特别的禀赋。依我看来，大多数的人之所以不能有卓越的见识，并不是受个人智力的限制，只是因为没有养成明辨慎思的习惯。持秉这个习惯倒也不是容易的事。有理性的人也会不时因为把持不住自己的偏见与私欲而失去明辨慎思的能力。因此，智慧的成长较之知识的成长又更为困难。这一过程不但是永远在进行，而且还有一失足即尽弃前功的危险。一个人兢兢业业一辈子，还未必能完全做到。儒家的修养，佛家的持守，都是终生的事。智性成长难成而易败，我们都该特别警惕，终生不要疏忽。

紧要关头节制自己

成长的更上一层是感情生活的成熟，这一层比智慧的成长又更麻烦。人有七情六欲，外有所激，则内有所应。太上可以忘情，我们常人可做不到，也不必做到。喜怒哀乐，怨嗔爱恨，大率在我们日常生活中，无时无刻不似潮生潮退，使我们的行为也随之而有反应。我们不必求忘情,但须求感情的适度。儒家以礼乐来节制，正是为了求得一个“和”字。在婴儿时期，饱则喜笑，痛则哭叫，其感情甚简单，也只因为其欲望也很简单。人长大了，各种欲望与日俱增。对于欲望而生的反应及因此而起的刺戟，遂见之于上述的喜怒哀乐，怨嗔爱恨。

感情的激荡，不完全是一个人自己的事，内则决定了这个人对环境的看法，外而决定了这个人对待别人的行为方式。感情生活既不可避免，我们也就不必强求压制。适度的感情生活，毋宁是必要的。反之，任何一种感情的过分发泄都会造成性格的偏颇，也会造成智性发展的偏向。如何培养适度的感情生活绝对不是容易的事。许多宗教都为此进行各种各样的讨论，可见其难以解决了。

我自己在这一层上也常常不得其平，一生之中，感情激越而不能自制不知多少次。惭愧得很，我对这个问题，大约只能交白卷。不过，我至少常常想到，一己的情感冲动难免会影响到别人。自己怒时，可能以言辞伤人；自己怨时，可能不接受别人的善意；自己有求而不得时，可能嫉忌别人。因为对自已有这样的了解，我只要还有一丝理性，这一丝理性就会把我从激越的关口拉回来，叫我约束一下自己的行为及言词。这种在紧急关头的自我节制，往往可以在俄顷之后立刻反省，其实，我并不想压制感情，只是想尽力做到不要因自己的感情而伤害旁立的无辜。我们无法确知“和”的尺度在何处，所以“和”的境界也就不易做到。我们能做到的，大致只有避免自我放任而已。避免自我放任，才可能在紧急关头刹车。若放任而自以为是，则泛滥放逸，将伊于胡底？

追寻人生的终极意义

成长的最高层次是精神的成长。这一层面的成长，一方面是性格的形成，一方面也是在不断追寻人生的终极意义。性格的形成，大致受前面所说三层成长的后果影响。但是，我们若不去找寻人生的终极意义，我们的一生仍将如不知航程终点的孤舟，有帆、有舵，却不知驶往何处去。

人类文明之有今日，正因为历史上不断有人提出这亘古长存的大问题。至今，各个伟大的宗教及哲学，都在这个问题的范围内提出了许多发问的方式，也尝试着进行解答。我想，在这一个大问题上，我们不应只限于一个答案，也不限于一种发问的方式。不过，一个人若一生从来没有问过这个问题，他大约不能算是一个完全成长的人。

我自己曾不断追寻，至今还在追寻之中。我既还在追索中，就不能对你这位未谋面的朋友提出我的答案。我只想对你说一句话：你既然能提出有关成长的问题，说明你已经觉察到这个终极关怀的存在。稍微修改基督教的教义：生命在灵，肉体并不是关怀的主体。我们能成长，正在于我们关怀精神的成长。

我们生活的目标

今天我们来谈生活的目标，这是一个从几千年以前到现在一直有人问，也一直不易得到答案的题目。我虽然一再来跟大家讨论这个问题，实际上我并非已有现成的答案，不过借这个场合，让大家在跟我一同探讨这个重要问题的同时，看看我们每个人是否在自己的心里可以找到一些对自己适合的目标。每个人的目标并不一样，因此，我讲的这个“生活的目标”不过是笼统的一般原则，个人的目标还是要个人自己去寻找，没有人能代你定目标，只有自己才能追寻到自己的目标。

学历史的人通常有个自盘古开天地开始说起的毛病，所以，我还是要从最古老的时间开始说起。当人类刚从旧石器时代进入到有固定食物来源的阶段，人们并不知道什么是生活的目标，什么是生活的意义，最简单的生活就是为了活下去。人是生物体，人们并不顾虑到自己为何而活，而是就要这么活下去。这让我们自身的种族衍生，也让我们的生命活到上帝给我们的寿命为止。所以在这种情况下的生活，就是一种原始人的生活，就是丛林里的生活；没有法律，没有规章，也没有风俗、习惯，更没有文明。所谓法律、道德规范这些都要等到人们追寻什么是自己的生活目标，什么是生活的意义时，才逐渐发现这些事。这一变化是一个很长的过程，也是很艰苦的过程。从新石器时代到现代，其间人类大概花了有一半的时间是在迷迷糊糊过日子，而又花了剩下的时间才晓得要提出这样的问题来，直到最近的两千年左右，才找到一些答案，过上了所谓现代人类的生活。人们找出一些生活的意义，也找出一些生活的目标，可是大家看，这是很漫长的过程，单单探求问题本身就花了人类很长的时间。

生命的意义何在?

自上古时期来说，在几个最古老的文明发源地区，每一地区的人群都提出了不同的问题，那么提问题的过程也就逐渐浓缩，终于集中到一两个重要题目上，其中最重要的一个题目是人活着为什么？譬如说，在两河流域的古文明，人们希望寻找自己的生命意义时，他们问：人是要死亡的，没有人逃得过死亡，我们能否找到永远不死的秘诀？有很多故事在说要寻找生命的意义，要寻找永恒的生命，不过这些故事里最有名的叫吉尔伽美什的故事，故事中的英雄历经千辛万苦却找不着长生不老的秘诀，也找不着人要死亡的原因，最后只好面临无可避免的死亡。于是，他就给了自己一个答案。他说："也许我可做的事是：我的生命不能永远延续，但要让人家记得我，让人家记得我曾经做过好君主，让人家记得我曾做过一些平常人不能做到的事，也让人家记得我曾建设了这么美好的城市。"这话就是中国人说的三不朽：立德、立言、立功，而这位英雄只是在"立功"的不朽之中。

我们再看犹太教、基督教的这条线索。其古代文明也不断地在问：为什么我们来到这个世界？亚当、夏娃被赶出伊甸园后，他们的生活为何还有意义？不断地挣扎，挣扎到后来，我们看见，在摩西的"十诫"里，犹太人得到了一个答案：我们生活的意义是"敬事上帝，在上帝的神恩里，我们活得才有意义"。所以生活的意义是用人的生活来表现，也表现神对我们特别的恩赐和特别的眷爱，这就是犹太人对生活的一种解释。等到耶稣基督改变犹太教而成为一种新宗教时，教义就变成在"爱"与"上帝的意志"之间画个等号，整个一系列的基督教的道德观、伦理观都是从这个古老的问题去寻求一个答案：我们为什么来到世界上？出了伊甸园后，我们还有没有生活的意义？

我们再看印度教，他们的问题是：我们和自然之间有什么关系？大自然的风、雨、雷、电，对我们生活的影响是什么？山川河流对我们生命的影响是什么？印度教回答这个问题，说我们“人”是自然的一部分，而且“人”在自然里不过是其中很小的部分，是和其他的动物一样共享大环境的一部分，我们的生命意义就是寻找人与自然间的关系，重新肯定、重新建立人类本来跟自然联系在一起的纽带。这就是印度教给人的答案。

为个人，也为群体

上面的是这三种文明系统寻找出来的答案。为什么我未提到中国呢？我是在儒家的传统下长大，所以我认为这是自己的东西，放在后面作为我要讨论的最重要的主题。从三种古代文明的例子可以看到道德规范、生活的意义等，是在生活之中慢慢增加慢慢抽绎的。为什么抽绎这个东西？假使每个人都像鲁宾逊那样孤立地生活，他就不需要问这些问题。鲁宾逊最要紧的事情，是在那荒岛上怎么活下去。他也有个问题要问，他也有个问题要答。他的问题是：“怎么样才能在这个荒岛上熬下去，到最后回到文明？”为什么他眷恋文明？我们每个人不是鲁宾逊，为什么像鲁宾逊这样孤独的人，他也要眷恋文明？文明是从我们人类合群的生活里慢慢地发展出来，因为人合群才发展出文明，所以人类不能离开文明过日子，因此像鲁宾逊必须在荒岛上苦熬，熬到有一天回到人世间来。大家记得鲁宾逊在他的木柱上不断地刻画到荒岛上有多少天了，为什么他要刻画？他要记住他回到文明去时，他究竟离开了多久，他要自己在时间空间上都不迷失。虽然空间上他迷失了，他到了荒岛，但是他绝不能再迷失时间，以使得他将来回到空间上回到人类文明时，他清楚时空两个坐标在哪里。

因此，人即使在孤立时也无法脱离合群的需求。我们必须合群，人能够在种种的禽兽里独树一帜，变成地球上的主人，变成万物之灵，不是靠天生的体能，而是靠能合群与合作，靠语言与文字。这使得人的集团能一天天变大，也使人们共同的技艺及知识不断地扩大，经由认知能力，经由集体的技艺，每个个体的能力结合在一起，形成超越其他生物所能得到的生存力，于是人类变成万物之灵。因此，人之所以变成人，他就必须在文明及合群两个条件下，才能变成今天我们所谓文明生活里的一个成员。

自从人类提出这个问题，各处的人们都在寻求该答案，得到不同答案后，每个地区的人群就都活在一定的规范下，人的生活好像就有了一定的目标。譬如说印度人，他说他的目标是“归向自然”；犹太人、基督教说“我们归向上帝”；古代希腊人说“我们寻求真理”；而我们中国人呢？可以说从商周开始，中国人不断地追寻这个问题，得到的答案是“人跟人怎么相处”。中国人寻求答案的方式，以及得到的答案、假定的答案都是根据“人是合群的”这一条件抽绎出来的，也就是在人文的规划下生活的方法。再从时间的纵向轴来说，从祖宗到子孙，在时间的维度上，人类生生不绝；在坐标的横向轴上，人群的维度上，人类从个体扩大到近邻、近亲，逐渐扩大到齐家、治国、平天下，一步一步推衍到共同的人类社会。

这是中国人寻找的意义，比另外几种族群寻找的意义更直接、更贴切，没有拐弯抹角到别的方面去，从自己身上开始。于是在中国，也有很长一段时间，几乎每个人都说，生活的意义在哪里？生活的意义是为自己，也为别人；生活的意义是为了个人，也为群体。所以在传统的文化环境中，我们生活的意义大致是肯定的。

社会价值观堪虑

到最近，我发现情形不一样了，不但在中国，而且在全世界，我们看见生活的意义本身又变成了个大问号，人们经常抱怨，一直向物质享受上去寻找，向短暂的欢乐上去寻找，我们的秩序已经没有了，这也是全球性的问题。人们并非只有在这里是这样忍受着，这样的问题世界上处处都在发生，其中相当大的缘故是很多文明互相接触，当每个文明间的价值观不完全一致时，一个人碰到很多文明的价值系统就不知道如何取舍。

另外一个原因，是今天的都市变得很大，过去所有生活中的小群体一个个被解散，于是每个个人都散失在一个陌生的城市里，散失在陌生的人群里，不再有小群体让我们感觉到这是自己共同生活的群体，于是每个人在这种新的社会里，游离于固有的单位以外，也游离于固有的时间序列以外。因为上找不到祖宗，下找不到子孙时，你我就成了游离在时间序列以外的人。你我游离在空间以外，生活于是面临困难，好像重新回到了当年的丛林里，人们花了八千年时间设法改善自己的生活，到了最后我们却回到另一个丛林中。今天丛林里的大树就是都市里的摩天大厦，今天人们用来狩猎的工具是金钱，过去人们用弓箭打猎，今天人们用钞票来打猎，我们猎取的对象是其他的人类。人类又回到丛林里了，所以我们必须要再一次出发，再一次开始，来看看我们究竟在新的蛮荒地带要问些什么问题。在这问题里，人们发现对过去得到的一些关于神的知识，有很多的疑问。因为各种宗教的神放在一起之后，你不知道哪一尊神是你该信仰的，这使得本来依附在宗教上的答案，丧失了它原有的回答疑问的能力。本来依附在自然条件上的那些信仰和规范，今天由于人类自身觉得有了征服自然的能力，不再尊敬自然，于是依附在自然与人际关系上的这部分答案也就失去了它的意义。刚刚讲过，我们不再是真正合群的群体，于是我们过去依附在小的团体上面的那些答案也就失去了它的意义。今天人们重新开始追问这个问题时，就感到比往常更为困难，这一个问号也就变得更大。我今天也一样没有得到很好的答案，不过我尝试要在一个很切身的阶段上去寻找答案在哪里。

再寻生活的意义

第一，人是生物体，人跟其他的生物一样，跟猴子、牛、马、鸡、犬基本一样都是生物体。作为生物体，人有一种延续种族的本能，这不是你我所能控制的，这是自然的能力。所以在每个人身上都有延续自己种族的欲望，转化成所谓“食色性也”的“性”，这是个很自然的事情。假使不断从延续种族生命的课题上去找寻这个答案，我们能重建一个体系，那就是我们必须留下一些东西给我们的子孙，我们至少要给子孙留一个生活的地方，也要给子孙有一个可以生活的条件，而不是仅仅生殖。所以生活意义就可以建立了，也就是说，在继续繁殖种族的条件下，我们应该创造更好的生活环境，这就是生活的意义。换句话说，不能完全过自私的日子，我们也要顾全到未来。今天种种的浪费，种种的糟蹋资源，种种的不顾后果不顾明天，今朝有酒今朝醉，就不能和刚才所说的“延续生命”的要件相符合。我们就必须考顾虑如何珍惜资源，如何留下一个未来人可以生活的好环境，如何铺设更良好的生活条件。这就是我们的生活意义。

我想，做父母的都可以同意这个观点。做父母的都说，宁可自己多苦一点，让我们的子女可以过好一点的日子。如果能为子孙想，就不是自私的事。假使你把“子孙”两字扩大，扩大到整个人类后裔，那这个意义绝对不是自私的。它是从全人类的立场出发，是一个广大的爱，这时我们顾及的是别人，而不是仅顾及自己。

作为生物体，人们还有另外一个欲望，就是要活下去，要吃得好一点，穿得好一点，日子过得舒服一点。换句话说，人们希望继续提升自己的生活境界，这个条件是自然的条件，也是生物体的条件。不过从生物体条件来说，人们能很容易将它转换成所谓的文化条件。同样吃饱肚子，吃很粗粝的食物是吃饱肚子，吃很细致的食物也是吃饱肚子，但为什么我们喜欢吃得味道好点，考究一点，就因为我们在生物体的条件以外，加上了文化的条件。这个条件也可扩而大之，“食”也可扩大成整个生活内容的改善与提升，提升到更高的境界。当然，所谓的更高境界这句话有很多不同定义，要看你的尺码放在哪里，定义放在哪里，定的方向在哪里。这由个人去定。提升的境界可以不是个人，可以变成群体，我为我自己提升生活境界，也可为别人提升生活境界。单单从这两个很基本的条件“食色性也”，我们能从自私的、个人的需求扩而大之成为群体的需求，扩而大之变成坐标上时间的延续，再考虑到空间的延展，一个人就变成为全人类而提升自己的境界，延续自己的生命。

从这两点最基础的假定上，我想提出几个构想：儒家的传统是人文的传统，儒家的传统考虑到人和其他人的关系，可是儒家传统也考虑到天人之际，也就是人生活的环境。这里说的“天”是自然环境。所以，我们谈生活的意义时，从人与自然环境的条件、从人与其他人的条件、从人本身的境界这三个水平来看，我们大概也可以规划出几个方向：

天地人己的关系

我们先拿人与自然的关系来看。过去人总是利用自然，而征服自然与滥用自然却是最近的事。今天由于科技能力是史无前例的有力，史无前例的强大，所以人们过去只取用少量的自然资源，今天却造成极大的毁坏。毁伤了大自然，人们将没有太多的资源可以用。所以下面谈到生活的意义，从这个角度来看，就是怎样寻求一个适当的界限，在此限度之内，我们能运用自然资源，但是不是滥用，不要过度，不要漫无目标，只是从经济成长或物质增值上去着想，这是观念问题。假如我们把生活的意义放在这一观念上，就可以说扩大了生活，扩大到生活以外，然而实际上是保持了我们珍惜的这一部分，这部分是留给我们的子孙用的。不但是留给现在的子孙，还要留给更久远的子孙。观念本身的传布，使得我们的子孙也知道更珍惜四周的环境。在这个情况下，我们活着不能单单为自己，活着也要为我们的环境考虑。我们要为“天人之际”的“天”这部分多花些精力，要爱护天然，将天然回归到原来的丰富与优美。

再说到“人”的一面。个人已经从大的群体里解放出来，游离在城市里，游离在流动性很强大的社会里。我们必须重建“人”与“群”的关系，即群己间的关系。几年前李国鼎先生曾经提倡“第六伦”，在“五伦”之外加个“群己关系伦”，这项建议确实是很有意义的，因为我们一直强调的是一对一的关系，不大体会到一对群的关系、一对己的关系。“群己”关系的对面，“己”很简单，我自己，对面是个看不见的没有特性的一大群模模糊糊的人。今天各位走到街上去，街上每个人都是模糊的，你不知他姓、不知他名，彼此穿的衣服看来都差不多，行色匆匆忙忙，可是合在一起，你就是其中一个。你就在你所看到的群众里边。所以“群”跟“己”的关系，“群”就是“己”，“己”就是“群”，没有你“自己”也就没有“群”。所谓爱护“群”，实际上就是爱护你“自己”。在“群己”界限的下面，我们要重建的生活意义，就是要爱护这个“群”。“爱护群”的理念，并不是说爱护这个“群”就要排斥那个“群”，所谓的“群”到了最后，归结起来是个大群，就是人类整体，全部的人类都是我们要爱护的对象。

生活意义在此情况下，我们不再说是“己”附于“群”，或“己”在“群”中不见了，不是！是“己”跟“群”重新合一，自己跟国家、自己跟社会、自己跟全人类变成是整合的新个体。这里面没有所谓牺牲小我以成全大我的事情，也没有为了大我要压制小我的事。因为，你拿“群”当作本身时，“群”跟“己”中间就没有冲突，你不再有剥削“群”来利“己”的倾向。

“己”与“群”重新合一

人与人相处是儒家最基本的精神，儒家的五伦都是一对一的，但是一对一只是相对的，父慈子才孝、兄友弟才恭、夫妇要相爱才成为夫妇。基本的意义是说，我要待别人跟待自己一样，我要考虑到我跟另外一个个别的人、个别的个体之间，怎样建立一个有来有往、有情有义的关系。以上是生活意义里人与人的关系。寻找这一部分意义并不难，因为在我们周围，就已经有很多有意义的单位。我们有自己的家庭，有自己的朋友，有四周日常相处的人，要在这个方面找意义并不困难，因为他们不是陌生人。跟群己里面那个模糊的群对比来说，这些有脸有名字的个人是更容易受到肯定的。所以生活意义在这一方面我感觉很容易解决，就是我们要认可其他个人的存在，使得人与人之间的关系变成生活在这世界上的意义之一。我们不必以为所有的人与人的关系都须从对自己有利的方向去想，单以利为相爱的条件就糟蹋了人际关系。从群与己以及人与人这两个观念出发，合起来建立的社会就应当是较为和谐较少冲突的一个社会。观念上有了改变，在实质上也会有改变。当你讨厌一个人的时候，你看他面目可憎，愈看愈讨厌，等到你拿走这“讨厌”二字，他的脸就不是那么可憎了。一念一转，这是一个观念上的问题。

第三重境界是最重要的境界，就是你对你自己。生活的意义在你自己，天地生个人不容易啊！从母亲十月怀胎、一朝分娩，到能走路、长成，到变成一个独立的人，这是很长、很辛苦的一段过程，我们要珍惜这个生命。每一个人都有属于他自己的了不起的生命，每一个人都是天地间独一无二的，所以必须要珍惜。珍惜几个方面：第一个方面，对生命生物体我们珍惜他，不要用欲望来毁损他，不要因贪欲来糟蹋他，不要因盲目地追求物质而消耗自己的生命，更不要因不良的嗜好而浪费自己可贵的生命。从珍惜自己生命的生物体的意义上讲，还是珍惜自己的身体，这是很简单的事情。珍惜身体就是珍惜自己生活意义的一部分。

生活意义就在你自己

其次便是要珍惜自己心智的生命。人发展出种种的聪明智慧，并不完全是与生俱来的，有很多是学习来的，学习是很艰苦的。每个人从小学起就开始拿笔，起初感觉好难啊！从小学一年级起开始培养心智能力，一直到今天，你成为社会上一个有用的人，这个过程已经花了不少工夫了，所以不要糟蹋它。心智能力里有一个很重要的部分，就是理性。理性判断事务、理性思考问题、理性处理感情，千万不要让喜怒哀乐等情绪轻易地泯灭你的理性，轻易地让你的辨别是非的能力打一个折扣，轻易地利令智昏、欲令智昏、权令智昏，就是权、利、欲，使得你的智能不再发挥，因此，珍惜你心智的能力也是生活意义中很重要的一部分。

每个个人还有灵性的生命，我们刚才讲了身体，讲了心智，第三部分是灵性。所有的动物中能够哭笑的并不多，大概就是人类与一两种大的猿类，这一两种大的猿类，它们的哭和笑的差别，不像人类这么细致，它们大概就只有很少数的几种感情。人的灵性是人能够欣赏事物，有体会一些情绪的能力，但是这一部分能力有许多人不发挥它，不过也有许多人善于培养它。有许多人培养自己的灵性之后却又糟蹋它。最常见的例子是，人们因为追寻那些短暂的东西，譬如说金钱，或是一些短暂的欢愉，而把自己灵台上的光辉给遮蔽了，使它蒙尘。怎么样使自己灵性的生活重新焕发光辉，使得我们可以看见小草上一滴水珠而喜乐，看见一件感动的事情而动心，看见一个小孩子的笑脸我们愿意跟着一起笑，看见一个人在哀痛时我们会同情他。这一种心灵上的和弦，我们要保持它高度的敏感性。生活意义因此很简单，就是怎么样不迷失自己，怎么样使自己一直可以有清澈的观照。所以，归结到自己身上的时候，刚刚说的三种境界都不难达到，都在自己身上不假外求。因此，我今天想要跟大家说的，归结起来不过是天人之际、群己之间、人与人之间的交接。归结到每个人对生命的处理上，使得每一个人重新发现自己，懂得生活的意义不在外面，生活的意义就在你自己这里。因此，发现你自己就是一个生活的意义，如果能这样做，我想许多今天看来觉得是值得关注的事，譬如说能不能到股票市场赚一笔钱，能不能在社会地位上更提高一点，甚至能不能更多享受一点，这些就都成次要的了。你只要拿自己和全世界这些看得见、摸得着的东西来相比，你当然是最重要的。当有全世界而唯独没有你的时候，对你来说，世界还有存在的意义吗？

创造生命的不朽

今天的世界，我们看见太多的人忙忙碌碌地去追寻不属于他的东西，追寻虚假而空幻的东西，尽管他付出的代价比得到的要多得多，但他真正要去珍惜的东西在哪里他却没有看见。有多少人在数钞票的时候会想想，我逝去的日子值不值这些钞票？有些人天天在三点半结账，但是他有没有想想，他是不是因为结账而忘了按时回家，或者曾经答应他太太回家的时间却食言，或答应儿子明天一起去做什么事，儿子却好几天见不到他，这么做值不值得？金钱，来了又没有了，等到这些东西没有了以后，你自己又是什么呢？

开始我讲的是时间的轴，时间的轴有两种：一种是属于有形的，就是年月日，时间跟着一分一秒地过去；另外还有一种时间是属于心里的，人们常常在忙着做许多事情的时候，将心里的那个时间整个丢掉了。所以，人们常常因为忙着做不属于自己的事情，而将生命缩短了。一个本来可以活 80 岁的人，如果因为忙那些事情，缩短到只有 20 年，等于 20 岁就夭折了，非常不值得。因为他没有找到自己，至于说找到自己之后，是不是叫自私呢？并不是的。我已经讲过：找到自己就跟找到全人类一样，因为找到自己的时候，你看到自己是一整个世界，是 55 亿世界人口里面的一分子。你看见的是反求诸己，你看见的是其他同样的人，因为当你珍惜自己的生命，你也会珍惜别人的生命。你往前追寻，追到祖宗，往后伸延到子孙，这是一个漫长的人类生命历程。所以这种情况下，肯定自己并不是自私自大，而是从身边开始渐渐地扩大到整个人类的第一步。张载的《西铭》里面讲道："民吾同胞，物吾与也。"所有的人都是我们的同胞，所有的事物都是我们的朋友。当生命周流于宇宙之间的时候，我们看见"绿满窗前草不除"，因为他珍惜的是生机，他并不是珍惜绿草本身。这个时候，任何个别的东西在他看来都是代表全体，一束小草代表着生命，代表了生机，一个人代表了全体。华严宗里面的映照观念，是说整个宇宙是一个帝释天的网，网上每颗珠子都反映其他的珠子，所以每一颗珠子反射来反射去，最后可以从中观照到自己的影子、自己的形象。就像房子四面都镶了玻璃，你就可以明白最后那一颗珠子本身的形象也可以从别的珠子里面反映出来。所以，发现你自己就是发现全体，发现一根小草就是发现自然。

我今天讲的生活的意义不在别处，人求不朽，不一定要历史学家记下你的功劳，也不一定要哲学家记下你的不朽言论。不朽就在你自己时间的长轴上，你知道生命没有浪费，这就不朽了。浪费生命就是朽坏，你知道自己并没有浪费的时候，你就回到了生命的本体里。这就是生命的经验，但是也可以是很平淡的日常生活，二者是合二而一的。最具神秘色彩的事情,基本都从最平淡的开始。不朽的岁月不过就在你一念之间，做起来也并不难。爱惜自己身体有什么难? 爱惜自己的心智有什么难? 爱惜自己的灵性有什么难? 这都属于你的嘛! 你不必求人。因此，寻找生活的意义不是了不起的大事情，寻找生活的意义只是过一种日子，过一种砍柴提水、淘米煮饭、写字读书的日子。当你明白这日子是有意义的时候，生活本身就不再枯燥，不再平凡，也就跟任何建大功、立大业一样伟大了。

1989 年 7 月 7 日

人生价值的探讨：

不同文化对人类追求人生价值的影响

人类追寻人生意义的经验

一、史前时代对于生命的注意

史前时代的人类以生殖与死亡的礼仪作为探索通天达地的途径，由此发展出许多神话与传说来安顿“人”的地位。

由于史前时代没有文字记载，人类有无产生对人生价值的思考，我们并不知道。若是从他们所遗留下来的一些看得见的证据显示，旧石器时代的人类虽然居无定所，但对死者却也有一定的处理程序。他们对生命终结的躯体有所处理，也就意味着，他们可能认为在躯体以外生命还有一些身外的意义。

到了新石器时代，村落族群已然形成，这时候人类的愿望有二：一是和自然沟通，一是使死者长留。为使死者长留，因而有许多准备工作，例如陪葬的财富以及费心治墓，有“葬”便重视生命，全世界皆然，表示生前与死后是延续的。至于宗教的仪式，大多是为了与上天（自然）沟通，例如高塔建筑即是离天较近。以中国东北的红山文化为例，其庙堂与墓的四周埋有空底陶罐，这是仪式的用途；再如浙江良渚文化出土器物中的玉件，常雕有凤鸟图案，“飞翔”与“高”的概念都是为了与自然沟通。可见古代人类就已开始探寻生死的神秘、生的来源及死亡后生命的延续，也可发现古代人类想要取得通天达地的能力的愿望。

虽然我们不知道史前人类思考的过程，但从传说与神话中确实可以印证，当时的人类已经远远超过吃饱穿暖的生理需求，开始寻求如何做一个人以及人为何是人这样的问题。

二、中国文化圈以外的经验（以两河、埃及、印度文明为例）

（一）两河流域

1．吉尔伽美什的传说，“不朽”的意义

吉尔伽美什的传说是两河文化时期常见的故事，以楔形文字刻在泥板上，存于当时至少十六种不同语言群的文化圈内。这一故事的内容是讲一位国王吉尔伽美什，集智慧、武艺于一身，是独一无二的，但是这位国王却非常寂寞，因为天下没有能够与他平起平坐之人；上天为此降下了一个与他势均力敌的英雄，两人经过一番激烈的打斗仍分不出高下，于是结为兄弟，建立无数功业。但是天降的英雄却生病死了，国王不禁想：

这么伟大的英雄，跟我一起建立无数功业，现在却死了，为什么？“生命在哪里？”国王开始寻求生命与死亡的意义；国王想，为什么不能叫那英雄回来？为什么他离开以后，一切都变得无意义了？当时这位国王已经开始寻找“长生不老”的秘诀了，于是国王找到乌塔纳皮什提，请教他如何才能长生不老。乌塔纳皮什提说他并非长生不老，只是遗忘了过去，如果国王真希望长生不老的话，有一种树叶或许有效。国王摘下树叶，却在回程半途把树叶掉到溪水中。国王遂认为人终不免一死，于是勤行德政，建设城邦，因为这位国王认为长生不老不是遗忘，而是应该留下什么让人民铭记，这就是不朽。

2.“自杀文书”的意义

这本书头尾均已佚失，存留的部分是一段主人与仆人的对话。主人可以说是要什么有什么：佳肴、美酒、女色、财富、权力等，而对主人的要求，仆人也是百依百顺。有一天，主人因为什么都有了而感到无聊，便对仆人表达自己想死的念头。仆人依例表示赞成，主人便要仆人先死，并在死亡的道路上为主人做准备……下文我们不知，但《圣经》的《约伯记》中有相对的故事，为本书小部分的扩大，故事的主人翁最后臣服在上帝的面前。这一故事也表示古人对在世的生命会问：“意义安在？”“活着做什么？”

3.《汉谟拉比法典》与神示

这是目前全世界所能找到的最早的一部成文法典。这部法典以神授为中心，其基本的法条精神为报偿式，也就是人要对自己所做的事负责任。法典指出，人间社会要有一个神给我们的正当秩序，以保障每一个人的权利。两河流域的文化认为，人的社会（而非个人）要有一定的价值追求，如公平、正义，而在这些价值追求背后则隐含每个人应有的尊严，并受到神的保障。

4．善与恶的对抗（琐罗亚斯德与祆教）

琐罗亚斯德（Zoroaster）是古代的一个教主。两河流域文化认为，人的社会有着善与恶的对抗，所谓“善”与“恶”乃是一种代表性的说法。两元观念与两河流域地理环境的对比有关，如淡水与海水的对抗、河流与沙漠的对抗、生与死的对抗。这种“两元对抗”融入他们的思想当中，所以他们的思维方式也是二元化的，对抗与选择，要或不要；人生也是许多的抉择，二者择一。琐罗亚斯德将此种二元思想转化为一种哲学，它在中国史称祆教。

（二）埃　及

1．阿肯那顿的“唯一真神”信仰——生命与众生

埃及阿肯那顿（Akhan Aton）王进行宗教改革，倡导一神论。阿肯那顿从小体弱多病，身体畸形，与其父感情相当不好。或许是为了对抗父亲，阿肯那顿提出一神论，他认为世上只有一位唯一真神，即太阳神，万物的生命皆承受自太阳神，天下众生是平等的，这一观念与所罗门诗歌中的记载相同。但在当时多神论的埃及，阿肯那顿的宗教改革失败了，这种一神信仰的精神由摩西接续下来。

2．犹太教的“唯一真神”——“大离散”及道德的普世化

犹太教“唯一真神”的精神是生命之下众生平等，生命本身是神圣的，每个生命都是可贵的，这种思想进一步影响了基督教的信仰。但是犹太教传布的对象只限犹太族，其“唯一真神”乃是部落神，这与阿肯那顿不同。后来经过犹太三次亡国、两次大离散，犹太教向外扩散，部落神才获得普世神的地位。

3．“人”是神的子民——人必须遵从神的意旨生活

基督教吸收两河文化、犹太教以及古希腊哲学的思想，其中最重要的观念便是人与神的直接联系，人因神恩而存在，因神而具神圣意义，所以人生在世就是神圣的存在。

（三）**印　度**

1．印度河流域（五天竺）的古代文明

从哈拉巴文化的城市规划展现整齐划一的秩序，显见其文明高度的发展。在雅利安人未入侵印度前，印度次大陆的原住民已经有很高的文明，亦即哈拉巴文化。哈拉巴没有文字，但有遗迹，从遗迹中我们得知当时印度已经有四五百个村落，其城市设计、街道规划相当发达，包括公共会所、广场、商业、住宅皆很完善。再从其留下的符号，可分析：其一，当时的印度人对天象、天体、树木的成长（即生命）有一定的注意及追寻；其二，他们想与伟大的超自然力量沟通。

2．印欧语系族群的入侵——征服与阶级化

大约公元前1500年，雅利安人入侵印度，他们征服了印度，

为压制印度人而设立阶级制度。婆罗门教便是严格的阶级化。

3.《吠陀书》《奥义书》—礼仪的文化—婆罗门

印欧民族原是拜火的民族。婆罗门信仰则保留原有信仰，也混合原印度次大陆居民的文化。《吠陀书》《奥义书》中有复杂的仪式，其中记载种种利用药物或其他方式以使人脱离肉体让精神自由。阶级分化后，因婆罗门僧侣依附政治，过于腐败，而有佛陀的出现。

4．小区的本土性——社群与自然环境的亲近

印欧民族征服印度后，城乡发展分离，乡间因食物不成问题，形成自给自足的小区形态，彼此不太往来，社群单纯；同时因生活容易，于是易与自然环境亲近，人与自然融合，所有生物有平等的权利。

5．专业知识分子的冥想——思想的抽象化

婆罗门以及僧侣为专业知识分子，靠社群供养。在无后顾之忧的情形下，这些知识分子能够有余暇思考抽象的问题。他们主张精神本身就是存在，其余都是虚幻。婆罗门、印度教与佛教皆主虚幻，此与两河流域的虚空不同。印度文明所指的虚幻是原本就不存在的“空”。

6．佛陀——苦谛、无常、出世思想、慈悲、觉迷、自我完成与圆足

我们说佛陀有“悲”的精神，为我悲也为人悲。但佛教原求的是“自悟”，经中亚传入中国后，才在自度之外发展出救人为主，“为别人摆脱苦谛”的救赎，而成为“大慈大悲”。现在

在印度本土，佛教已经没落了，它反在中国得以流传。

三、结 语

两河、埃及与印度文化的共同处是都是个人的、一对一的。两河文化讲“人”和“神”，没有小区、没有社会。人从神处得到神圣的存在，就要对神负责，因人有罪（所有不满足、不快乐、没有完成之处便是罪），所以要靠神来救赎，以脱离世态。印度的宗教（婆罗门、印度教、佛教）也是个人的，强调精神的自由、精神的独立；个人的轮回是对单一的个人负责，印度只有转世，没有上代下代（如中国的父债子还）的观念。印度宗教中，婆罗门、印度教重视仪式，佛教则主悟解，后因婆罗门教改革，促使印度教吸收了原为向婆罗门教挑战的佛教精神而成为新印度教。但不管仪式或悟解，印度文化都在寻求精神心灵上的自由。最后，依佛家语，便达到“涅槃”。

中国文化中人生价值的探索

一、商周之际：天命与道德意义

中国人在人生价值的探讨上，于新石器时代即已开端，但真正的突破应属商周之际。商周大战，周以地鄙兵寡的小国战胜国力及文化水平都比自己高出许多的商，这一结果使当时两国的知识分子开始思考。周的知识分子想的是为何小国胜利了；对商而言，知识分子探讨的是为何大邑商败了？后世的文献记录虽以周的立场发论，但商代知识分子亦有参与。周人以为周能取代商乃是“天命”，因为上天是公平的，并不特别偏爱一族（“上天”并非部落神，非单单庇佑一族），所以上天拣选有诚心、有道德的周取代腐败的商。上天决定由周继起担任整顿世界的责任，这便是属于王者的“天命”。天命无常，唯德是依，唯有德者才能承受天命。此一觉醒可算是中国文明的一大突破。

二、孔子时代：仁与人性，天命与禀赋

古人说：“天不生仲尼，万古如长夜。”——孔子的言论蕴含深刻的哲理，千百年来深深地影响着我们。

孔子的学说以“仁”为中心。“仁”的原义是美好的样子，亦为男子的美称，后经孔子赋以新的定义，“仁”便成为人应有的内涵，为人人皆有的高贵品德，并非贵族所独有。孔子说天命即是“性”。命者，令也。天命不是皇族的权力，而是上天给人的命令，也就是使命。孔子认为每个人都有使命，这使命是上天赋予、生而有之的。孔子将王者的天命推及一般人民身上，天命即是人性的一部分。为此，人必须努力从事内心的自我修为，也就是终生求仁。《论语》中，弟子发问的三大项目为问仁、问政与问学，其中“仁”是孔子最为重视的，孔子关心的是人的内涵须与天所给的禀赋（“性”）一致。

三、孟子与墨杨的辩证：个人 vs 社会

孔子之后，墨子对上述偏重个人内心的论点提出反驳。墨子认为人和人相处必须遵循一定的“道理”，也即公义。人间的公义也是天降的，社会中之一员其言行受天降的公义指导。墨子言必称“上帝”，俨然一派教主。

孟子则仍重视人内在的“性”，孟子认为人虽有外在种种不同表现，但其“性”则一也，所以力主“性善”。两人的思想在个人内在省思与社会约制两个方面都有精彩辩论。

四、《礼记·中庸》：天命论与湖北郭店出土文献

《礼记·中庸》篇首段即言：“天命之谓性，率性之谓道，修道之谓教。”简单翻译就是说：天命叫做“性”，顺着性发展叫做“道”，培养前面所谓的“道”就是“教”了。看起来不难明了，其中却有一大问题：何谓“天命之谓性”？最近，在湖北郭店出土的一批楚国文书中正有足以说明之处。竹简上有一句：“性自命出，命自天降。”这八个字正解答了我们的疑惑。“命”是由“天”这个超越人间、超越自然的力量给予人的，“性”是得到使命的“禀赋”。子不语怪力乱神，但儒家的信念仍是从一个神秘的、天赋的力量而来，并归结在人的身上，天与人是有交流的。所谓“天、地、人”三才，人既居其一，人的地位很重要。

这种观念与西方的宗教有很大不同。基督教认为人是神所创造，人是卑微的，在上帝面前人要臣服，人没有使命，只

不过是伊甸园里一只自由而有特权的生物罢了！但中国人不这么认为，孔子说人性是贵重的，每个人有个人特性也有共通性，人必须能自重自尊自贵；人有特殊使命需要执行，如不然，则是糟蹋自己。这种对人的看法，与西亚、南亚有根本上的不同。

五、天人之际的问题：董仲舒与阴阳五行

汉代董仲舒整合先前已有的若干思想，包括儒家、道家以及阴阳五行。

先说阴阳。中国的阴和阳两个力量是相辅相成的，不是对立相克。这与西亚的二元对立（如淡水—咸水、沙漠热风—山涧雨水）不同，中国的阴阳二元互补。阴阳学家的思想应自新石器时代的生殖崇拜而来。如山西陶寺有一巨大的墓葬群遗址，大墓中有阳器出土；这些器物和死人一起埋藏，可见古人认为生与死是延续的，而阳阴两性交合才会产生新的生命。

五行是指金木水火土。一般推测五行乃自青铜器时代才发生的观念，因为铸造青铜的材料须自“土”里开采出矿物（铜矿、锡矿——“金”），以“木”为燃料起“火”，用“火”将矿熔成流体（“水”），因此铸造青铜器要同时用到这五种力量、元素才行，即金木水火土全用上了。而木又自土长成，水亦自土流出。故五行在中国人的观念中是合作的、轮替的，非对立的。

六、大宇宙与小宇宙的感应

孔子不讲阴阳与五行，但阴阳五行学说经过春秋战国的流行，到汉代阴阳五行的观念也被儒家的学者所接受，成为一形而上学的哲学观念。董仲舒整合这几种学派，为中国史上第一次思想的大综合。天地间的大宇宙所形成的系统网络，包括天象、自然等各种力量彼此呼应。这种网络的现象也表现在国家的建构上，政府的各部门既分工也互补；社会也是如此，各种行业、社群互相彼此配合，彼此协调；人身体的各个脏器是大宇宙的反映。董仲舒所谓的天人感应，是大到宇宙、国家、社会，小到身体等重重网络相关重叠以及两元的互补与相联。

这种阴阳五行的观念使中国人对人生的追寻归结到自然秩序上，人生的意义就反映了自然秩序的和谐。对照西亚系统的“对抗”说与南亚系统的“虚幻”论，中国有很大的差异。西亚、南亚的观念彼此不关联，而中国的思想却可以分别联系西亚、南亚这两方，却又有所不同。

七、生命与“道”的密切关系：朱熹的“理”，王阳明的“心”

中国人对人生意义的追寻是落实在人自己身上，是人的责任。因此到了宋明理学时代，宋朝的朱夫子告诉人们这是“理”，是天地间的大道理、大原则，需要人自己寻求与体认。“理”处处可呈现。朱熹的“理”与“心”是分开的、二元的。“理”是客观的存在，“心”是主观的追寻。到了王阳明，两者合为一元，外面的“理”与内部的“心”是同一件事,“理”由“心”来悟解,由心致良知。心性之学,又回到孟子的立论上了。

千百年来的思潮至此不再解释为什么天地间有种种现象,而是直接指出人如何活得像一个人。因为人必须在身、心上体认天道,这是每个人最重大的使命。中国人没有教主,因为每一个人都要对自己负责,每一个人都是自己的教师,自心的解释者。

八、张载《西铭》:民胞物与,生顺殁宁

让我们从张载的《西铭》来综览儒家对宇宙人生的解释。

首句“乾称父,坤称母”点出阴阳二元,这二元是相配的。而渺小的我存在于阴阳之中,所以天地间充塞的便是我的身体,天地间所弥漫的道理就是我的本性。天下的万民都是我的兄弟,天下的万物都是我的朋友,由此形成一个庞大的网络系统,包罗大宇宙与个人相应的关系,人顶天立地于天地之中。

第二段:“大君者,吾父母宗子;其大臣,宗子之家相也。”讲的是国家层次,一国的统治者是代表父母来管家的,而政府里的大臣则是辅佐的人;这“父母”并非指狭义的家庭双亲,而是对应上文的“乾坤”。因之国家也是一个网。接下来“尊高年……皆吾兄弟之颠连而无告者也”则是社会、群我的层次。对年长的尊敬,对孤弱的慈爱;人群中的“圣”者乃因其行为符合最高的道德标准,而“贤”者则是人群中的优秀分子。至于身有残疾乃至鳏寡者,都是我受难无助的手足。

从宇宙、国家到社会这三层网络都是由“我”来统合的。

“于时保之，子之翼也。”讲的是按照时间进展而有春生、夏长、秋收、冬藏，以及生、老、病、死等自然现象，我们要帮助这些人走过去。“乐且不忧，纯乎孝者也。”是说那些尽孝者可以一直快乐而不感忧虑。这里的“孝”亦非仅指对父母，而是要扩而大之，不拘一家之中。若有违背就是不道德，害了仁心就是“贼”，帮助坏人叫“不才”，而能实践的人就可称为“肖子”。

“知化则善述其事”，知道什么是变化，并善于体认它；“穷神则善继其志”，找到问题的精神所在与主要脉络，就是能延续生命的人。“不愧屋漏为无忝”，是说面对屋内通天达地的空间（天光之处）不觉惭愧；“存心养性为匪懈”，言人对天赋予之性要培育增长不能懈怠。接着，作者举出崇伯子、颍考叔、舜、申生以及曾参、伯奇几位古代知名孝子的事迹，阐述尽孝不仅是对亲生父母的责任——包括不享乐、作育英才、不懈怠、恭顺并且爱惜自己等种种方式——更可扩大为对宇宙、自然秩序的责任。

“富贵福泽，将厚吾之生也。”人对天赐的富贵福泽不可轻忽，必须培植、增长，使其更为厚实；“贫贱忧戚，庸玉女于成也”的“女”是“汝”，也就是“你”的意思，这句是说过着贫穷卑贱烦恼生活的人不可丧志，这是上帝要成全你、考验你，如治玉石般琢磨你这块璞玉，终使你发出光泽。“存，吾顺事；没，吾宁也。”活着是自然的，离开人世，是回去休息；

活着要完成使命，使命既到了尽头，我可以说我活着的时候已经尽了力。

这篇文章可以说是总结儒家的人生价值。

九、慎独与处世

慎独：上不愧于天，下不愧于人，内不愧于心——为人要有慎独的功夫，不在乎人群当中的声誉、掌声。重要的是当你独处的时候，面对镜中自己的时候，要对得起自己，对得起“天”。“对得起”并不是做够了，而是没有做错；无心之错尚可，但存心之错则不应当。

处世：达则兼善天下，穷则独善其身——当自己有能力达成时，也要帮助别人做到，这种愿心是一辈子的。所以“达”是机会（如：为官者，有机会造福社会大众；为师者，有机会开导学生；为人父母者，有机会教育子女……）。而“穷”则是没有机会的时候，做不到、不能“达人”的时候，至少独善其身。

十、结　语

人生的意义归结而言，一在成全自己，二在成全别人。人不管是身为个人或为全体人类中的一员，都有机会、有能力充分发挥自己得到的天命与禀赋（也就是性）。主人就是你自己的心。

我们要追求的人生意义

一、现代人面临的困境

1．市场经济的世俗化社会驱走了价值观的神圣性

所谓“市场经济”要追溯到资本主义萌芽的时代。16世纪初，欧洲的商业化便已相当显著，也因为商业化才有了资本主义以及后来欧洲各国向世界各地的开拓。中世纪天主教会长期统治欧洲，但始终有一股世俗的力量不愿向教会低头，这一世俗力量存在于城市、工商业社会以及当时的教育机构（现在大学的前身），形成世俗对抗神圣的斗争。当资本主义兴起，世俗化的工商业社会便压倒神圣性的社会，造成近代价值观显著的转变。在中国，儒家并非宗教，且相当入世。但入世之中对特定价值观的尊敬仍视同神圣，虽然在中国无神圣与世俗对立的情形，但当近代欧洲文化（特别是西方教育思想）传入后，中国文化也同样面对这股世俗化的强势力量而产生重大的改变。这一世俗文化能摧毁教会的神圣性，亦能摧毁世界各地原有文化的神圣性。

尤其近代结合工业与科技的发展，“过更舒适的生活”成为人们的一大诱惑，重视物质生活与享受、一切向“钱”看的资本主义也就弥漫全球，赚钱的动机举世皆然。然而欧洲在资本主义初期，赚钱的动机与宗教的神圣性仍有相当密切的关系。如加尔文教派信仰者，为证明自己是被上帝挑选之人，故在现世生活中必须有所表现，赚钱只是为了表示自己能够成

功；加尔文教派信仰者大多勤奋简朴，且其所得均能回馈社会。简言之，市场经济带来的世俗化使人类原本舍命防卫的价值观失去意义，“神圣”也就为“现实”所取代了。

2．都市化带来了小区的离散与个人的失落

“都市”自古即有（如雅典、罗马等大城），然而古今都市最大的差别在于现代都市的流动性很强。以中国汉唐时期的长安为例，都市依街道隔成方块的单位（现在仍可自日本地址上的“町”“丁目”等名称一窥当年唐朝城市规划的形貌），人的居住区域与职业密切相关，而且非常固定，流动性不大，这个现象在东西方大城皆然。

到了中世纪，都市人口的流动性便显著增加，至近代愈甚。18 世纪资本主义高涨，连职业也不再固定，工业生产的机械化使货品与财富均快速流动，而人口也随着公司行号的设立与工厂的兴衰移入又移出。居处不固定的结果，造成现今公寓中的邻居彼此不相识；而都会交通运输的大量吞吐，人群拥挤且陌生，形成社会学家口中的“寂寞的人群”。小区结构离散，缺乏嘘寒问暖、守望相助的社区精神，人也失去心灵上的依归。由于个人的失落，也就不再问：“究竟为什么过日子？”“我过的是什么样的日子？”只晓得朝九晚五、上班下班；一旦空闲了、病了、老了的时候，人际疏离与价值观失落的问题也就跟着产生了，这就是现代都市人的通病。

3．科技文明压缩了宗教信仰

这里所说的“科学主义”是科技文明当中的一种现象，而非科技文明本身。“科学主义”乃指对科学近乎盲目的信仰，以为科学绝对可靠、前途无量，科学代表无穷的进步，不容怀疑且可解决一切问题。此困境的发生可溯及法国启蒙运动开展，亦即近代科学起步之时（如：巴斯德对细菌的研究、太阳系理论代替地球中心的宇宙观）。这种科学主义的思潮认为人类的知识是确定、不变的，因而开始编纂百科全书以为后世指南，又称为百科全书运动。这种观念随着西方的扩张，推及全世界（如我国五四运动中高举“德先生”与“赛先生”，其中的“赛先生”指的便是科学）。

事实上，真正的科学家是不会压制宗教的，如牛顿便有深厚的宗教情怀，爱因斯坦亦始终对自然存有崇敬之心。但是一般迷信科学的人却排除宗教。我们不否认有些宗教确实带有迷信，但宗教不等于迷信，迷信也不等于宗教。然而在五四运动提倡的破除迷信，却将宗教与迷信画上等号，此一误解影响至今。这股科学主义压制宗教的力量可谓十分强大。

4. 世界化的文化多元性排挤了过去单一文化体系中“视之为理所当然”的坚信

过去的人是生在、长在、老在、死在一个小区里、一个文化体系里，因此所接受的是单一的信念，不会产生怀疑。但是当两种文化体系的人开始接触之后，冲突矛盾也随之产生。尤其是第二次世界大战之后，各种文化的交流更是频繁。现在的人在多元文化的影响之下，不再相信母亲告诉自己的格言或信念，对本身所处文化体系的价值观也就产生许多的质疑。

二、我们必须面对的课题

1．天人之际：我们与宇宙秩序之间的调适

由于科学主义盛行，人类总以为自己对宇宙足够了解，不再有过去“举头三尺有神明”的敬畏，也不再被自然感动。人类开始损害环境，对上天的赐予不断侵夺、藐视并且滥用，甚至用生物学的知识侵犯生命的神圣，只为了满足自身的享受。对此，我们应如何调适？资源有限，若不调适，终有穷尽之日。

2．人我之际：个人的自由与群体规范的共存

由于每个人都身处孤独的人群之中，因而没有感觉到自己对他人的责任，只想到自己生长的空间；希望自由，却没有思考到自由背后的责任问题。因此需要寻找一个规范，使人我都能得到适当的调节。

3．快乐的定义

快乐是相对性的。现在的人常常不知道什么是快乐。以我个人为例，当年抗日战争时期，粮食不足，所以只要有一天日本的轰炸机不飞或是有顿饭可以吃，就已经很快乐了。今天的人因为要什么有什么，反而要问：快乐在哪里？就像一个新的计算机游戏软件，寿命只有45天，快乐似乎也是稍纵即逝。物质欲望满足的同时，精神欲望却常被忽略，人也就不知快乐何在。

4．有没有“进步”

当达尔文的进化论变成一种所谓的社会进化论后，人们相信人类社会与文明一定会进步。但是从前面所提的困境以

及所要面临的课题中，我们不知道人类这一路走来究竟是走向好还是走向坏。我们迅速地“动”却不知动的方向，进步的意义丧失了，所以现在要重新构建我们的方向以及快乐的意义。

上面四项可说是人人皆有、很迫切的课题，也是整顿自己的思想、寻求安身立命之时所必须要问的问题。

三、我们可以发展的观念

1．套叠的多种网络系统：天人、人我之间的互相依存

我们要理解人与大自然以及大自然和宇宙实际上是息息相关的网络。人体内的各个器官、组织等连成一个小网，彼此勾连；这个小网是完足的，但是内部的各个部分是互相依赖的。扩而大之，人与自然也是互相依赖的。没有自然环境的资源，人无法生存；同样的，没有人，四周环境的存在也失去意义。延伸至太阳系乃至宇宙，都是如此层层叠叠的网络。正如混沌理论中提到，在巴西雨林中的蝴蝶一拍动翅膀，即可影响远在太平洋彼岸台风的形成。又如人类发明 DDT 以灭蚊，连带伤害了其他昆虫，导致鸟类缺乏食物来源，影响了整个食物链结构与生态系统。因此人和周围的社会、自然环境甚至宇宙系统都是息息相关、密不可分的。明白这种天人、人我之间层叠依存的观念之后，人也就不再感到孤独了。

2．重新检视“科学主义”以及科学的客观性，正视主观，正视“心灵”

所谓重新检视，就是还给科学家所理解的科学原貌，而

非一般印象中的“赛先生”。在《纽约时报》科学专栏里有一篇讨论“大爆炸”的文章。“大爆炸”理论说明宇宙原是由一肉眼所看不见的、极为微小的质点爆炸扩散所形成（目前这种扩散依然在高速持续进行中），此说为现今多数天文物理学家所接受。文章中指出：大爆炸出现后，宇宙沿着爆炸的向量不断地向外扩张，其扩散呈现一定的模式；爆炸之后，“能”与“质”是不断互相转换的。根据上述两点，似乎证明宇宙的发展都是可知且可测的。但是本文作者提出一项更根本的问题：这些可知可测的模式是如何决定的？如果是人类想出来的，那么是否表示人类的思想早于大爆炸之前即已存在？这个问题其实可以回到中国老子《道德经》中所说的：在先天之前有“道”；“有”之前为“无”，“无”之前则有“道”。可见一位真正优秀的科学家在探讨问题时都会遇到哲学问题，而这也是所有宗教信仰的出发点。通过这种哲学思考，人们会发现自己并没有那么多的自信，也就不再粗暴、轻蔑，面对自然与宇宙时也会谦卑得多。

3．动静之间：进取 vs 宁静

在快速进展的社会中，人们几乎找不到时间定下心来，或是回头看看，想想自己是不是应该为这个世界，为四周环境也为自我找份安宁。这与上面的两个问题都是我们可以做却不去做的。

四、现代人可以构建的行为趋向

1. 发展潜力，成全自己，也成全别人：己欲立而立人，己欲达而达人

成全自己包括不毁损自己，并将禀赋的力量发挥到极致，同时还能去成全别人。而成全别人则是佛教所说的“度人”、基督教里的“爱人”，也是儒家的“己欲立而立人，己欲达而达人”的推己及人的道理。

2. 重建人群的互动，使个人不再是 lonely crowd 中疏离的孤独者

如果能做到第一点，那么这一项就很容易达成。也就是人与人之间不再冷漠，人与人相处时彼此多一分尊敬，多管一点闲事，主动多付出一点，自己也就不会感到孤独。

3. 从己所不欲，勿施于人而重建诚信相待的道德元素

这一点是上面两项的基本原则。人与人总有基本的互信，以此推而广之，将心比心，在日常生活中便可以逐步建立诚信相待的相处模式。能做到这三点，我们在人类社会系统中也就不会感到孤独，不再无所依靠，心灵也可以获得安宁。

五、结　语

1. 人在神前的谦卑，可以减少人类的傲慢与妄动

所谓“在神的面前谦卑”指的是人对宇宙、对不可知力量应有的尊敬。跟环境建立亲密的互动，懂得欣赏环境的美，而非仅知攫取与破坏。

2．人与自然的一体，有助于建立和谐的顺天观念

中国人对天的观念本就是“顺天”——顺其自然。而印度教的“天”与“人”本身是不分离的。所以天人的关系应该是和谐的。

3．儒家的人文思想，可以转化为现代的人间伦理

上面我们以《西铭》为代表,《西铭》里的观念,如:乾称父,坤称母……很容易就能转化为现代的人间伦理。

4．福慧双修与生顺殁宁，可以成为人生意义的基础

“福”是“施”“舍”,但“施”并非只是钱财或权力的“施”,其中还有“舍”,“舍”是舍弃自己，不要只把自己摆在中心的位置，要把自己放矮一点，便会发现天地很大、宇宙很大。以“施”与“舍”求得“福”。而“慧”是悟解，去悟解五蕴皆空。若能一步步寻求悟解，我们便能得到生命中的安宁——活着的时候生活顺适，走的时候心境安宁。这种人生的意义便是：人能够在活着的一生中成全自己也成全别人，过着丰丰满满的日子，而不是追逐空虚、无意义的东西。人与四周和谐的互动才是真实快乐的人生——于是，我们忽然发现人类过去曾经有过的经验，其实对今天还有意义。

推动历史的因素

在这里，我想谈“推动历史的因素”，也就是历史中的变量。

首先，我要解释，为何我只讨论变而不讨论常呢?

在我看来，变本身就是一种常态。自从人类有了历史及文化以后，就连续不断地有种种的变化。自有天地以来，宇宙在不断地变化，而在人类历史之中又加入了许多人为的变化，所以历史无时无刻不在变，变化就是一个常态，并不是临时出现的情况。因此，我在此就只讨论变，不讨论常了。

根据我的研究，推动历史的因素，可以区分为独立变量、复合变量、时间变量、文化变量、个人变量等五方面。

独立变量

这是指人力难以影响的变量。它们出现时，会改变人们的行为。我把它依中国习惯分为天、地、人三类。

一、天

天就是气候。早期人类影响自然条件的能力很小，而人类受气候变量影响之处非常多。到了后期，气候对人类仍具有相当大的影响力。但是愈到近代，这种自然条件的影响力可能就愈小了。举一例说：人类主要的文化类型大都在温带展开，就说明温带的气候条件适合一定的生活及生产方式。

人们用各种科学方法研究，发现了没有留下明确历史记录的一次全球性的气候大变化。那是从树木年轮的变化，从冰岛冰层中保留的天然物质中所了解到的气候变化。结合中国东汉至南北朝的典籍中见到的寒冷记录，我们看到那次寒冷天候对人类生活的影响，是欧亚大陆的北部草原民族，在寒冷的压力下都向南移动，这对世界历史来说是很大的变量。

二、地

地，就是山川河岳。地区的物质条件不是人力所能控驭的。然而近代人已渐能影响地理，但在早期却都是地理影响人类。像两河流域与尼罗河、印度河流域各地之古文明和中国古文明都受到各自地理条件的影响，这决定了文明发展的方向。

地理环境不仅能决定古文明的发展方向，也能影响该文明后期的发展。中国黄河的南北两次改道对华北平原人文地理景观的影响，就是一个明显的例子。

直到近代，人类才能对自然条件稍加改变，但结果并不理想。我们得到的是对自身生态环境的破坏。看看我们的台湾，由青山绿水的美丽岛屿到今天一塌糊涂的模样，就是一个人、地交错影响的不幸后果。

三、人

人，就是人口。为何不说人，一定要说人口呢？因为人的行为大多是能够控制的，但人口在人类早期的历史中，却不是能控制的。像生育率、死亡率，在早期卫生状况不好的情形下，是很难控制的。其他像自然条件、疾病等都是；尤其是大规模的传染病，对人口造成巨大的影响，往往对各种文明形成巨大的推力或拉力。

如欧洲的黑死病，使欧洲人口减少了至少三分之一，造成欧洲整个资源的重新分配和劳力的缺乏。此外，中国三国时期前后，华北人口的减少，我认为除了前面说过的气候变化的原因之外，当时另一原因，可能是瘟疫。瘟疫使人口减少，产生了一些生存空隙，有了吸引北方和西北方胡族的作用，才促进了当时华北人口的大移动。

新大陆方面，由于西班牙人把天花传染给没有天花抗体的印第安人，使印第安人的人口减少一半以上，这也造成了新大陆人口结构极大的改变。这些都是古代历史中难以抗拒的人口变动因素。

复合变量

这是包括经济、社会、思想三个项目的变量，它们几乎同等重要，而且相互影响。称为复合变量是因为在它们之间很难理清楚哪个条件先来哪个后到，哪个是初生条件哪个是衍生条件。因此我称之为复合变量。

尽管唯物史观的史学家往往将经济因素列为最重要的主变量，事实上，历史上许多变动却常常是其他条件构成主变量，经济因素反而是跟着其他条件在转的。有时是两个因素互依互扶，谁也不能作为主变量，甚或三个因素互动，同样谁也不能作为主变量。

在韦伯的有关社会经济史的经典著作《新教伦理与资本主义精神》一书中，我们就可明确见到思想和经济条件之间的复杂而相互影响的方式。

至于社会因素与经济因素，它们相互依扶的关系更深。经济因素中的生产关系常常直接和社会结构密切相关。倒过来，社会结构中权力的分配、地位的高下、社会阶级的波动、社会成员的上下流动，也都和经济因素息息相关。另一方面，有人在思想上（包括哲学与宗教）对这些变动加以肯定、解释，这样的解释又可引发一些其他社会状态，从而构成新的社会与经济条件。

几千年来，这三个复合条件对人类历史的影响程度，比起前述三项独立变量，已有愈来愈大的倾向。

换言之，人类的影响力甚至可以改变独立变量本身。譬如，今天外面热得很，但在屋内相当凉爽，就是今天人力改变了这个自然因素，所以“复合变量”正是我们学历史的人应该要处理的内容。

几乎所有读历史的人，在做深度研究的时候，都是从这三方面努力去分析与综合的。对于这三个因素而言，整个人类历史都是例证，我们很难像讨论第一类别时举些清清楚楚的实例，以确定它们三者在历史中各自固定的地位。

思想、经济、社会的循环

以孙中山先生推动而建立中华民国的历史来看：当时整个中国的经济环境固然已有许多改变，但要造成辛亥革命，其条件是不够的，必须要有一大群革命先进分子，在国外学了先进思想回来分析中国社会，认定中国社会已到了非改不可的地步，他们的思想才在中国的社会中推动了这次革命运动，才把几千年的帝制整个推翻，建立了一个新的共和制度。通过这场运动来对比社会、经济、思想三因素，思想因素就最为重要。

至于从经济因素造成社会改变上着眼，新的工业产品由外国输入，新的贸易关系将中国经济纳入世界经济中，造成中国本身经济体系的崩解；经济因素在同步现象上也许晚于思想因素的出现，可是它的影响比思想因素更为庞大。

在社会因素上，中华民国建立并未造成中国大陆社会的明显改变。但是整个经济结构改变的结果却带来了社会内容的变动。这种改变过程，在民国初年及三十年代的小说，如《家》《春秋》《蚀》《子夜》里都可以看见。

类似这种思想、经济、社会各因素的循环作用，不断地在我们四周发生着。我们也天天面临社会上种种变化的冲击，人们也要求种种新的改革以适应新的环境。人们要求改革，往往又是以提出思想上、意见上的需求来推动改革的实现。因此，复合变量实际上是人类历史上被研究最多的项目，几乎可以说是历史记载的最主要的内容。

时间变量

时间变量是一般人不太注意的。但我认为很重要，甚至把它算成独立变量。我不把它放在第一类中，是因为这个变量很难仔细界定它的性质。因此很多人，甚至学历史的同人，都不太注意这一类变量的作用，时间变量的现象是衰退和消耗。

一、衰退与消耗

同样的东西和同样的制度，经过时间检验之后，本来的结构不变，成分不变，但是它可能消耗、衰退到跟原来功能完全相反的状态。

就像前一阵子，世界到处是空难的消息；飞机没坏，驾驶员也很好，原因是金属疲劳，受不了扭曲、伸张和收缩，就发生了空难事件。这种疲劳现象在历史上也是常见的。所以，一般人常把朝代兴亡归之于个人因素，归之于气运。

我却以为这是一疲劳的现象，是时间带来的消耗和衰退，所以尽管朝代制度如旧，结构如旧，但总是有前面行后面不行的现象。

最近去听证，见到若干前辈，当年我在台大念书时他们都是意气风发，所议论的也很叫人佩服。但今天他们只是坐在那里而已。我很同情他们，也很难过。这就是结构本身衰竭的现象。

二、同步现象

同步现象是指一种干扰现象。就以美国赛车为例，美国的赛车场不像国内飙车跑的是直路，他们跑的是圆圈，绕着弯转跑着，有的快，有的慢，有的已经跑第二圈了，有的还在跑第一圈，旁观者这时也许以为第一圈的慢车领先于第二圈的快车。而第一圈的慢车和第二圈的快车之间，常有不小心就撞上了的情形，这是同步的干扰现象。

在历史上，由于各种不同因素演变的速度不一，结果产生了前后相互干扰和刺激的现象。这种同步现象在历史研究中也很少有人注意，往往人们在分析时只注意个别的因素，没有想到变量和变量之间可能会相互干扰。本来是相辅相成的两个变量，到了一定时序之后成了互相干扰、抵销的因素。

三、初生与衍生现象

初生是指类似发明的现象，是第一次出现的新事物。衍生是指类似发明家发明以后，继起者的模仿或修改。发明和模仿看起来相似，其实两者难易度差别很大。假如不加细分，许多史学分析者在讨论时往往会误会。

最近我们常听到一种讨论，把东亚国家工业发展及企业化的进展归因于东方儒家精神，显然这是仿照了韦伯所说的新教伦理与西欧资本主义兴起的模式。但他们在分析、比较这个现象时，很少有人注意到西欧资本主义的出现是个初生现象，而其他地区的资本主义现象是衍生现象。

换言之，前面有个样子让你学，或者前面的现象拉着你必须出现相同的情况，这跟从前资本主义基盘上成长出来的资本主义所需要的条件迥然不同，是不可以混淆研究的。

同样的情形，如国家的起源。第一个国家跟第二个国家内容不同，第一个国家的起源有它的条件，第二个国家是对应于第一个国家起来之后而产生的条件反应、回响与模仿。这种初生、衍生的现象，在人类整个文化史上经常发生。我们做研究时，经常忽略了它们之间的差异。这是应该注意区别的。

文化变量

文化变量与复合变量的差异在哪里？我把它孤立出来，是因为世界不同的文化之间，经常有交流、接触与对抗。把它孤立出是为了以说明它不是内在的改变，而是外在的其他文化对它造成了影响，使其本身产生了相对的适应能力。

一、文化扩张

这是文化之间相互影响的作用。当一种很重要的文化作为初生事物时，就可以对其他文化造成影响。两种不同文化接触时，相互的交流也会造成彼此质的改变。这都是人类历史上经常发生的。并且，今天我们生活中许多必需的事物，例如今天我们现场使用的麦克风、电灯、空调等，都是这个作用的结果。

二、文化抵拒

这是指外来文化进入另一种文化，等于一种病原体或是一种生物体进入另一生物体之内，必定会产生抗拒或排斥的现象。这种现象,往往会成为一种动力。这种动力可以是正面的，也可以是负面的。大致上是差异越大，抵拒性就越强，但所造成的适应也往往最具有创造性。

著名科学史家库恩先生在讨论科学革命的结构时，指出两种不同的科学文化相接触时，若内容差距甚大，意识性差距甚大，所造成的新挑战就比两种文化内容相近所造成的刺激要大。以中国近代史为例，义和团就是两种文化抗拒中一个负面的例子，但它后来的发展有了一个由负性抗拒产生的反省，经反省而纠正自身文化内容的成果。这是文化抗拒中常有的现象，因此，我们值得指出，文化抗拒是一种动力，是一种能推动历史的力量。

三、文化的同质与异质

这是指文化内部是否具有差异性，在具有区域性、阶级性、时代性等差异性的异质文化中，较能产生多彩多姿的活力激荡。它比缺乏这种差异性的同质文化会有更强大的活力。

根据最近考古学家的研究，在印度河流域曾经存在的哈拉巴文化，就是一个同构型很强的文化，它们的大遗址、小遗址基本上完全一样，不论遗址布置，还是内部结构几乎都是一个格式，它们似乎是只学到了一套完美的本事，却经不起新的考验、新的挑战，所以走上了毁灭的命运。

换言之，内部异质性的存在，容许内部互相挑战，它们互相激荡，能使文化保持长久的活力。而一个号令、一个动作的同构型，如果同构程度太高的话，就不易应付来自内在与外在的挑战。

当然，异质的内容可以多种多样的方式存在，并非一定要相互打架、斗争的。

个人变量

一段时间以来，强人政治成为人们的话题，这是突出个人因素的明显例子。当我们讨论历史上的创业英雄或某一个朝代的主要人物时，很容易强调这些特殊人物对历史的推动力。可是我们应该从更完整的观点上来看这个问题。个人变量可分为英雄与时势、文化与行为两方面来把握。

一、英雄与时势

我们应把个人英雄看成：有些人物在特定的地位、特定的情势上，恰好赶上了那个关键点，犹如一个棋子在一个特定的位置就可以产生特别的作用。

但是，为什么有这个英雄、有这个观念、有这个意向、有这个行为？这是受到时势的影响。换言之，没有需要英雄的时代，英雄的出现是一种捣乱。像今天的台湾，所期盼的就是开始一个平凡人的时代，台湾不再需要英雄出现。这是时势不同所造成的观念不同。

二、文化与行为

这是从文化作为一种行为模式的认知来说的。一方面，如你、我、他，我们这许多的单一个人，虽然我们以为我们的行为完全出于自己的意愿，实际上在我们的行为里，有很大的成分是来自我们所受的教育、社会的信条以及我们的理想。当中往往包括了我们的家庭环境，我们与父母兄弟姊妹之间的关系以及不同的影响，由此才总结成为我们自身。

另一方面，个人对四周也放射了他的影响力，四周人也同样地放射出自己的影响力，投射在这个人身上使他产生这样或那样的行为。也就是说，每个人都脱不开环境和文化的影响，倒过来说，这个人也对自己的文化、自己的环境产生一定的影响力。

个人的变量之所以能成为推动历史的因素，是因为它在集体性的文化和环境影响下，把不特定的个人因素集合在一起，这确能改变整个历史的方向。

未来世界与儒家

讨论儒家的未来价值，不应当只从其历史的功过着眼，而应当从对于未来世界，儒家思想有无可以相配合的地方来考虑。若未来的世界中儒家并无所用，则今日并不再需要讨论儒家能否复兴；反之，若是儒家可以在未来的世界发挥若干作用，则今日也不必将儒家埋葬。

今日的世界已开了全球性文化的端倪。几种主要的文化体系正在互相融合，凝铸成一个共同的人类文化体系。这一个新的体系中，至今仍以希伯来—希腊—基督教体系为主要成分。

缺少目的性的关怀

今日人类文化所表现的特色，一是心智活动以科技为主，二是经济生活以工业生产为主，三是社会一方面趋于高度的组织化，另一方面却趋于高度的个人化。

这三个层面，都强烈呈显工具性及手段性的理性，而缺少目的性的关怀。如此发展的方向，倒也不能全归之于希伯来—希腊—基督教体系的毛病。这一体系其实也曾有过目的性的关怀，但在这一系统的宗教成分萎缩之后，其目的性的关怀也随之消失。

儒家思想在目的性关怀方面，有其独特的价值。儒家以成全“仁”为其终极的目的。“仁”的涵义即是人性。能够完成“人”的意义，人就不再只是浑浑噩噩地为了活下去而活下去。这一目标如能做到，则人将不是单纯的生物体，而是文化的本体了。人有了方向，人的决定始有其本末，则今日唯以手段与工具为念的现象自可得以更正。

兹以前述思想、经济与社会三方面，讨论儒家是否可以与未来人类文化相互补足。思想方面，未来的人类共同文化中，科学及由科学衍生的技术当是心智活动的主要场合。

在基督教教会力量强大时，欧洲的科学思想囿于神学，其发展并不健全。近世以来，科学的追寻却以浮士德精神为支撑，为了知识而寻求知识。这一种求知的热诚原是人类心智活动中可贵的一部分，只是在科学知识与发展技术的需求相结合以后，求知的动机遂不是十分单纯了。

然而，科技的发展仍可从目的性的关怀中求取肯定。欧美近世科技发展突飞猛进，唯寻找其依归，则人文本身应是目的。

儒家将人的位置放在天人之中，人既是自然的一部分，而宇宙的意义又不能摒弃人生。民胞物与，父天母地，即为人与自然之间建立契合的津梁。是以自然与人，无内也无外，由人的同情角度体念，则阳春白雪，大地呼吸，鱼跃鸢飞，绿满窗前，无处不是生机洋溢。生机，其实即由人性观照而来。

未来人类文化中，科技毋宁是主要环节之一，科技与人生意义不应当是分离的两橛。基督教文化、伊斯兰教文化及印度文化中，神的位置太高，人的位置太低。在这一点上，都不若儒家人文精神有统摄人生与科技的可能。

儒家的中和态度

未来人类共同文化中，工业生产也是一个重要的环节。工业革命肇始西欧，至今则全球均在工业化的过程中。普遍工业化的后果是，人类战天斗地，夺取各种能源与资源，制成各种产品。总体而言，人类的生活水平达到空前的方便与舒适。但从地球整个资源而言，则开采与使用愈为迅速，其消耗也愈为加速进行。今日各处都发出保护环境的呼声，资源消竭是人们心中极大的隐忧。

基督教文化与伊斯兰教文化均有强烈的战斗精神，转化于生产中，即为加速度地消耗资源。而印度文化恬退而亲自然，其利用资源的态度又过分刻苦，成为另一种极端。

儒家对生产的态度稍近中道，利用厚生，而不愿竭泽而渔。

数罟不入洿池，斧斤以时入山林，都是有节制地利用资源。牛山濯濯的警惕，不仅在自然，也在人性。这一种中和的态度，或可推而广之，以针砭今日工业生产迅速发展的弊病。

今日人类社会大致有重视群体及重视个体两大选择。一方面，国家主义以全体的利益为号召，个人不过是全体之中的一个小部分。于是种种集体主义者，往往要求个体为群体而牺牲，个体遂无从有做“人”的权利。其后果是已在希特勒的德国等地出现了弁髦人权、抹杀人性的人间地狱。

甚至以个人主义为主导的当今美国社会，国家及大企业也都在加强其组织化，于是个人虽有自由，而不能够在各种强大组织下发挥其选择的自主权。公众传播工具如水流泻地，无孔不入，个人能否自由地形成独立意见，也大有疑问。

另一方面，为了抗拒各种群体与组织的压力，美国及西欧都有不少有心人坚持个人的权利，甚至为任何行为辩护，以为社会不应侵犯个人的自主权。于是矫枉过正，行为不复有规范，风俗不必为准则。

同时，在国家与大企业之外，过去的邻里乡党、小区团体等都因为城市化及社会流动性增强，而逐渐丧失其中介团体的作用。不再有中介团体起强大组织与个体之间的缓冲作用，不再有中介团体发挥凝聚散乱个体，传递温暖的功能，个人遂不得不成为孤寂的一分子，处处都是人，却人人不关心他人。

群体化与个性化

今日世界各处社会，大抵都已卷入群体化与个性化两极撕裂的过程中。未来的世纪，上述发展趋势，一时未必有自我矫正的机缘。为给未来人类的共同文化开创一个新局面，今天就需有人思考如何重整群体与个体的关系。

基督教文化本有强烈的个人主义文化基因，然而工业化社会的演变，却又加上了群体化的成分。印度文化重个人，伊斯兰教文化重教团，各趋一个极端。马克思主义则无疑选择了集体主义。瞻望前景，未来人类文化或可由儒家文化寻取智慧的泉源，重新调和群体与个体之间的撕裂关系。

儒家文化的理想社会是，由个人到天下，原是一级一级地扩大，一级一级地升高。个人并不因为是群体的一部分，而丧失了个体的自我。

是以，中国历史上的“国家”，其性质迥异于今日的“主权国家”，许多大型群体的功能，分别由各级的群体承担了。个人遂不致有在庞大群体内丧失自我的危机。也许，类如儒家的理想也可在未来人类共同文化中出现，使个人与全体人类之间有一系列的中介团体，既是为保障个人的缓冲，又是个人参与群体的孔道。

未来的人类社会必当趋向大同。自从第一次大战后的国联，以至今日的联合国，世界性的团体仍未达成熟的境地。今日世界的经济组织错综复杂，再难切割为一个一个的自足单位。世界将定于一，已是无可置疑的趋向。乌乎定？则是大家都该思考的严肃课题。

在人类历史上，中国发展为统一普世国家的时间最早，内部的稳定性也胜于欧洲、印度、中东的各大普世国家。中国的历史有过美好的时候，也有过痛苦的时候。不论美好，抑是痛苦，中国建立普世国家及维系相应文化体系的经验，颇可为缔造未来人类文化作借镜。中国的经验其实已浓缩为儒家文化。从这一角度着眼，儒家文化应当是未来人类文化中一个重要的成分。

缔造一个属于“人”的世界

儒家在中国行之已久，其成绩也不能算十分令人满意。然而，以中国社会的总成绩言，自从西汉以来，两千余年，中国人遭受的内外战乱虽多，似乎仍比其他文化在同样两千余年中少受一些部落战争、贵族族际战争甚至宗教战争等种种苦难。

中国人遭逢灾荒，饥饿之苦也时时有之，但在大一统普世国家的结构下，移民就谷或移粮发赈，无疑常常可相对地减轻饥饿之苦。中国的精细耕作，早就形成其优良传统，地方不竭而产量颇高。

一般言之，由西汉到宋代，每一个人平均可摊到的食粮，长期保持上升曲线；中国成为饥饿之国是在 18 世纪以后。而 20 世纪的苦难，则是人谋不臧之故。凡此表现，表示了儒家的中国仍有其差强人意的成就。

更重要的一点，人类的理想与现实之间必然会有差距。立义过高,未必都能实现,儒家在中国历史上也不能例外。然而,人类终须设定自身的奋斗目标，则取法乎上，或能期及其中。

儒家的理想，是在人间缔造一个属于“人”的社会，给个人以发展的机会，使个人的善累积为群体的善。人不必祈求神的国度在地上出现，人只是尽力成全人而自强不息。

未来的世界,诸种排他性的宗教必须学会共存。相对而言,信仰多元化之后，无论哪一种宗教，其说服力都会相对削弱。儒家是世界几个大文化传统中排他性最小、开放性最强的文化。儒家，加上早已与之相融的古代道家及大乘佛教，或能在众神颉颃的局面下，成为大家都能接受的共同家园。如此,儒家精神的转化应当不只是为了满足全世界中华后裔的精神需要而已。

附录

倚杖听江声·自序

夜饮东坡醒复醉，归来仿佛三更。
家童鼻息已雷鸣。敲门都不应，倚杖听江声。
长恨此身非我有，何时忘却营营。
夜阑风静縠纹平。小舟从此逝，江海寄余生。

——苏轼《临江仙》

“逝者如斯夫，不舍昼夜”，这是孔子在川上的感慨，感慨的对象，既是流水，也是一去不复返的时间。少年时，流徙江干，也曾多次溯江而上，顺流而下，见过漫天洪水的汹涌，也见过静静的平川缓流。风涛起时，江声浩荡；波平浪静时，又似是远处的呜咽。江流不断，江声也从未停息。坡翁《临江仙》，是他贬居黄州时的名作，“倚杖听江声”一语，当是身经世变之后，借流水发抒感慨，道尽了世事的不断变换。

历史是以时间为轴的学科，在永不止息的时间之流上，史事如一波又一波的流水，切不断，停不下，永远由来处来，往去处去。洪流奔腾咆哮时，变化剧然地经过眼前，显而易见。风平浪静时，水波似熨过的绸缎；但是江声呜咽，似有若无，识者也能感受到巨大的能量，默默推动大江，一切的变化，也在安静中不断进行。大多数历史学家费力分析巨变与剧变。但是，风涛大起，往往只是累积变化的爆发。观察世变，也当密切注视宁静中的迁移。我的治史角度常注意长程的变化，正是为了把捉变化的脉息。

历史工作者，不仅应当投身专题的研究以寻索历史变化的轨迹，也应当将找到的雪泥鸿爪呈显于世人之前，使世人共同感受人类的种种经验。中国有丰长的史学传统，以史为鉴，历史是供人参考的。可是，数十年来学术界的风气，重专精的研究却忽略了一般读者的知识渴求。我不辞绵薄，长有介绍知识于一般读者的心愿，将学者们的名山事业带回人间。本番收集的文章，大多不是学术界重视的专题研究，而是转输学术研究成果的通俗治文，甚至只是讲演与谈话的记录。我已退休，愿以余年反馈社会，只盼经手将前贤时彦的研究以及自己一得之愚介绍于一般读者，稍微缩短学术治文与日常知识之间的落差。这一任务，能否称职？但求尽其心力，成败毁誉。知我罪我，已不必萦念。

本书所收，绝大部分是1996年以后的杂著，其中也有较早的旧作,因为曾经转载于1996年以后的刊物,遂也一并收录。谨向曾经刊登诸篇的书刊编者致谢。台湾三民书局刘振强先生及编辑部为了编辑本书，多所费神，谨在此致谢。

许倬云

序于台湾南港

2002年11月20日

江渚候潮汐·自序

江水流动，不舍昼夜，但是江水并无潮汐。潮汐是大海的呼吸，在大江的江口，海潮依旧有涨有落。唐代长江涨沙还不到今天的江口时，广陵还有潮汐；宋元之时，南京石头城下，可闻拍岸春潮。有潮汐处，也就离奔流入海的江口不远了。

中国的历史，犹如长江，几千年来向东奔流，江流万里，有峡，有滩，有支流，有湖泊，有积沙成滩，也有孤峰独矗……到了今天，中国不再是关闭的天下，世界在全球化的过程中势将成为一个整体——人类社会的寄身之星球。中国走向世界，真如江水东流，终于流入汪洋无际的太平洋。20 世纪的后半段，正是将近江口的广陵与石头城，夜深寂寞已能听到声声拍岸的潮音。

这一集中的文章，大多是 20 世纪 80 年代的作品。20 世纪

80 年代时，台湾经济发展已到起飞阶段，经济繁荣，台湾走向现代化社会，一切都令人振奋。这番成就，主要是由于台湾走向世界，跟随着世界经济网络逐渐成形的大潮，台湾乘潮而起，从此台湾快速地发展了信息工业，也利用信息科技开始了自己的 e 时代。这一快速发展的过程，其速度足以令人晕眩！我在这段时期，每年数度往返太平洋两岸，每次回来无不觉察到此间发展动能之巨大，诚为历史所罕见。在这种心情下，我自己的专业研究工作，渐渐走向文化之间的比较，也尝试以脉络与系统的观念治史，凡此都是为了开拓自己的视野，不再受"中国史"的限制，而从世界史的背景返观东亚地区人类社会发展的经验。由 20 世纪 80 年代至今已有二十余年，我深信这一研究工作的方向，带我看到中国历史中许多新鲜的景色。

20 世纪 80 年代的中国内地，在邓小平带领下已逐步走向开放，但在世界大事中，波斯湾的战事使世界全球化的理想因此蒙上了血腥。二十年来，布什父子两代的强横霸道，也毁伤了美国立国的理想。这些事件，是本书许多文章的背景；我不能不好好思索，人类社会中究竟有哪些是亘古常青的普世价值？

世界全球化的潮头，已经涌进了中国历史的长流，无论海峡哪一边，都不可能再自外于世界。二十年前，两岸之间，台湾走向世界的速度与规模，远胜于对岸的大陆。然而，历史的发展，往往是吊诡的！今天的大陆已今非昔比，俨然是世界最大的市场，也是最有潜力的经济体。相比于西方，台湾却因"本土化”的理念，竟有内敛收缩的怯态！

世界的情势呢？今天美国的霸权行为，势将驱迫世界回到三四个强大集团并峙与竞争的局面。人类社会中几个主要文明系统，本来应当和平共存，互补互济，融合为世界共同的人类文明。这一远景，竟因强权斗争而难免延缓其实现的可能。

人类共同的未来，当如大洋的海水，终有迎接各处长江大河入海的一日，那时人类共同文明中将拥有中国的成分。现在，我们还是必须耐心地等候，等候未来的潮汐。

许倬云

2003 年 12 月 12 日

江心现明月·自序

千江有水千江月，月亮只有一个，但是江湖处处可见明月投影。西湖的三潭印月，只因有湖中石塔分隔，湖心宛然有三个月影。湖南武陵附近，有一处河水转弯，在对岸即可见两轮明月，投影同一条清流。

从自己主观的角度看世事，凡是有分隔处，即有不同的理解。这是一月殊相的说法。另一方面，只要眼前有一片水，无论是汪洋大海，抑是小小池塘，人人都能欣赏明月的投影。明月化为千万映象，让人人眼前可以见到清辉。人生也是，命运不齐，殊遇不同，却人人无妨有自己的梦想，憧憬其美景成真的一天。

这一册文集，大多是20世纪60年代与20世纪70年代的作品。那时台湾处于从威权走向开放的半途。长者们有失根的无奈，少年们有压不下的不耐。我自己甫从海外归来，在台湾工作了八年，却又不得不再度远走他乡。自台湾从困境中走向改革，竟翻出另一番境界。我虽然身在海外，还是投身于中兴之鼓吹。那一段岁月，1972 年前是满天阴霾，1972 年以后，居然在大雾中，众人的呐喊汇成轰雷，震出一片光明。那一段日子，今日回顾，还是颇令人兴奋的。20 世纪 60 年代，生活忙乱，一个后生小子，追随几位有学术理想的师长，只想为台湾的学术界创造稍微可以过得去的环境，也想在青年学生中培养一些可以接得了长辈交棒的人材。然而心劳力拙，只落得遍体鳞伤，四面楚歌！自己不量力，甚至还想邀集有志之士，效法英国费边社，同心合力，从社会科学中提炼有利于国计民生的知识贡献于当政者参考。这一尝试却又招来无妄的猜忌！

我逆势作为，盼望在背水一战的困境中，投身于鼓吹台湾民主化的努力。那时候，海内外有同一想法的友人，在报章杂志投稿。紧张时，也曾在一个星期内电话口授三四篇文章。群策群力，众志成城，言论的禁忌被大家合力打开了。政治的禁忌，也随着言禁开放，终于也为各种不同力量的汇合冲决了堤防！

今天回想，那是一段值得忆念的岁月。一个残疾人将青春全部投入，只为了在这巨大志业中加上一份自己的微力。今日已是衰年，如果再有一次年轻的日子，我还是会同样地投身于民主化与自由化的大业；只因为这是任何人类社会应有的制度，也是人人应享的权利。正因为这一理想如此难以实现，正因为多少政客一次又一次以花言巧语欺骗我们，我们更必须始终不懈，一代又一代前仆后继，寻找美梦成真的一天。

我们这些人的美梦，也不过是眼前水潭中映照的月影；有了月影，我们真的相信，天上有真实的一轮明月。

2004年5月25日

编后记

《许倬云观世变》与《许倬云问学记》两书是从台湾三民书局版江水系列六册中挑选出七十篇文章，分别组合而成。如果说《许倬云观世变》浓缩勾勒了许倬云先生立足中国、放眼世界五十多年治史形成的“史学观”，《许倬云问学记》则情理两浓地抒写了他独特的人生之旅与成功的问学之路：一个天生残疾的孩子怎样在家庭、亲人、良师、至友的关怀与引领下，踏上从知识到智慧执着追寻的漫漫艰难路并获得成功。

2007 年许倬云先生在北大史学论坛上回答“历史是什么？为何要有历史学？”提问时，他曾这样表述：“历史是过往的人与事的经历和掌故……任何一国、一朝、一代都不过是历史的一些枝节与片段。时序上，每一片段有前边无数的‘因’和后边无穷的‘果’；空间上，每一件史实都因前后左右无数牵绊与关联而难以一刀两断。因此，厘清人类经历错综复杂的时空关系就是历史学和历史学家的使命。”这也注定了许先生毕生治学的强烈体验：历史学是一个永远聚讼纷繁的难题；史学家们摆脱不了“命运”的两途：悲观地说，没有永远不能更改的定论；乐观地说，永远有推陈出新的机会。

上下五千年，一部中国史孵化了无数由历史生发的诗歌、故事、小说、戏剧、音乐……可是，历史学者不是歌者、舞者、演艺人、文学家，他承担着了解、剖析既往历史上的人与事，垂鉴戒于后世的庄严使命。这也注定了史学家人生追求的特殊艰难与价值。一般人可以只是“活在今天”，史学家则与此同时还必须“回到过去”，探寻其中的是非与得失因由，通过自己的辛勤笔耕，启迪今人，警示来者。

人类历史浩瀚无涯，经过严格训练的史学工作者一般限于个人的精力与时间，大多选取某一年代段、某一领域作为自己的研究目标，成为“断代史”专家。但是，还有部分史学家在专业领域之外进行某些综合性探索。许倬云先生即属此类。

他没有一头栽进“中国历史与文化”，因“偏爱”而“沉迷”，却持守以世界史的广阔视野为参照而不失归属感，全情地投入并坚持“如法官断案式”的研究。

四年前，《南风窗》记者访谈时向许先生提问：“作为一位大陆出生、台湾求学又在美国历练并执教多年的学者，你怎么定位自己的身份？”许先生回答时明确宣称："我是一个学术界的世界公民，视个人良心与学术规范高于一切。"这位精通中国上古史、文化史、社会史，熟稔西方历史，不囿于书斋而心怀故土与世界的史学家，近二十年来奔走、讲学于港台、大陆与美国等地，治史与讲史已入通透之境。

他是怎样走上这样一条史学之路，并取得著述等身、足以传世的业绩的呢？

许倬云先生在《许倬云问学记》中，以饱含深情的笔触追述了自己出身于江南书香之家、生而残疾、历经三四十年代战乱流亡的“幸运的不幸者”，是父亲的书房和丰富藏书给他启蒙、向他敞开一个广阔的人生世界并引之入求知之门。更幸运的是：他考进了五十年代群英荟萃的台湾大学历史系，在他问学的起跑线上得以受到李玄伯（宗侗）、劳贞一（榦）、李济之（济）、芮逸夫、高晓梅（去寻）、董彦堂（作宾）、凌民复（纯声）、钱宾四（穆）、严归田（耕望）等众多史学界前贤的教诲与引领。

有两位令他特别不能忘怀的恩师。一位是当时台大校长傅斯年。1948年许先生随父去台，当年报考台大外语系，并被录取。一个偶然巧合的机缘是：他的国文和历史考卷被王叔岷和劳贞一推荐到校长傅斯年处，慧眼识珠，校长找到这个“不一般的”新生说："你应该读历史系。"第二学期他即转入历史系。

另一位是文学院院长沈刚伯。1953年他毕业后，沈刚伯曾力促他出国，说："你必须学些其他文化的历史，才会有能力回头看清中国文化的性质与变化。"四年后即1957年，他即考入美国芝加哥大学东方学系。正是这个被誉为韦伯研究方法重镇的芝大东方研究所，向他打开了一扇中国古史之外的西方社会、经济乃至哲学、宗教等的知识大门，拓宽了他超越中国古代史的问学视野，做到真正的"杂学旁收"，从而奠定了他的"各文化间比较研究"的雄厚基础。

岁月悠悠，数十年过去，倬云先生始终牢记沈刚伯师训："应如《西游记》与《封神榜》中的二郎神，双目之外有一只'烛照神怪原形'的'第三只眼'。"正是这"第三只眼"，使他数十年如一日，以史学家的通达观察，把捉历史长程剧变中的脉息，以源源不断的学术研究专著与不失文采的通俗治文和讲座，与社会广大读众分享。据不完全统计，迄今许先生已出版中文著作238种（包括专著、合著、论文、讲座），另有外文专著与论文六十余种，堪称著述等身了。

80年代中期，我从业于贵州人民出版社时，以书为缘与先生结识，迄今二十余年，有幸书缘未断。在我内心始终把先生奉为"求知"与"为人"的楷模。

最难忘与许先生的第一次面识：那是1999年我执业于北京三联书店时，有幸承担他的《西周史》与《从历史看领导》两书责编。初夏时节，许先生抵京，电话相约北京三联总编辑董秀玉和我6月6日去他下榻的国际饭店共进早茶。

这天清晨7点30分，当我与董秀玉准时推开国际饭店一层厅门时，只见拄着双拐的许先生正端立在空阔堂皇的大厅中央，显然只为迎见两个普通编辑工作者。这是一个铭刻在我心中、永远鲜活、让我终生难忘也足以垂范于今人和后世的镜像：人——可以这样看待自己的成就与荣名！

相信两书问世会受到广大读者关注，更希望年轻朋友们像许倬云先生这样为自己谱写“从知识到智慧不懈追寻”的人生新曲！

许医农

2008年7月27日